레벨 7

옮긴이 한희선

참하기로 소문난 번역자 한희선은 1976년생으로 부산광역시 서구 동대신동에서 태어나 한국외대 영어과를 졸업했다. 평소부터 일본 문화에 관심이 많았고 일본 미스터리 소설의 애독자이기도 했던 그는 니키 에츠코의 작품을 계기로 번역을 시작했다. 그간 『점성술 살인 사건』, 『대답은 필요 없어』, 『슈거리스 러브』, 『루팡의 소식』, 『럭키걸』, 『고양이는 알고 있다』, 『죽어도 잊지 않아』, 『방랑 고양이』 등을 번역했다. 현재 마포에서 귀여운 고양이와 함께 알콩달콩 살고 있다.

LEVEL 7
by MIYABE Miyuki
Copyright © 1990 MIYABE Miyuki
All right reserved.

Originally published in Japan by Shinchosha Co., Tokyo.
Korean translation rights arranged with OSAWA OFFICE, Japan
through THE SAKAI AGENCY and SHINWON AGENCY.

이 책의 한국어판 저작권은 THE SAKAI AGENCY와 신원 에이전시를 통해
MIYABE Miyuki와의 독점계약으로 도서출판 북스피어에 있습니다.
저작권법에 의해 한국 내에서 보호를 받는 저작물이므로 무단전재와 무단복제를 금합니다.

* 이 도서의 국립중앙도서관 출판시도서목록(CIP)은 e-CIP 홈페이지(http://www.nl.go.kr/cip.php)에서 이용하실 수 있습니다.(제어번호: CIP2008000257)

레벨 7
LEVEL 7
상

미야베 미유키 지음 — 한희선 옮김

북스피어

| 차례 |

프롤로그 … 7

제1일 (8월 12일 일요일) … 15

제2일 (8월 13일 월요일) … 147

그러나, 그대, 이것은 모두 꿈에서 본 것, 꿈의 이야기.

— 그림 형제, '도둑 신랑'

일러두기 : 본문의 모든 주는 옮긴이 주입니다.

프롤로그

해가 기울기 시작했다.

남자는 와이셔츠의 소매를 당겨 손목시계를 보았다. 그와 거의 동시에 등 뒤에 있는 작은 시계탑의 종이 울리기 시작했다. 이름만 정원인 초라한 정원수에 둘러싸여 있는 이 미터 정도 높이의 시계다.

7월의 태양은 스테인리스 광택이 나는 빌딩 골짜기 사이로 불타오르는 듯한 오렌지 빛을 반사하며 오늘 하루의 궤적을 다 그리고는 가라앉아 간다. 주위의 구름은 주홍색으로 물들어 하늘에 용광로가 있는 것처럼 보였다.

남자는 담배에 불을 붙이고 내려다보이는 경치에서 시선을 떼지 않은 채 천천히 연기를 내뿜었다. 마지막 한 개비였다.

여기에서는 거리에 가득 찬 인간의 모습이 보이지 않는다. 너무나 조그맣기 때문에 무수한 건물, 무수한 도로, 무수한 창문 속에 섞여 들어 알 수 없어져 버린 것이다.

도시공학인지 뭔지를 연구하는 학자는 인간을 싫어하는 것이 틀림없다. 길을 보고 있으면 사람을 보지 않아도 되니까. 남자는 그렇게 생각했다.

왼쪽으로 멀리 보이는 수도 고속도로 위를 차가 줄을 지어 빠져나간다. 어느 차체나 방호벽 위로 나와 있는 부분밖에 보이지 않아서, 마치 성질 급한 사격장 표적 같았다. 지상 몇십 미터 높이에 있는 옥상정원 한쪽 구석에서 남자는 가만히 그것을 바라보았다.

자, 쏘아서 떨어뜨려 봐. 맞으면 커다란 경품이 네 거야.

손가락이 그을릴 정도로 짧아진 꽁초를 발밑에 버리고 뒤꿈치로 밟는다. 그럼 돌아갈까 하고 생각했다.

스스로도 어째서 이렇게 오랫동안 길을 내려다보고 있었는지 알 수 없었다. 각오를 다지기 위해서일까. 기분을 안정시키기 위해서일까. 아니면 단순한 습관일까.

그는 높은 곳을 좋아했다. 그곳에서 내려다보는 도쿄에는 항상 아무 근심도 없다.

이렇게 바람을 맞으며 푸른 하늘을 올려다보고 있을 때만은 이미 이십 년 가까이 옛날의 어두운 추억이 조금이기는 해도 바래는 것 같다. 갇혀 도망갈 곳이 없어서 연기와 불길에 쫓기며 달아났던 그때의 일이.

떨어져 간다. 한 순간이었을 텐데도 기억 속에서는 몇 배나 늘어나 끝없이 계속 떨어지는 느낌이 든다. 그런 '발작'이 일어나면 남자는 언제나 이곳처럼 높은 장소에 서서, 더 이상 떨어질 일은 없다, 이제 괜찮다며 마음속으로 어린아이처럼 주문을 되뇌었다.

그렇게 하자 마음의 욱신거림이 멈춘다. 오래된 다리 상처의 고통만은 사라지지 않았지만 그것은 이미 오래전에 포기했다.

턱을 들었다가 앞으로 숙여 목의 결림을 푼다. 긴장을 푸는 편이 좋으니까, 라고 자신을 타이른다. 왜냐하면—

수렵이 시작된다.

돌연 그 단어가 심장 주위에서 울렸다. 그는 양다리를 어깨 폭만큼 벌린 채 땅거미의 미지근한 바람에 흩날리며 우두커니 서 있었다.

등 뒤 바로 가까이에서 목소리가 들렸다.

"신짱, 이제 돌아가자."

정원 출입구 쪽에서 통통한 중년 여성이 다가온다. 남자 뒤를 지나 시계탑 아래로 걸어간다. 그곳 벤치에 초등학교 고학년쯤 되는 남자 아이 둘이 앉아서 이야기에 열중하고 있었다.

"서둘지 않으면 아빠가 돌아와 버려. 이봐, 밋짱도. 소지품 잘 챙기고."

두 남자 아이는 이야기를 멈추고는 느릿느릿 일어났다. 어느 쪽의 어머니인지 아이들은 여자 쪽을 흘끗 쳐다보지도 않는다.

묵직하게 부풀어 오른 백화점 봉투를 든 여자를 선두로 세 사람은 남자가 서 있는 쪽으로 돌아온다. 지친 건 어머니뿐이로군. 남자는 생각했다.

여자가 옆을 지났을 때 코를 찌르는 땀 냄새가 났다. 그리고 맹렬한 몸짓을 섞어 '신짱'이 '밋짱'에게 말하는 것이 들렸다.

"그래서 말이야. 이게 요령이야. 레벨7까지 가면……."

가슴이 철렁했다. 어쩌면 깜짝 놀라 펄쩍 뛰었는지도 모른다. 지나가려던 세 사람이 돌아보았다.

여자와 눈이 마주쳤다. 이상하게 여긴다기보다 벌써 겁내는 눈빛이었다. 쳐다본 것을 후회하고 있었다. 언제 어디서 어떤 재난과 마주칠지 모르는 도시에서는 백화점 옥상을 혼자 어슬렁거리는 중년 남성 따위와 시선을 맞추면 안 된다.

"실례." 남자가 말했다. 그러고는 펜스 쪽으로 얼굴을 돌렸다.

심장의 두근거림은 점점 진정되었다. 그 뒤로 들려온 대화의 토막으로 미루어 보아 '신짱'과 '밋짱'이 나누는 얘기가 롤플레잉게임 이야기임을 알아차렸기 때문이다.

남자는 한숨을 쉬고 펜스에서 떠나 출입구 쪽으로 향했다. 세 사람도 이미 엘리베이터로 내려가 버렸을 것이다.

그가 걷기 시작하자 거의 동시에 펜스 쪽으로 가려던 젊은 여성이 흘끗흘끗 이쪽을 보았다. 그를 본 게 아니라 살짝 끄는 듯한 모습의 그의 오른쪽 다리를 말이다.

그런 시선에는 익숙했다. 그 여성도 곧 눈을 돌렸다. 기지개를 켜는 듯이 양손을 올리며 펜스로 다가가 작게 환성을 지른다.

"와아, 예뻐라."

목소리가 탁 트인데다 즐거운 울림을 띠고 있어 그는 무심코 돌아보았다. 그러자 그녀도 이쪽을 보았다. 마치 지금의 환성은 일부러 그에게 들려주기 위해서였다는 듯 재빨리 미소 짓는다.

"도쿄 타워의 조명, 바뀌었네요." 그녀는 말을 걸어 왔다.

미인이었다. 연한 갈색으로 가볍게 태운 피부에 짙은 립스틱이 잘 어울린다. 이쪽으로 돌아볼 때 귓가에서 금색 피어스가 석양에 반사되어 반짝 빛났다.

그에게는 어린애라고 해도 좋을 연령대의 아가씨다. 그는 묵묵히 등을 돌려 일부러 그러는 것 같지 않을 정도로 걸음을 빨리해서 자리를 떠났다.

말을 건 아가씨는 그를 쫓아오지 않았다. 모처럼 작업을 걸어 줬는데, 이 아저씨가—라는 듯한 얼굴로 약간 고개를 갸웃하고 있을 뿐이다.

남자는 무거운 유리문을 밀었다. 엘리베이터 홀은 각층이 훤히 뚫려 있었고, 거기서 바람이 불어와 넥타이가 펄럭거렸다. 그래서 그제야 핀이 없어진 것을 알아차렸다.

와이셔츠의 가슴께를 쓰다듬어 본다. 없다. 어딘가에 떨어뜨린 모양이다.

별로 아깝지는 않았다. 받은 것이지만 마음이 담긴 선물은 아니다. 그는 버튼을 눌러 엘리베이터가 오자 탔다. 혼자뿐이었다.

일층으로 내려가 백화점을 나와 거리를 걷는다. 역 계단을 올라가 전철에 흔들린다. 그동안 머릿속에서 끊임없이 말이 맴돌고 있었다. 빙글빙글, 빙글빙글. 그것은 '신짱'의 목소리였다가 그 자신의 목소리로도 변했다.

레벨7까지 가면 이제 돌아오지 않아도 괜찮아—.

남자가 왔을 때 청년은 창가 자리에 앉아 연한 토마토 주스를 마시고 있었다. 고교생 시절에는 찻집을 싫어했다. 때때로 무례하게 얼굴을 빤히 쳐다보는 자와 맞닥뜨리기 때문이다. 지금도 겨우 고교생을 넘긴 나이일 뿐이지만 기분은 상당히 달랐다. 흥미 있고 열중할 수 있는 것을 찾았고, 자기 안에 그 분야의 재능이 있는 것처럼 느껴졌기 때문이다. 이 둘이 겹치는 것은 극히 드문 행운이다.

청년은 가볍게 오른쪽 다리를 끌면서 걸어오는 남자에게 눈으로 가벼운 인사를 했다. 미행당할 정도로 멍청한 사람은 아닐 거라고 생각은 하지만 너무 당당하게 행동하지 않는 편이 좋다. 남자가 건너편 자리에 걸터앉았을 때도 목소리를 낮추어 말을 걸었다.

"미행은 괜찮습니까?"

"아마." 상대는 대답했다. "젊은 여자가 작업을 걸려고 한……것 같지만."

"대단하네요."

"그게 미행이었다면 더 놀랍지."

"설마요."

남자는 커피를 주문했다. 웨이트리스가 왔다 간다. 미인이지만 애교가 없다고 청년은 생각했다.

"정말로 괜찮나?"

커피를 휘저으면서 남자가 물었다.

"뭐가요?"

입을 다물고 있었다.

청년은 웃었다. "죄송합니다. 농담하는 게 아닙니다. 진심입니다."

"그만두려면 지금 말해."

남자는 얼굴을 들었다. 진지한 표정이었다. 눈이 충혈되어 있다. 별로 잘 자지 못했군, 하고 청년은 짐작했다.

"그만두지 않습니다. 내 의지로 시작한 일이니까."

"권한 것은 나다."

"받아들인 것은 접니다."

남자는 컵을 받침에 돌려놓고 손으로 이마를 쓰다듬었다.

"성공해도 실패해도 성가시게 돼."

"알고 있습니다."

"장난이 아니야. 경찰이 엮이니까."

"알고 있다니까요."

명랑한 어조 탓에 자신의 말이 아무래도 경박하게 들린 것 같다고 청년은 생각했다. 그래서 가능한 한 무게 있게 말하려고 했다.

"저도 지금까지 이것 때문에 실컷 안 좋은 경험을 했습니다."

청년은 자신의 얼굴을 가리켰다.

무수한 상흔과 봉합 흔적. 피부를 이식한 자국이 뚜렷이 남아 있다. 어른이 된 후가 아니면 불가능한 수술을 몇 번이나 되풀이해 왔기 때문에 새겨진 고통스러운 역사였다.

"이 책임을 물게 하고 싶은 겁니다."

남자는 굵은 한숨을 내뱉고, "알았다"고 했다.

청년은 한 권의 책을 꺼내어 테이블 위에 놓았다. 영화의 한 장면인 스틸 사진이 커버로 쓰이고 있다.

"표지는 화려하지만 내용은 아주 수수하고 알기 쉬운 입문서입니다. 필요한 곳에 포스트잇을 붙여 뒀어요. 그것만 읽으면 걱정 없습니다. 나머지는 제가 할 테니까."

남자는 책을 받아들고 다시 한번 "알았어"라고 대답했다.

남자와는 삼십 분 정도 이야기하고 헤어졌다. 이제 시작만 하면 된다.

그날 밤 청년은 여자 친구를 하나 불러내 즐겁게 보냈다. 전혀 마음에 걸리지도 불안하지도 않았다.

여자 친구는 취하면 반드시 그를 '나의 프랑켄슈타인짱'이라고 불렀다. 그녀가 말한다면 그것도 재미있었다. 불쾌한 느낌은 없다.

전혀 불쾌하지 않다. 인생은 즐겁다.

이제부터 하려는 것이 성공하면 훨씬 즐거워지리라. 청년은 그것을 믿었다.

제1일 … (8월 12일 일요일)

1

되풀이되는 것은, 환영.

잠은 깊어졌다 얕아졌다 했다. 그에 따라 변덕스레 모양을 변화시키는 만화경처럼 꿈 또한 모습을 바꾸었다.

그 가장 깊숙한 곳에서 그는 꿈에 빠져 있었다. 그곳에서 그는 누군가와 손을 잡고 파도가 도려낸 듯한 절벽 끝에 서서 잔잔해진 바다를 내려다보고 있었다. 바닷바람이 조용하게 볼을 만지고, 때때로 입술을 핥으면, 꿈속에서조차 짜디짠 바다의 맛을 분명히 느낄 수 있다.

―이게 바다지?

올려다보니 나란히 서 있는 남자가 끄덕였다. 커다랗고 단단한 갈색 손이 그의 손을 폭 감쌌고, 몸에서는 향기로운 여름풀 냄새가 난다.

―그래, 이게 바다야.

남자는 대답한다. 그는 남자의 손을 꼭 쥐고 얇은 바지의 허벅지 근처에 어깨를 붙이고 작게 중얼거린다.

―조금 무서워.

그 후로 말이 이어진다. 알아들으려 해도 다 알아들을 수 없는 말이. 손을 뻗으면 사라져 가는 신기루처럼 끌어당기려 하면 훌쩍 사라져 가는 말이.

조금 무서워……. 있잖아, 바다는 언제나 저렇게 가만히 있어…….
나를 잡으러 오지는 않아…….

남자가 웃자 그 새하얀 이 사이로 담배 연기가 흘러나온다. 그리고 말한다.

―바다는 땅으로 올라올 수 없어……. 하늘을 날 수 없는 것과 마찬가지야.

그는 남자가 입은 셔츠의 직물 감촉을 볼에서 느낀다. 웃음이 피어났다.

그런 건 알고 있어. 사람이 하늘을 날 수 없다는 것쯤이야 나도……. 나도…….

아버지.

깊은 꿈은 거기서 흔들린다. 그리고 사라져 간다. 아버지. 겨우 찾아낸 그 잃어버린 말만이 희미한 여운을 남기고, 바다는 얇은 종이에 그린 데생처럼 사라져 간다…….

혼돈이 되돌아온다. 잠이 깊은 어둠이 되어 흘러나온다. 깊은 공허가 찾아온다. 조금 지나 그는 잠이라는 파도의 바로 밑까지 떠올라 있다. 얼굴에 그저 얇은 담요를 한 장 덮고 있을 뿐인, 얕은 잠.

그때 그는 꿈을 내려다보고 있다. 부감俯瞰하고 있다. 꿈속에서 행동하고 있는 자신은 지금 한 겹의 문 앞에 서 있다. 묵직한 나무문으로, 손잡이는 크고 움켜쥐면 싸늘하다. 꿈 밖에 있을 그의 손바닥에 느껴지는 감촉. 손잡이는 매끄럽게 돌아가고 잠금이 해제되어 문이 열리기 시작한다.

―분명 깜짝 놀라겠지요.

누군가가 말한다. 하늘 높은 곳에서 내려다보고 있었을 그의 눈은 돌연 꿈속의 자기 바로 옆까지 내려와 말을 건 누군가를 돌아다본다.

그러나 그 얼굴은 보이지 않는다. 여기서 꿈이 끊겼다 이어졌다 했기 때문에. 충전이 끊어질 듯한 헤드폰 스테레오처럼. 재생. 정지. 재생. 정지. 느릿하게 사라지려는 꿈의 광경에는 그저 목소리가 들려올 뿐.

―쉬잇, 조용히.

그는 몸을 뒤척거리고―

―발소리를 내지 않도록.

비어져 나온 발을 뻗어 한쪽으로 쏠려 버린 담요를 다시 덮고―

―놀라게 하는 것도 나쁘지 않아 분명 화내지 않을 거야 왜냐하면 오늘은······.

꿈에서 빠져나오며―

―왜냐하면 오늘은 크리스마스이브니까.

비명이 들린다. 가벼운 발소리와 툭 하는 둔탁한 소리, 이어 비명. 계속 울리면서 소리가 바뀌어 가는 종처럼 비명이 울리며 목소리가 잠겨, 떨면서 사라져 가는 그 최후의 단편에 포개어지듯이 뭔가 바닥에 떨어져 깨지는 소리가 들리고―

쨍그랑.

그때 잠에서 깼다.

2

머리는 정확히 베개 위에 놓여 있었다.

그는 왼쪽을 아래로 해서 옆을 보고 누워 하얀 벽과 마주하고 있었다. 두 손을 오그리고 두 다리도 가볍게 굽히고 어깨는 담요에서 나와 있다.

베개에 눌린 귀에도 몸 전체에도 자기 심장의 빠른 고동이 들려온다. 두근 두근 두근. 뛰어서 집에 돌아온 아이 같다.

춥다.

눈을 뜬 채 가만히 있으니 이마부터 뒷머리까지 실을 당기는 듯한 아픔이 스쳐 지나간다. 방금 전까지 머릿속을 뛰어 돌아다니던 꿈이 아주 급히 물러가면서 남기고 간 바큇자국. 그 자국을 손가락으로 더듬을 수 있을 것 같았다.

불과 일 초 후 아픔은 가셨다. 그는 눈을 깜빡이며 시선을 들어 보았다.

새하얀 벽은 천장까지 이어져 있다. 얼룩 하나 없다. 바라보니 표면이 완전히 평평하지는 않고 거칠거칠하다는 것을 알았다. 꼭—.

꼭—뭐지?

머리를 부드러운 베개에 맡기고 그는 생각했다. 꼭 무엇과 같다고 생각했지?

이 벽. 이 색깔. 담요에서 손을 내어 만져 보면 감촉은 까끌까끌하다.

무엇과 같다고 생각했지? 게다가 이 색깔. 이 색을 뭐라고 했더라.

누운 채로 그는 지그시 벽을 바라보았다. 바보 같군, 어째서 생각나지 않을까. 어째서 생각해 내는 것이 이렇게 중요하게 느껴지는 걸까.

잠깐 숨을 죽이고, 그는 생각했다.

꼭―뭐지?

진$_{jean}$이다.

진. 단어는 번뜩이듯이 떠올랐다. 보이지 않는 문이 열리고, 보이지 않는 누군가가 답을 던져 준 것처럼. 벽지의 느낌은 진과 닮았다.

하지만 색깔이 다르군. 이런 색깔의 진은 취향이 아니다. 이 색깔은―이 색깔은―.

오프화이트.

그는 모으고 있던 숨을 내뱉었다. 이다지도 답답한 기분으로 잠을 깨다니. 매일 아침 일어날 때마다 벽지의 색깔을 생각해 내기까지 꼼짝 않고 있어야 하잖아.

그는 담요를 밀어젖히고 상반신을 일으켰다. 비로소 자신이 침대에서 자고 있었다는 사실을 깨달은 동시에 꼼짝할 수 없게 되었다.

옆에는 또 한 사람, 누군가가 자고 있다.

그가 기세 좋게 담요를 젖혔기 때문에 그녀는 상반신에 아무것도 덮지 않은 상태가 되었다. 청결한, 그가 입은 것과 비슷하게 하얀 파자마 하나를 입고 있을 뿐이다.

그녀.

맞다, 여성이다. 머리가 길고, 몸매는 가냘프고 등이 아주 좁아

보인다.

그녀는 '우움' 하고 신음하더니 눈을 감은 채 몸에 덮여 있지 않은 담요를 손으로 더듬었다. 추운 것이다. 방 안은 싸늘했다.

그는 허둥지둥 담요의 끄트머리를 잡아 어깨 근처까지 끌어올려 주었다. 그녀는 손을 더듬기를 멈추었다. 만족한 듯 깊게 숨을 내쉬고 거의 엎드린 것처럼 베개에 머리를 푹 파묻는다.

그녀가 규칙적인 숨소리를 내기까지 그는 지그시 숨을 죽이고 있었다. 지금 그녀가 잠에서 깨면 곤란할 것 같다는 느낌이 들었다. 조금만 더, 상황을 파악할 수 있을 때까지.

그녀, 누구일까. 이름이 생각나지 않았다.

그건 그렇고, 무슨 일이 있었던 것일까.

어젯밤일 것이다. 어젯밤. 아마 십중팔구 자신은 이 여자와 잤을 것이다. 틀림없다. 즉 그, 잤다는 것은 그냥 잠만 잤다는 말이 아니라, 이른바 '잔' 것이다. 여자와 함께 밤을 보내며 하룻밤 내내 둘이 침대에 걸터앉아 트럼프를 하고 있었을 리도 없…….

거기서 사고가 멈추었다. 어떻게 된 일이지, 트럼프?

이번에는 그렇게 오래 생각하지 않았다. 이미지가 바로 떠올랐다. 색색의 카드, 카드를 섞는 손의 움직임. 도둑잡기라든지, 나폴레옹이라든지, 세븐브리지 같은 게임의 이름도 떠오른다. 그러고 보니 오랫동안 하지 않은 것 같다.

혼란스럽군. 머릿속이 좀 흐트러져 있다. 너무 오래 자면 이런 일이 일어날지도 모른다.

그는 입가에 손바닥을 대고 날숨의 냄새를 맡아 보았다. 알코올

이 남아 있을 게 틀림없다고 생각했기 때문이다. 마시고, 지나치게 마셔서, 몇 차로 간 가게에서 옆에 앉은 여자 아이와 의기투합했다—대체로 그런 상황일 것이다. 어쩌면 상대의 이름조차 묻지 않았을지도 모른다. 그래서 생각이 안 나는 것이다.

알코올 냄새는 전혀 없었다. 아주 조금, 약 냄새 같은 게 날 뿐.

숙취가 아니라고 생각했을 때 머릿속이 찡 하고 아팠다. 한순간이지만 무심결에 얼굴을 찡그릴 정도로 강한 아픔이었다.

손을 들어 관자놀이 주변을 눌러 본다. 그대로 머리를 살짝 움직여 본다. 아픔은 없다. 턱을 들거나 내리거나 해도 아무렇지 않다.

어휴.

한숨을 놓음과 동시에 계속 이러고 있는 것도 이상하다. 어쨌든 세수 정도는 하자.

그는 폭이 넓은 침대 위에 앉아 있었다. 더블의, 검은 파이프베드다. 그것은 바로 머리에 떠올랐다. 고쳐 앉아 중심을 바꾸니 삐꺽 하는 소리가 났다. 그녀를 깨웠을까 봐 약간 철렁했지만, 담요에 푹 싸인 어깨는 움찔도 하지 않는다.

앉기 불편한 침대다. 머리 옆의 손잡이 너머로 아래를 살펴본다. 침대 네 다리에는 전부 둥근 것이 달려 있다. —바퀴? 아니, 바퀴가 아니다. 그런 단어가 아니었다.

캐스터다. 캐스터. 단어와 동시에 다리에 그것이 붙은 침대를 바닥 위에서 여기저기 이동시키는 장면이 떠올랐다. 스토퍼가 있어서 안심. 게다가 청소는 정말 쉬워요.

이상하다……. 어째서 그런 게 떠오르는 것일까?

침대는 벽 쪽에 붙어 있고 그는 그 벽 쪽에 있다. 방으로 향한 오른쪽에는 잠자는 공주 같은 여자가 있으니, 여자를 깨우고 싶지 않다면 손잡이를 넘어서 내려갈 수밖에는 없다.

그는 그렇게 했다. 천천히 몸을 움직여 조금 차가운 바닥에 발을 내린다.

등을 뻗어 꼿꼿이 서자 소박한 의문이 머리에 쳐들어왔다. 여기는 어디지?

그는 실내를 둘러보았다.

오프화이트 색 벽과 천장. 바닥은 나뭇결. 하지만 생나무의 색이 아니다. 니……니스를 바른 듯한 색. 눈앞에 문이 있다. 벽과 같은 색 문틀 안에 같은 색의 격자가 있고 그 하나하나에 유리가 끼워져 있다. 그러니까 그것은 밖으로 직접 통하는 문이 아니다. 건너편에 또 다른 방이 있을 테고, 끼워진 유리는…… 유리는…… 베벨드 글라스. 그래, 찻집 문에 자주 쓰이는 것이다.

그렇게 생각했을 때 휙 끼어들 듯이 한 장면이 떠올랐다. 커다란 테이블이 저것과 비슷한 문에 부딪쳐 깨지는 광경. 죄송합니다 통과할 수 있을 거라 생각했습니다만 이건 강화유리가 아니로군요—.

그는 머리를 흔들어 사고를 원래대로 돌렸다. 그러나 순간 번뜩 떠오른 유리 깨지는 광경이 눈앞의 현실과 결부되어 그의 시선을 그곳에 못 박히게 했다.

오른쪽에 창문이 있다. 팔걸이 창이다. 그는 일부러 이름을 확인했다. 창문 아래에 낮은 테이블이 있고, 그 위에 꽃병이 놓여 있다. 아니, 놓여 있었다, 가 맞다.

지금 그것은 바닥에 떨어져 커다란 두 개의 파편과 반짝반짝 빛나는 무수히 작은 조각이 되어 바닥에 흩어져 있다. 파편이 빛나는 것은 물도 함께 엎질러졌기 때문이다. 그리고 살짝 열린 커튼에서 태양빛이 들이비치고 있기 때문이다.

바닥에는 꽃도 흩어져 있다. 하나, 둘—전부 다섯 송이. 빨간 꽃이다. 다만 이름을 모른다.

저것이 깨지는 소리에 잠을 깼다. 어째서 테이블에서 떨어졌을까.

그는 창가로 다가갔다. 풀기로 빳빳한 파자마가—파자마겠지? 응, 그래—쉰 목소리를 낸다. 마룻바닥은 오싹할 정도로 차갑고 상쾌하다. 깨진 꽃병을 밟지 않도록 주의하며 창문으로 다가가자 그가 손을 대기 전에 커튼이 두둥실 부풀어 올랐다.

창문이 열려 있다.

바람에 커튼이 부풀어 꽃병이 걸려 바닥에 떨어진 것이다. 그는 커튼 끝을 들어 올려 머리를 안으로 들이밀었다.

순간, 눈이 아팠다. 햇빛은 강렬했다. 그는 눈을 가늘게 뜨고 한 손을 이마에 댔다.

눈부심에 익숙해지자 창문은 고작 십 센티미터 정도밖에 열려 있지 않음을 알아차렸다. 십 센티미터. 그것도 곧바로 나왔다. 센티미터의 위 단위는 미터. 미터의 위는 킬로미터. 제대로 알고 있다. 맙소사, 페달이 무거운 자전거 같다. 처음 밟을 때는 느릿느릿하지만 가속이 붙기 시작하면 정상으로 달린다. 딱히 고장은 아니다.

그건 그렇고 여기는 어디지?

옆에 자고 있던 여자 집인가. 그것이 가장 타당한 해석 같다. 그러나 여자가 사는 집치고는 상당히 살풍경하다.

팔걸이 창 넘어 바깥을 본다.

온몸의, 멍한 체감이라는 것은 의외로 정확하다. 침대를 내려왔을 때부터 그는 이 방이 어쩐지 상당히 높은 곳에 위치하고 있을 거라 느끼고 있었다. 그것은 맞았다.

눈앞에 펼쳐져 있는 것은 많은 책을 난잡하게 엎어놓은 듯한 줄줄이 늘어선 지붕들. 그 가운데 점점이 섞인 맨션, 빌딩, 그리고 굴뚝. 오른쪽 아주 멀리 학교 건물도 보인다. 벚꽃 모양 안에 '이중二中'이라는 글자가 들어간 교표가 건물 정면에 붙어 있다.

창틀에 걸친 양손을 햇빛이 쨍쨍 비춘다. 밖은 더울 것 같다고 생각했다. 그야 당연하다, 왜냐하면 오늘은…… 오늘은…….

몇 월 며칠이지?

생각이 나지 않는다.

그때 비로소 패닉의 첫 잔물결이 밀려왔다. 어떻게 된 걸까. 농담이 아니야, 오늘 날짜도 생각 안 나다니 나는 대체 어떻게 된 거지?

달력은 없나. 그런 생각이 들어 방 안을 돌아보다가 침대의 발 부근에서 커다란 설치형 에어컨을 발견했다. 그 위에도 창문이 있는데, 이 창문도 같은 무늬의 커튼이 걸려 있다.

몸은 완전히 차가워졌다. 부들부들 몸도 떨렸다.

그는 에어컨으로 다가가 분출구에 손을 댔다. 냉풍이 기세 좋게 흘러나오고 있다. 패널 뚜껑을 열고 스위치를 껐다. 이쪽도 커튼을 그대로 두고 창문을 완전히 열었다. 공기를 좀 갈자.

커튼 뒤로 들어가니 투명유리에 태양은 가차 없이 세게 비쳤다.

빛의 샤워가 살갗에 상쾌하게 쏟아진다.

이 창문의 조망도 저쪽과 비슷하다. 그는 몸을 내밀어 보았다.

외벽도 하얀 맨션이다. 타일을 발라서 새것 같다. 빗물 흔적조차 없는 듯하다. 바로 아래에는 이차선 도로가 뻗어 있고, 그곳에 갈색 밴이 한 대 정차해 있다. 바로 아래에 아래층 방 창문 쪽에 널어 놓은 이불이 보인다. 내리쬐는 태양을 향해 메롱 하는 혀처럼 늘어진 두 장의 이불.

방 안으로 시선을 돌린다. 침대의 반대쪽 벽에는 지름이 여섯 자인 옷장. 벽 쪽에는 여기도 캐스터가 붙은 받침대 위에 놓인 작은 텔레비전.

창문에서 떠나 다시 꽃병의 파편을 신중하게 피해 문으로 갔다. 어깨 너머로 상태를 보니 침대 위의 그녀는 아직 새근새근 잠들어 있다.

깔끔하게 만들어진 문을 찰칵 하는 소리를 내며 연다.

옆은 식당 겸 주방이었다. 정면이 주방이고, 그 왼쪽에 문. 이 문은 바깥으로 통할 것이다. 하얀 원탁과 의자가 두 개. 식기 선반. 냉장고. 전자레인지. 포트.

누구의 집일까. 역시 저 여자인가……. 우리 집이 아닌 것은 확실하다. 여기에 살고 있었다는 기억이 없으니까, 하나에서 열까지, 싱크대 언저리에 걸쳐 놓은 행주 하나 본 기억이 없으니까.

그녀가 재워 준 것일까……. 분명 그렇다. 그것마저 기억 못 하다니 대체 어떻게 된 거지.

"실례합니다."

주방을 둘러보고는 말을 걸었다.

"누구 없습니까?"

대답은 없다. 그야 당연하지, 하고 쓴웃음을 지었다. 한 침대에서 여자와 자고 있었다. 달리 누군가 있을 리가 있나? 그녀의 아버지?

그때 문에 뚫린 구멍으로 신문 끝이 살짝 보였다. 끄집어 내어 펼친다. 사이에 끼워진 광고가 털썩 떨어진다. 아사히신문이다.

날짜는 8월 12일 일요일.

일단 마음을 가라앉혔다. 그래, 8월의 한가운데가 아닌가, 하고 생각했다. 신문이 배달된다는 사실은 이 집에는 누군가가 산다는 것을 증명하고 있다.

잠시 생각하고 나서 그는 문을 열어 보기로 했다. 문패를 보자.

안쪽에서 잠겨 있다. 손잡이를 돌리자 기름칠이 잘된 매끄러운 소리가 나며 잠금이 해제되었다. 살짝 문을 밀어 고개를 뺀다.

문패는 문 왼쪽 벽에 붙어 있었다. 706호실이다. 이곳은 칠층이다. 방 번호 아래에 한자가 두 자. '三枝'라고 되어 있다.

고개를 쑥 집어넣고 문을 닫고 그는 생각했다. 사에구사인가. 아는 사람 중에 그런 사람이 있었나······.

그리고 깨달았다. 아는 사람의 어떤 이름도 성도 전혀 떠올릴 수가 없다는 것을.

이런 말도 안 되는.

주방에 우뚝 선 채 그는 머리에 두 손을 대고 가볍게 흔들었다. 두드려 보았다. 머리카락을 쥐어뜯어 보았다.

있는 것은 공백뿐. 횅하니 알맹이가 없는 진공 같은 어둠뿐.

당황하지 마, 마음의 일부가 속삭인다. 우선은 자신이다. 내 이름을 떠올려 보자. 그것이 제일 확실하다. 왜냐하면 다 큰 어른이 자신의 이름도 모른다는 일은 있을 리가 없…….

있을 리가 없다. 하지만 있었다.

기억해 낼 수 없었다. 자신의 이름을. 성을. 작은 파편조차도.

이번에 찾아온 것은 진정한 패닉의 커다란 파도였다. 무릎이 떨렸다. 등뼈가 순간적으로 부드러운 점토같이 되어 버려 몸을 지탱할 수 없어진 것처럼 비틀거리며 테이블에 손을 짚었다.

거울. 거울은 어디지? 얼굴을 봐야 해.

세면장으로 통하는 문은 냉장고 옆에 있었다. 그는 마구 문에 부딪치며 손잡이를 찰각거리다가 겨우 문을 당겨 열고 안으로 뛰어들었다.

청결하고 희미하게 약품 냄새가 나는 세면장에도 역시 사람의 모습은 없었다. 불투명 유리문이 정면에 있고 왼쪽에는 수건걸이, 오른쪽에는 변기와 작은 세면대. 그 위로 벽에 거울이 있다.

거울은 상반신을 비추었다. 헝클어진 머리카락의 젊은 남자. 햇볕에 탄 얼굴에 눈썹이 짙다. 두꺼운 목에 다부진 어깨. 살진 편은 아니다. 파자마의 목 언저리에 뚜렷하게 드러난 쇄골이 보인다.

다시 한번 손을 들어 그는 머리카락을 흐트러뜨렸다. 거울 속의 창백한 남자도 똑같은 동작을 한다.

거울 속 남자의 비뚜름하게 말려 올라간 파자마 소매에 팔뚝이 보였다. 그곳에 뭔가 보였다.

그는 양손을 공중에 올린 채 왼쪽 팔뚝으로 시선을 주었다.

근육질의 팔꿈치 바로 안쪽에 숫자와 기호가 늘어서 있다.

'Level 7 M-175-a'

살짝 손끝으로 만져 본다. 잡아 본다. 그러나 숫자는 사라지지 않고 기호는 흐릿해지지도 않는다. 피부에 찰싹 들러붙어 있다. 살갗에 새겨져 있다.

그는 두 팔을 내리고 거울과 마주했다. 그곳에는 그와 마찬가지로 어찌할 바를 모르는 젊은 남자가 반쯤 입을 벌리고 얼어붙은 표정으로 그저 꼼짝 못하고 서 있다. 만일 그때 등 뒤에서 비명이 들리지 않았다면 그대로 영원히 그렇게 하고 있었을지도 모른다.

비명은 주방 쪽에서 들려왔다. 돌아보니 열린 세면장 문 저편에 조금 전까지 자고 있던 여자가 서 있었다.

두 사람은 거울에 비친 듯이 같은 자세, 같은 안색으로 마주했다. 그녀도 또한 입을 벌리고 파자마 차림에 맨발로 바닥에 서 있다.

일단 그가 말했다.

"안녕."

그녀는 멍한 채 가만히 쳐다볼 뿐.

"안녕, 이라고 해도 벌써 점심이 다 된 것 같지만······."

그녀는 입을 다물고 있다. 그는 연주중 갑자기 반란을 일으킨 오케스트라의 지휘자처럼 의미도 없이 팔을 움직이며 말했다.

"그······ 미안해요, 내가 좀 혼란스러운데, 어젯밤 여기에 재워 준 건가? 여기 당신 집?"

말이 통하지 않는 건가 싶을 정도로 그녀는 반응이 없었다. 어쩔 수 없이 그는 그녀를 계속 응시했다.

머지않아 그녀가 말했다. 알아듣기 어려울 정도의 작은 목소리로.

"꿈을 꾸었어."

"뭐?"

"그래서 잠에서 깼어. 그랬더니 당신이 있고……."

느릿느릿하게 양손을 감싼다. 시선이 그에게서 비껴나 머릿속으로 뭔가를 곰곰이 생각하는 듯이 바쁘게 눈을 깜빡인다.

다시 시선을 들어 그를 쳐다보았을 때 그녀는 명백히 당황하고 있었다.

"당신 누구야?"

그렇게 중얼거렸다.

"왜 여기에 있어?"

그는 물음의 의미를 파악할 수 없었다. 나야말로 그렇게 묻고 싶다. 당신이야말로 답을 알고 있는 게 아니었나?

"왜 여기에 있는지 나도 잘 몰라. 당신은? 여긴 당신 집이지? 그렇지?"

· 그녀는 볼을 누른 채 고개를 가로로 흔들었다.

NO. 아니오. 어떻게 생각해도 그것은 부정의 표시였다.

어떻게 된 일인가. 겨우 답을 발견했나 했더니 그것도 또한 다른 질문이었습니다. 혼란의 제곱이다.

입을 열기 위해서 있는 용기를 전부 쥐어짜 내야 했다.

"아니라고?"

이번에는 끄떡인다.

"기억에 없는걸. 하지만…… 모르겠어. 아마 우리 집이 아닌 것 같은데……. 모르겠어. 왜냐하면…….”

"기억이 없지?"

그녀는 양손을 축 늘어뜨리고 끄덕였다. 몇 번이고 끄덕인다. 그리고 갑자기 손을 들어 가슴을 안고 한 발짝 뒷걸음질 쳤다. 바로는 의미를 알 수 없었지만, 그녀의 경계하는 듯한 시선으로 깨달았다. 파자마 아래에 속옷을 입고 있지 않은 것을 지금 알아차린 것이다.

"당신도 아무 기억이 없지?"

그 질문에 그녀도 질문으로 대답했다.

"여기는 어디야? 내가 왜 이런 곳에 있지? 여기 당신 집 아냐?"

그는 고개를 흔들며 대답했다. "나도 몰라. 기억이 없어."

"기억이 없다…….”

"당신, 자기 이름, 떠올릴 수 있어?"

그녀는 대답하지 않았지만 안색이 더더욱 새하얗게 되었다.

"역시 그렇구나……. 나도 그래."

그녀는 왼손으로 가슴을 끌어안은 채 오른손으로 머리를 쓸어 올리고 집 안을 둘러보았다. 손가락에서 찰랑찰랑 흩어져 떨어지는 아름다운 머리카락이다. 관자놀이에서 흘러내린 몇 가닥이 입술 끝에 들러붙는다. 그것을 보고 있는 그의 머리에 '광녀'라는 단어가 떠올랐다가 사라졌다. 어딘가에서 비슷한 모습의 여성을 본 듯했다.

파자마의 소맷부리가 젖혀져 눈부실 정도로 하얀 팔뚝이 보인다. 그곳에 가는 선 같은 것을 발견하고 그는 무의식중에 다가갔다. 그녀는 재빨리 물러섰다.

"미안, 놀라게 할 생각은 없어. 당신 팔."

그는 뒤로 물러나 그녀의 팔을 손가락으로 가리켰다.

"봐. 뭔가 없어?"

그녀는 오른쪽 팔뚝을 보았다. 그가 한 말의 의미를 깨닫고 두 눈이 휘둥그레진다. 그대로 덤벼들 듯한 표정으로 그를 쏘아본다.

"이거, 대체 뭐야?"

그는 다가가서 그것을 보았다. 생각대로 거기에도 불가사의한 기호와 문자가 늘어서 있다.

'Level 7 F-112-a'

그는 자신의 왼팔을 보여 주었다. "나도 있어."

그녀는 눈도 깜빡이지 않고 두 글자를 비교하고 있다. 입술이 떨리기 시작한다.

"이거, 문신?" 그녀는 문자를 쳐다본 채 말한다. "문질러도 지워지지 않아? 만지면 안 돼?"

"몰라."

"어째서."

그녀의 목소리에서 침착함이 없어지기 시작했다. 진정시켜야 한다고 생각하면서도 어떻게 해야 할지 알 수 없었다. 모른다, 모른다, 모른다의 연속이었다.

가까스로 그는 물었다. "지금 문신이라는 단어, 바로 나왔어?"

그녀는 다시 입을 반쯤 벌리고 그를 올려다보았다. "왜?"

"눈을 떴을 때, 뭐라고 할까—단어가 바로 떠오르지 않는 느낌이 들었어. 꼭, 마치 형광등처럼. 스위치를 눌러도 불이 바로 들어오지 않잖아? 그런 식으로."

"모르겠어." 그녀는 오른손으로 이마를 누르고 어린아이처럼 고개를 흔들기 시작했다. "아무것도 몰라. 아무것도 기억나지 않아. 게다가 머리가 아파. 무지 아파."

느닷없이 눈물이 주룩주룩 흘러넘쳐 볼 위를 미끄러져 간다.

"나, 미친 거야? 어떻게 된 거야? 어째서 이렇게 됐지?"

그녀가 흐느껴 울면서 입에 올린 의문들은 이제부터 그들 두 사람이 몇 번이고 되풀이해 자문할 말이었다.

지금은 단 둘이 차가운 바닥에 마주 보고 서서 어쩔 수도 없이 어쩔 바를 몰라서, 그녀는 울고 그는 우는 얼굴을 바라보며 생각하고 있다. 이 상황에서 껴안고 위로해 주어도 좋을 정도로 나와 그녀는 가깝지 않았을까…….

그 대답도 역시 나오지 않았다. 기억이 없다.

그러나 감정은 있다. 그는 그것을 우선하기로 하고 그녀의 어깨에 손을 둘러 끌어당겨 안았다. 그녀는 순간 몸이 막대기처럼 굳었지만 바로 필사적으로 매달렸다. 아플 정도였다.

3

그녀의 패닉 상태가 가라앉고 눈물이 멈추어도 두통만은 가시지 않았다.

"언제부터 아파? 깼을 때부터?"

그의 물음에 그녀는 양손으로 머리를 누르고 고개를 움츠린 채 대답했다.

"일어났을 때는 어쩐지 멍했을 뿐이야. 아까 당신과 이야기하다가 점점 아파졌어."

머리를 움직이지 않으면서 말한다. 마치 폭탄이라도 껴안고 있는 것 같았다.

"어쨌든 다시 눕는 편이 좋겠군. 뭔가 약이라도 있나 찾아볼게."

그녀의 팔을 가만히 잡고 침대가 있는 방 쪽으로 데려갔다.

"괜찮아. 걸을 수 있으니까"라고 해서 손을 놓고 그는 주방으로 되돌아왔다. 붙박이 선반 위나 싱크대의 서랍 등 생각이 미치는 곳은 전부 구석구석 찾아본다.

흔해 빠진 주방용품—세제, 스펀지, 배관용 세정제, 자루 달린 솔, 클렌저, 쓰레기봉투. 커다란 서랍 안에 그것들이 어수선하게 들어가 있다. 선반 위에는 편수 냄비와 양수 냄비가 각각 하나씩.

서랍이나 여닫이문을 열고 닫는 사이에 그는 자신의 머리가 원활하게 회전하기 시작했음을 알아차렸다. 이미 일일이 멈추어 서서 물건 이름을 확인할 필요는 없어졌다. 뭔가를 보면 그와 동시에 명사가 떠올랐다.

어쩌면 기억도? 라고 생각했다. 그러나 그것은 아직 공백이었다. 아까와 같은 상태다. 이름도 나오지 않는다. 이곳이 어디인지, 저 여자가 누구인지, 어째서 이렇게 된 건지 모르는 채다.

생각은 어떤 식으로 돌아오게 될까. 한 번에 기억이 전부 빠짐없이 돌아오는 것일까. 아니면 찔끔찔끔 하나하나씩 생각이 나게 되는 걸까.

콤팩트하게 구성되어 편리해 보이는 시스템키친이었지만 수납 장소는 별로 없었다. 약 같은 것은 하나도 찾을 수 없었다. 마지막으로 남은 싱크대 밑의 폭 좁은 여닫이를 열어 보니 그곳도 텅 비었다. 배수 파이프가 비뚤어진 U자 모양을 그리며 바닥 쪽으로 뻗어 있을 뿐이다.

그는 문을 닫으려다가 문 안쪽에서 뭔가를 발견했다.

그리 특별한 것은 아니다. 작은 선반이다. 플라스틱제 붙박이로 그곳에 세울 수 있도록. 위험하지 않도록. 꺼내기 쉽도록.

선반이다. 그것은 알겠다. 그런데 무엇을 넣어 두는 선반이지?

그 '무엇'은 실제로 그의 눈앞에 있었다. 그 선반에 세워져 있다. 목제 손잡이가 이쪽을 향하고 있다. 손에 잡기 쉽도록.

손을 뻗어 그것을 잡아 보려고 했다. 정말 그렇게 해 보려고 했는데…….

할 수 없다.

이 물건의 이름도 떠오르지 않는다.

이건 뭐였지? 알 것 같은 느낌이 든다. 금방이라도 떠올릴 수 있을 것 같은. 다만,

―날카롭다. 아주 날카로운 날이 이쪽을 향하고 있다. 주위에는 피 웅덩이가 생겨 있고.

뭔가 걸리긴 하는데 생각해 내면 무척 고통스러워질 듯한 예감이 들었다. 예를 들면―그래, 꽂힌 화살을 뽑아 내는 것 같은. 그대로 두는 편이 상처가 더 작다.

―손을 대면 안 돼 그대로 둬. 경찰이 지문을 채취하니까.

그는 깜짝 놀라 제정신으로 돌아왔다. 여닫이문에 손을 댄 채 이삼 초쯤 멍하니 있었던 것 같다.

토템.

갑자기 단어가 떠올랐다. 토템? 이 선반에 세워져 있는 것의 이름인가.

한동안 가만히 쳐다보고 나서 그는 여닫이문을 닫았다. 찾고 있는 물건은 약이다.

그는 반대편 벽 쪽에 설치된 식기 선반으로 덤벼들었다. 상하로 나뉜 키가 큰 식기 선반으로, 색깔은 하얀색. 상단은 유리문, 하단은 서랍과 미닫이로 되어 있다.

유리문 부분은 안쪽에도 선반 몇 개로 나누어져 식기가 늘어서 있다. 그렇게 많지는 않다. 접시가 대여섯 장, 커피잔이 두 개. 유리잔이 여섯 개. 문을 열자 약품 냄새가 확 하고 코를 찔렀다. 신품이다.

하단 서랍이나 미닫이 안에도 약은 보이지 않는다. 통조림, 병조림, 봉투에 든 건조 식품, 인스턴트 식품이 몇 개씀. 그뿐이다.

"안 되겠다, 진통제는 못 찾겠어."

칸막이 문에서 목만 내밀고 침대의 그녀에게 말을 걸었다. 그녀는 똑바로 위를 보고 누워서 아이처럼 양손으로 담요 끝자락을 쥐고 있다.

"아직 아파?"

그녀는 아주 조금 턱을 움직여 끄덕였다. "가만히 있으니까 조금 편하긴 한데."

커튼은 여전히 닫혀 있었지만 창문을 열어 놓았기 때문에 방 온도는 상당히 오른 것 같았다. 찌는 듯 더운 느낌마저 들었다.

"덥지 않아?" 하고 물으니, 그녀는 베개 위에서 희미하게 머리를 가로로 움직였다.

"추워" 하고 대답한다. "한기가 들어."

문 쪽에서 보아도 그녀의 안색이 한층 더 나빠진 것을 알 수 있었다. 그게 통증 탓인지 통증을 일으킨 근본 원인에 의한 것인지는 알 수 없지만 느긋하게 약을 찾고 있는다고 나을 상태는 아닌 것 같았다.

"의사를 부르자. 응?"

그러나 그녀는 재빨리 말했다. "싫어."

"왜?"

"꼴불견이야."

그는 깜짝 놀랐다. "꼴불견?"

"응. 취해서 모르는 사람과 알 수 없는 곳에서 자고 아침에 일어났더니 아무것도 기억나지 않는다는 소리를 다른 사람에게 어떻게 해. 비웃음 살 게 뻔한걸."

그는 심호흡을 한 번 해서 기분을 진정시켰다. "당신은 취했다는 기억이 있어?"

만일 그렇다면 지금의 이 이해할 수 없는 상황에서 빠져나갈 창문이 하나 열린다. 그녀에게 취한 기억이 뚜렷하게 남아 있다면 지금 상태를 웃긴 이야기로 돌려 버릴 수 있는 가능성이 존재한다는 말이 된다.

그러나 그녀는 말했다. "아무것도 기억이 안 나."

"그러면 왜 취했다는 말을 했어?"

"이렇게 되다니, 취하지라도 않았으면 있을 수 없어."

그 후 다시 울음을 터뜨릴 것 같은 목소리로 덧붙였다. "부끄러워……."

열린 문에 기대어 그는 창문 쪽으로 시선을 주었다.

부끄럽다는 말인가. 역시. 이 얼마나 상식의 틀에 얽매인 감상일까. 조금쯤 화가 나기까지 한다. 아침에 일어나 모르는 남자와 한 침대에서 자고 있었고 둘 다 나란히 자신의 이름조차 기억해 낼 수 없어진데다 팔에는 묘한 번호가 적혀 있고 또한 한 사람은 죽을 것같이 머리가 아프다고 하는데, 그것을 그녀는 '부끄럽다'고 한 것이다.

그녀에게 시선을 되돌려 그는 가능한 한 온화하게 말했다.

"저기, 우리는 기억상실이 됐어."

"기억상실?"

"그래. 이건 숙취 후유증 따위가 아니야. 게다가 팔에 이상한 번호도 있잖아. 그건 뭐라고 생각해? 그렇게 간단히, 부끄러워서 아무 데도 도움을 요청하지 않고 있을 수 있는 상태가 아니야, 지금은."

그렇게 말하면서도 스스로 조금 더 상태를 지켜보면 전부 기억이 나지 않을까—하는 낙관론에 매달리는 자신을 의식하고 있었다. 그래서 소리도 지르지 않고 밖으로 뛰어나가지도 않고 진통제를 찾고 있을 수 있는 것이다.

거기에는 '깜짝 놀라서 함부로 도움을 요청하다가 엄청난 꼴불견이 되기는 싫다'는 의식이 숨어 있었다. 즉, 그녀와 똑같다. 그녀가 말을 해 줘서 그렇다는 것을 알았다.

"미안해." 그는 말했다. "나도 부끄러워. 마찬가지야. 그렇지만 당신은 정말 상태가 안 좋은 것 같고, 내버려두면 더 나빠질지도 몰라. 이참에 다소 번거롭지만 도움을 부르자. 구급차를 불러도 좋아."

정처 없이 의사를 찾아 돌아다니는 것보다 그 편이 빠르다.

텔레비전 받침대가 놓여 있는 쪽 벽에 전화가 있다. 그가 그쪽으로 다가가려고 하자 그녀가 작게 말했다.

"여기 주소 알아? 모르면 구급차도 못 와."

그는 탁 하고 이마에 손을 댔다. "맞아."

"게다가 그 전화 안 돼."

불쑥 중얼거리듯 그렇게 말한다. 그는 침대 위의 그녀를 말끄러미 쳐다보았다.

"해 봤어?"

고개를 흔들고 바늘에 찔린 것처럼 얼굴을 찡그린다.

"그러면 어떻게 안 되는 줄 알아?"

"그냥 어쩐지……."

그는 수화기를 들어 귀에 대 보았다. 발신음이 들린다.

"제대로……."

연결 됐어, 라고 말하려 했을 때, 돌연 현기증이 나는 듯한 감각과 함께 다시 하나의 광경이 비집고 들어왔다. 수화기가 바닥에 떨어져 있다. 그것을 누군가가 주워 올리며 말한다.

―전화선이 잘려 있어.

"전화 끊어져 있어."

그녀가 말했다. 눈은 그를 향하고 있지만 초점은 맞지 않는다.

그는 수화기를 놓았다. "괜찮아?"

그녀는 아직 멍하게 이쪽을 보고 있다. 그는 다가가 담요 끄트머리에 손을 놓고 들여다보았다.

"괜찮아?"

말을 걸자 그녀의 눈이 밝아졌다. 깜짝 놀라 몸을 빼려다가 아픈 듯 얼굴을 일그러뜨렸다.

"지금, 뭐라고 했는지 기억해?"

"나? 뭔가 말했어?"

바로 옆에서 봐도 아름다운 눈이다. 흐린 것도 아니다. 크게 반짝 떠서 또렷이 그를 쳐다보고 있다.

"아무래도 이상해. 이상한 것투성이야. 역시 의사가 필요해."

그가 침대에서 멀어지자 그녀는 말했다. "나, 오 분도 못 참을 정도로 상태가 나쁘지는 않으니까."

"그래서?"

"일단 당신이 밟아서 크게 다치기 전에 저 꽃병을 치우는 게 좋겠어."

어깨 너머로 파편을 흘끗 보고 그는 끄덕였다.

"알았어. 세면장에 걸레가 있었던 것 같으니까 하는 김에 바닥도 닦을게. 그뿐이야?"

"사람을 부르러 밖에 나갈 거면 옷 갈아입고 가."

그는 자신이 아직 파자마 차림이라는 것이 기억났다.

"알았어."

여자란 정말 열이 받을 정도로 양식이 풍부하다—라고 생각하면서 그는 꽃병 파편을 주워 모으기 시작했다.

4

십 분 후 그는 티셔츠와 면바지로 갈아입고 밖으로 나가기 위해 구두를 찾고 있었다.

옷은 옷장 안에 있었다. 숫자는 많지 않았고 바지와 셔츠라는 조합뿐. 정장 같은 것은 보이지 않는다. 왼쪽에는 남자 옷, 오른쪽에는 여자 옷이 단정하게 나뉘어 걸려 있었다. 여자 쪽도 잠깐 보았지만 역시 셔츠와 스커트밖에 없다. 다만 옷장 바닥에 얇은 방충 박스가 두 개 나란히 놓여 있어서 열어 보니 안에는 속옷과 양말이 들어 있었다.

단 하나 특징이 있다. 그곳에 있는 의류가 전부 신상품이라는 점이다.

지금은 아무 생각도 하지 말자고 마음먹고 그는 적당한 옷을 골라 그녀의 시선이 닿지 않는 곳에서 갈아입었다. 벗은 파자마는 개켜서 옷장 안에 넣었다.

신발장은 현관에 있는 소형 붙박이로, 문을 여니 역시 신상품 스니커 한 켤레와 부드러워 보이는 하얀 가죽 로힐 한 켤레가 늘어서 있었다. 그는 스니커를 현관 바닥에 내렸다. 새 고무 냄새가 났다.

다시 방으로 돌아가니 그녀는 담요 밑에 몸을 웅크리고 있다.

"아직 추워?"

"너무."

그는 땀을 흘리기 시작했는데 그녀는 부들부들 떨고 있다.

"더 덮을 게 없나."

둘러보니 옷장 위에 다른 여닫이가 있다. 수납장일 것이다. 발돋움을 하면 닿을 높이였다.

가늘고 긴 문을 여니 바로 왼쪽에 아직 비닐봉지에 든 담요가 있었다. 지금 그녀가 덮고 있는 것과 다른 색이다.

오른쪽에는 파란 여행용 가방이 있었다. 납작하게 눕혀져 손잡이가 이쪽을 향하고 있다.

그는 먼저 담요를 끌어내려 봉지를 뜯었다. 침대 위에 펼쳐 덮어주니 그녀는 "고마워" 하고 중얼거렸다.

"오한에는 효과가 없을지도 모르지만 조금만 더 참아."

비닐봉지를 둥글게 뭉쳐 침대 밑에 버린다. 시선을 들어 다시 한번 수납장을 본다.

저 여행용 가방.

뭘까.

"잠시 괜찮아? 너무 힘들어?"

담요 밑에서 그녀가 대답한다. "조금 따뜻해졌어."

"당신, 파란 여행용 가방을 가지고 있던 기억, 있어?"

"어떤 거?"

"보여 줄게."

손잡이를 잡아 바로 앞으로 끈다. 의외로 무겁다. 어라, 하는 생각에 주의했지만 결국 반쯤 떨어뜨리는 듯한 느낌으로 그는 그것을 발밑에 놓았다.

"무척 무거워. 뭐지?"

누워 있는 그녀에게도 보일 만한 곳까지 들어 올려 나른다.

이렇다 할 특징이 없는 매끈한 여행용 가방이었다. 스티커도 붙어 있지 않고 이름표도 없다. 간신히 '샘소나이트'라는 메이커 이름을 읽었을 뿐이다.

"기억 나?"

그녀는 말없이 그를 올려다보았다. '아니'라는 얼굴이었다.

"열어 볼까."

"열릴까."

잠겨 있지 않았다. 손잡이 양옆에 있는 쇠장식을 만지작거리자 짤깍 하는 소리가 나고 뚜껑이 들렸다.

연 순간 그는 시선을 고정했다.

"뭐야? 뭐가 들어 있어?"

그녀가 몸을 일으키려 하다가 "아얏!" 하고 소리 지르더니 질끈 눈을 감았다. 그대로 움직일 수가 없는 것 같았다. 옆에서 보고 있을 뿐인 그에게도 그녀의 고통이 얼마나 심한지 알 수 있었다. 마치 쇳조각을 가득 채운 양말로 한방 맞은 것 같다. 그는 그녀의 어깨를 받쳐 주었다.

"움직이지 않는 편이 좋아."

그녀는 슬슬 눈을 떴다. "괜찮아. 움직이면 아픈 것 같아. 일어나면 괜찮아, 이젠 아무렇지도 않아."

그리고 그녀도 여행용 가방 안을 보았다.

둘 다 목소리가 나오지 않았다.

"이거—뭐지."

겨우 그렇게 말했을 때 그녀의 목소리는 뒤집어져 있었다.

"이름을 잊어버렸어?"

"농담하지 마. 그런 의미가 아니야."

"알고 있어."

그도 농담할 기분은 아니었다. 여행용 가방을 가득 채우고 있는 것은 현금이었다.

"이거, 어떻게 된 일일까?"

그녀는 여행용 가방에 눈을 고정한 채 손을 더듬어 그의 팔을 찾아 잡았다. 손톱이 파고들 정도로 거세다. 그러나 어안이 벙벙한 그는 아무것도 느낄 수 없었다.

"몰라."

대답하고 나서 아까부터 몇 번이나 이 말만 하고 있군, 하고 생각했다.

채워져 있는 것은 전부 일만 엔짜리 지폐였다. 세로로 세 줄, 가로로 다섯 줄. 다발이지만 돈띠는 없고 고무밴드로 묶여 있다.

"얼마나 있어?"

"세어 볼까?" 그는 그녀를 흘긋 보았다. "흥미 있어?"

"흥미…… 같은 게 아니야."

"그래."

여행용 가방의 뚜껑을 덮고 그는 일어섰다. 손잡이를 잡아 들어올린다.

"어떻게 할 거야?"

"아무 데도 갖고 가지 않아. 옷장 속에 넣어 둘 뿐이지."

말대로 하고 그는 문을 꼭 닫았다.

"어쨌든 병원이다. 우리 둘 다 조금이라도 빨리 진찰받는 편이 좋아."

그녀는 담요 끄트머리를 꼭 쥐고 그를 바라보고 있다.

"위험하지 않을까."

"위험하다니?"

"저 돈……."

아랫입술을 깨물며 그는 잠시 생각했다. 그런 뒤 그녀 옆으로 돌아가서 쪼그리고 앉아 눈과 눈을 맞췄다.

"당신의 말은, 즉, 저 돈에 범죄가 얽혀 있는 게 아닐까 하는 거지? 강도라든지, 유괴라든지."

그녀는 대답하지 않았지만 눈을 돌렸다.

"밖에 나가서, 더구나 병원 같은 곳에 가면 붙잡힐지도 모른다고 생각해?"

그녀는 자신 없는 듯이 그를 올려다보았다.

"그런 기분 들지 않아?"

조금 전까지는 극히 일반적인 세인의 이목에 얽매여 있었는데 이번에는 자신이 범죄자일지도 몰라서 두려워하고 있다. 산 넘어 산이군. 그는 쓴웃음을 지었다.

"어이어이, 여행용 가방에 든 돈을 본 것뿐인데, 너무 앞질러 가지 마."

"그렇지만 성실한 사람이 저런 식으로 돈을 갖고 있을 리가 없어. 은행에 넣겠지."

과연. 그러고 보니 이것도 양식에서 나온 발상이다. 성실한 사람이라면 현금을 방에 감추어 두지 않는다는 말인가.

"복권에 당첨되었을 뿐일지도 모르잖아." 그는 웃어 보였다. "그래서 축배를 들었다가 좀 지나치게 마셨어. 가능성으로서는 있을 수 있지."

그것은 아까 자기 입으로 한 말과 모순되는 설이라는 것을 그도 알고 있었다. 그녀를 설득할 수 있다고도 생각하지 않는다. 그러나 여기서 우물쭈물하고 있어 봐야 아무것도 되지 않고, 그녀는 의사를 필요로 하고 있다. 아니, 자신도 필요하게 될지 모른다.

입을 다물고 있는 그녀의 어깨를 담요 위에서 통통 두드리고 그는 일어났다.

"누워서 쉬고 있어. 아무 걱정할 필요 없으니까. 바로 돌아올게."

그녀는 살짝 고개를 들었다.

"있잖아, 나, 무서워."

"무서워?"

"저 돈과 나만 여기에 남는 거야?"

그런 의미인가. 그는 납득했다.

"문을 잠가 놓는 편이 좋을까?"

"그러는 게 잠이 잘 들 수 있을 것 같아."

그는 다시 담요를 통 하고 두드렸다. "좋아. 어딘가 열쇠가 있을 테니까, 찾아보자."

찾는다고 해도 장소는 한정되어 있다. 주방은 아까 구석구석 보았고 열쇠 같은 것은 욕실이나 화장실에 둘 리가 없으니까, 있다고 하면 이 방 안이다. 테이블 위에는 꽃병밖에 없었고 그 외에 눈에 띄는 수납 장소라면 텔레비전 받침대 밑에 달린 작은 서랍뿐이었다.

그때 알아차렸다. 그녀나 나나 짐은 전혀 갖고 있지 않았다고. 핸드백 따위가 있으면 바로 알 수 있었을 것이다.

텔레비전 받침대는 조악한 구조였지만 비디오용 선반도 있고 테이프도 수납할 수 있게 되어 있다. 그러나 그곳은 텅 비었고 자잘한 나무 부스러기가 떨어져 있었다.

그는 쪼그리고 앉아 작은 서랍을 열었다.

세 개의 물건이 있었다. 어느 것을 처음에 인식했는지, 인식에 순서가 있었는지 어떤지조차 알 수 없다. 그저 본 것은 틀림없었다.

그는 쾅 하고 서랍을 닫았다. 탄력으로 텔레비전 받침대가 약간 움직였다.

슬쩍 뒤를 살핀다. 그녀는 알아채지 못했다. 말도 걸지 않는다.

그는 바닥에 주저앉았다. 다시 심장의 두근거림이 격렬해지고 손바닥이 땀이 찼다. 눈을 깜빡이고 손등으로 이마를 훔치고 크게 호흡을 하고 나서 다시 한번 서랍을 연다.

제일 앞에 열쇠가 들어 있었다. 아주 작아서 공간은 차지하지 않는다. 공간을 차지하고 있는 물건은 다른 것이었다.

권총이다.

검고 금속성 광택이 있는 총이 약간 비스듬히 기울어져, 기역자 모양으로 놓여 있다.

모델 건인가. 모델 건이라면 총구가 막혀 있지 않을까, 라고도 생각했다. 어째서 이런 것을 알고 있을까. 내게 그런 취미가 있었던가.

총을 집어들 기분은 들지 않았다. 손끝으로 방아쇠 부분에 걸려다가 그렇게 하면 폭발할지도 모른다고 생각했다. 안전―그래, 안전장치가 걸려 있다면 괜찮을지도 모르지만 권총 어디에 안전장치가 있는지도 어떤 것이 장치인지도 어떻게 되어 있으면 걸려 있는지도 전혀 알 수 없었다.

서랍을 완전히 뽑아 무릎 위에 놓았다. 머리 쪽을 움직여 총구를 들여다보았다.

막혀 있지 않았다.

진짜일까.

심장이 귀 바로 안쪽에서 고동치고 있다. 방 안의 더위를 참기 힘들어 숨쉬기 어려워졌다. 그런 주제에 등이 오싹오싹했다. 등뼈 아래에 얼음처럼 차가운 손이 딱 붙어 있다. 그 손은 점점 커져서 체온을 빼앗아 간다.

열쇠와 권총.

세 번째는 얇은 수건 한 장이었다. 앞의 두 개 밑에 깔려 있다. 그저 그뿐이라고도 생각할 수 있다.

그러나 잘못 본 게 아니라면 그것은 더러워져 있었다. 극히 희미하기는 하지만 뭔가를 닦아 낸 듯한, 문지른 듯한 갈색의 얼룩이.

더러운 얼룩이다. 마치 마른 혈액 같은.

그는 오른손을 면바지의 허벅다리에 문질러 땀을 닦아 냈다. 손이 미끄러지면 끝이다. 몇 번이고 땀을 닦아도 아직 충분하지 않다는 느낌이 들었다.

총에 닿으면 차가운 감촉이 느껴진다. 입 속에 기름 냄새가 퍼지는 것 같았다.

무슨 일이 있어도 방아쇠에 닿지 않으려면 오히려 직접 총신을 드는 편이 좋다고 생각했다. 신중하게 총구를 자기 쪽으로도 침대 쪽으로도 향하지 않도록 하면서 곡예를 하는 수준으로 팔꿈치를 굽혀 가까스로 서랍에서 끄집어낸다. 바닥에 놓을 때까지 무의식중에 호흡을 멈추고 있었다.

그러다 지금까지의 신중한 행동에 대한 반동처럼 수건을 거칠게 틀어쥐었다.

펼쳐 본다. 물감을 아껴서 그린 추상화처럼 부분 부분에 모양이 분명하지 않은 얼룩이 있다. 수건을 얼굴에 가까이 대자 좋지 않은 냄새가 났다.

"그거, 피지. 그렇지?"

그는 말 그대로 펄쩍 뛰었다. 그녀가 침대 위에서 몸을 일으켜 창백한 얼굴로 이쪽을 보고 있다.

정말 본능적으로 그는 무릎을 움직여 바닥 위의 권총을 감추었다. 그녀는 수건에 시선을 고정하고 있었고 다른 것은 눈치 채지 못한 것 같았다.

"서랍에 들어 있었어?"

그는 끄덕거렸다. 그녀는 얼굴을 찌푸리고 머리를 짚으면서 몸을 약간 앞으로 내밀었다.

"보여 줘."

수건을 건네니 그녀는 꼼꼼히 관찰했다. 살짝 코를 대어 보더니 얼굴을 찡그린다.

"이 냄새, 역시 피야."

"알아?"

"여자라면 누구나 알 거야."

그녀는 그에게 수건을 돌려주고 무척이나 힘들게 고쳐 앉았다. 움직이면 머리가 울리는 상태는 심한 편두통과 매우 비슷하다.

"이래도 우리가 위험에 빠진 게 아니라고 생각해?"

그녀는 괴로운 얼굴로 말했다. 눈이 충혈되기 시작했고 아주 약간 눈물이 고여 있었다.

그는 묵묵히 있었다. 손에 든 패를 전부 보여 주는 편이 좋을지 어떨지 고민했다.

"병원에는 가지 마. 나 괜찮으니까."

"도저히 그렇게는 보이지 않는데."

"그럼 지금은 가지 말아 줘. 조금 더 안정될 때까지. 저녁까지. 뭔가 떠오를지도 모르는걸. 그렇지?"

그는 침대 손잡이에 팔을 올리고 그녀의 얼굴을 바라보았다. 오히려 지금은 혼자 남겨놓고 가지 않는 게 좋을지도 모른다고 생각했다.

아니, 솔직해지자. 나는 밖에 나가는 것이 두렵다. 무엇이 기다리고 있을지 모르니까.

"그렇게 할게." 그가 말했다.

그녀가 누운 것을 확인하고 바닥에서 총을 집어 올렸다. 수건으로 싸서 잠시 생각한 후에 침대 스프링과 이불 사이에 억지로 밀어 넣었다. 그 서랍에 넣어 놓으면 누군가의 눈에 띄지 않는다고 장담할 수도 없다.

열쇠는 면바지의 주머니에 넣었다.

주방에 가서 우선 문이 잠겨 있는 것을 확인했다. 세면장에 들어가서 수도꼭지 밑에 머리를 대고 차가운 물을 틀었다. 티셔츠 등까지 젖었지만 머리는 개운해졌다.

수건으로 얼굴을 닦고 있을 때 팔뚝에 있는 불가사의한 글자가 다시 한 번 눈에 들어왔다. 물에 담가도 희미해지지 않는다.

침착해, 침착해—자신을 그렇게 타이른다. 그녀의 말대로 잠시 상태를 보면, 시간이 지나면 모두 해결할 수 있을지도 모른다.

수건을 걸이에 돌려놓고 거울을 보았다. 거울 속의 남자는 그의 그런 희망적 관측 따위는 아예 믿지 않는다는 얼굴을 하고 있었다.

아무래도 병원에도 경찰에도 갈 수 없을 것 같다.

시각은 오후 두 시 이십칠 분. 모든 것이 지금 막 시작된 참이었다.

5

손님은 약속한 세 시 정각에 왔다.

초인종이 두 번 울리자 신교지 에쓰코는 주방 의자에서 일어났다. 옆 의자 위에서 정좌하고 있던 유카리가 색연필을 손에 들고 불만인 듯이 볼을 부풀린다.

"손님?"

"그런 것 같아."

"흥."

어린아이의 특권이라는 듯이 일단 뾰로통해 보이지만, 유카리는 색연필을 척척 케이스에 넣고 색칠 공부 책을 덮고 나서 의자에서 내려왔다. 에쓰코는 유카리의 머리에 가볍게 손을 놓았다.

"미안해. 모처럼 일요일인데. 오래는 걸리지 않을 거야."

"저녁 약속은?"

에쓰코는 방긋 웃었다. "괜찮아. 걱정 마. 뭘 먹을지 생각해 놔."

"와아!"

유카리는 신이 난 걸음걸이로 계단을 올라간다. 에쓰코가 말했다.

"아니면 먼저 할아버지 댁에 가 있어도 돼. 같이 색칠 공부를 완성하는 게 어때?"

유카리는 층계 참에서 돌아보았다. "그것도 좋지만……. 하지만, 할아버지는 웨딩드레스를 녹갈색으로 칠하고 그래."

"차분한 색이 좋으신 거겠지."

유카리가 자기 방문을 닫는 소리를 확인하고 나서 에쓰코는 현관문을 열러 갔다.

가이바라 요시코는 짜증을 감추려고도 하지 않고 서 있었다. 검정과 하얀색 콤비 하이힐에 둘러싸인 발끝을 부자연스럽게 딱딱 울리고 있다.

"어지간히 기다리게 하시네요"라고 말하고, 짙은 립스틱을 바른 입술을 꽉 다물었다. 에쓰코는 신경 쓰지 않기로 했다.

"아이가 있어서요. 올라오세요."

슬리퍼를 권하고 앞장서서 거실로 돌아간다. 요시코는 문을 난폭하게 닫고 뒤를 따랐다.

거실에 들어가자 요시코는 주위를 유심히 둘러보았다. 시어머니 같군. 에쓰코는 그런 생각을 하면서 스스로를 조금 이상하게 여겼다. 오늘 아침, 요시코의 방문을 의식해서 평소보다 공들여 청소했다는 사실을 떠올렸다.

가이바라 요시코는 모든 여자들에게 심술궂은 시어머니처럼 행동했다. 그것이 무의식중에 나오는 것이라 해도 주위의 인간에게는 마음고생이 된다.

"미사오는 정말 댁에 없는 거죠?"

우뚝 선 채로 요시코가 말한다. 이번 건으로 그녀에게 처음 전화를 받은 것은 사흘 전이지만, 그때부터 세어 보면 이미 열몇 번은 같은 질문을 받았다.

에쓰코의 대답도 언제나 똑같았다.

"미사오는 이곳에 온 일이 없습니다. 저는 다른 장소에서 미사오와 만나지 않습니다. 앉으시지 않겠습니까."

여름용 마 커버를 씌운 소파를 힐끗 보고 나서 요시코는 앉았다. 검은 악어가죽 캘리백을—아마 무늬가 아니라 진짜 가죽일 것이다. 미사오는 언제나 우리 어머니는 몸에 걸치는 것에는 돈을 아끼지 않으니까, 라고 말했다—바로 옆에 놓고, 그 안에서 은색 담배 케이스와, 세트인 라이터를 꺼냈다.

에쓰코는 기다란 손님용 유리잔에 따른 차가운 보리차를 쟁반에 올려 거실로 가져가 요시코의 대각선 맞은편에 앉았다. 요시코는 담배를 한 모금 피우고는 테이블 위의 유리 재떨이 테두리에 톡톡 두드린다. 그때마다 테이블보에도 가느다란 재가 흩어졌다. 재떨이를 깨끗하게 쓰지 않는 흡연자가 에쓰코는 정말 싫었다.

보리차 유리잔을 테이블에 놓고 에쓰코가 무릎 위에 양손을 가지런히 놓아도 요시코는 담배만 피울 뿐 아무 말도 없다. 말을 꺼내는 것은 당신의 역할이다, 라는 태도였다.

"전화로는 몇 번쯤 이야기를 할 기회가 있었습니다만, 이렇게 뵙는 것은 처음이네요. 제가 신교지 에쓰코입니다." 에쓰코는 인사를 했다. "미사오와는……."

요시코는 말을 딱 자른다.

"당신과 미사오가 어떻게 아는 사이인지 그 아이에게 들어서 잘 알고 있습니다. 지금은 그런 건 어떻게 되든 상관없어요. 저는 미사오가 있는 곳을 알고 싶네요."

에쓰코는 조용하게 자신도 지금 미사오가 어디에 있는지 짐작이 가지 않는다는 말을 되풀이했다.

"미사오는 전혀 연락이 없나요?"

요시코는 홱 째려보았다.

"있었으면 이런 데 오지도 않았겠죠."

이런 데라니, 무례하지만 에쓰코는 불쾌감을 얼굴에 드러내지 않도록 노력했다. 언젠가 미사오가 '어머니와 이야기할 때는 일일이 화를 내면 안 돼. 화를 내면 다른 얘기를 할 시간이 없어져 버리니까'라고 말했던 것을 떠올렸다.

"미사오가 없어졌다는 전화를 받은 날은 9일 목요일 밤이었지요. 오늘로 딱 사흘이네요."

에쓰코는 벽에 걸린 달력을 올려다보았다. 고산 식물 사진집을 편집한 것으로 도시유키가 좋아했다. 그가 죽고 나서도 다른 달력을 걸 마음이 나지 않아 일부러 시내 문구점까지 외출해서 손에 넣었다.

"이렇게 오래, 그것도 전화 한통 걸지 않고 집을 비운 일은 지금까지 없었죠?"

요시코는 담배를 쓱쓱 문질러 끄고 성급하게 다음 개비에 불을 붙였다.

"없어요. 외박했다고 해도 언제나 하룻밤 지나면 돌아왔다구요."

요시코가 말하는 '외박'을 미사오는 '가스빼기'라고 불렀다.

—가끔씩 가스빼기를 하지 않으면 난 정말 폭발해 버릴 것 같아.

"쪽지는 없었어요?"

"그런 거 없어요."

"미사오가 집을 나갈 때 짐을 챙겨 갔던 것 같습니까? 여행용 가방 같은 거라도."

요시코는 시선을 돌리고 부아가 난 듯이 코로 숨을 내뱉었다.

"저는 보지 못했어요, 그 애를." 그녀는 말하고 나서 싸움을 걸기라도 하는 눈매로 에쓰코를 쏘아본다. "그 애는 집에 있어도 내게 제대로 말을 하지 않아요. 집에 있는지 없는지도 식사 때 아래층에 내려오는 걸로 분간하고 있을 정도니까. 갑자기 밖에 나갔다고 해도 알 수 없죠."

새삼스럽게 말투가 엄한 것은 거기에 변명이 섞여 있기 때문이다.

"그럼 9일이 아니라, 그보다 더 전부터 보이지 않았군요?"

"마지막으로 얼굴을 본 게 8일 저녁 식사 때였어요. 그 후 열한 시경이었을까, 목욕을 하라고 말을 해도 대답이 없어서 방을 들여다봤더니 없었습니다."

지금까지의 '실적'으로 생각해 보면 8일 밤 외박했다면 9일에는 돌아온다는 게 된다. 요시코도 그렇게 생각해서 그때는 그냥 놔두었을 것이다.

그런데 9일 밤이 되어도 미사오는 돌아오지 않았다. 그래서 요시코는 에쓰코에게 전화를 걸었다. 자정이 다 되었을 때의 일로 에쓰코는 그 전화 때문에 억지로 일어났다.

'미사오를 바꿔 주세요!' 하고 처음부터 히스테리를 일으켰다.

"그렇다면 오늘까지 나흘이네요. 어디에 있는 걸까……."

에쓰코는 가이바라 미사오의 반듯한 얼굴을 떠올렸다. 한 달쯤 전 처음으로 본인과 만났을 때 전화 목소리에서 상상했던 것보다 훨씬 아름다운 아가씨구나, 하고 생각했다. 미사오는 열일곱 살이라는 어린 나이에 바로 '어른이 되면 미인이 될 것 같다'는 단계를 넘어 버렸다. 이미 완성품이었다.

"짐작 가는 곳에는 물어보셨어요? 집 말고 같은 반 친구나 남자 친구 말이죠."

"그 아이에게는 학교 친구 따위 있지도 않아요. 학교 같은 덴 거의 가지 않으니까."

"남자 친구는요?"

"어차피 불량한 애들뿐이에요."

말도 안 되는 대답을 내뱉고 요시코는 다시 담배로 손을 뻗었다.

"여쭙기 뭐합니다만, 경찰 쪽은?"

입술 사이에 담배를 끼우고 라이터를 손에 든 요시코는 시선을 보냈다.

"어째서 경찰 따위에?"

"수색원을 내셨을 것 같아서요."

"수색원 따위를 낼 필요가 있어요? 미사오는 돌아올 텐데."

경찰에게 신고하면 그 아이가 돌아왔을 때 꼴불견이잖아요, 라는 말투였다.

기가 막히면서도 에쓰코는 이해했다.

이 사람은 정말 딸의 신상에 뭔가 변고가 일어나지 않았나 염려하는 게 아니다. 미사오가 마음대로 집을 나가 엄마가 모르는 곳에서 생활을 하는 게 참을 수 없을 뿐이다. 하룻밤이라면 그래도 눈을 감아 주겠지만 며칠이나 지났기 때문에 화가 난 것이다.

가이바라 요시코는 독점욕과 애정을 잘못 이해하고 있다. 미사오가 어머니보다 마음을 터놓고 이야기할 수 있는 친구가 어딘가에 있다는 사실을 용서할 수 없다. 화가 나는 것이다. 제일 먼저 분노의 표적으로 선택된 것이 신교지 에쓰코였다. 그렇게 된 연유다.

"실례지만 어째서 미사오가 저희 집에 있다고 생각하셨습니까."

요시코는 뚱하게 입을 다물고 있다.

"미사오, 댁에서 자주 저에 대해 이야기하나요?"

같잖다는 듯이, "해요. 네버랜드의 신교지 씨라면 당신보다 훨씬 나를 잘 알아 줘, 같은 소리를 합디다. 엄마인 저를 당신이라고 부른다고요."

"그래서 저희 집에 와 있다고 생각하셨군요?"

대답은 하지 않았지만, 그것이 대답이 되었다. 에쓰코의 입에서 한숨이 새어나왔다.

"저도 미사오에게는 그저 친구에 지나지 않습니다."

요시코는 당연하지, 라는 얼굴이었다. 그리고 날카롭게 말했다. "미사오가 여기에 온 적이 있죠?"

에쓰코는 끄덕였다. "한 번뿐입니다."

"미사오는 당신을 무척 신용하고 있었던 것 같네요."

"그래도 남은 남입니다." 에쓰코는 똑똑히 말했다. "미사오에게는 제가 발을 들여놓을 수 없는 부분이 있었어요. 저뿐만 아니라 누구도 들여놓을 수 없는 부분입니다. 보통 사람이라면 누구든지 그런 부분을 갖고 있지 않을까요. 시시까지 흙투성이 발로 들어가는 것이 친밀함을 나타낸다고는 생각하지 않습니다."

요시코는 머쓱해했다. "당신 말이야, 무슨 소리가 하고 싶은 거야?"

"제가 말씀드리고 싶은 것은 미사오에게는 미사오의 의지와 판단으로 하는 일이 있다는 겁니다. 그 아이에게는 그 아이의 세계가 있다는 말이죠."

"어린애 주제에."

"어린애라도, 입니다." 에쓰코는 몸을 앞으로 내밀었다. "중요한 것은 서로의 세계에 통풍이 잘되게 만들어 두는 일 아닐까요. 그것만 된다면 걱정은 없을 겁니다. 미사오는 똑똑하니까."

"실제로 사흘이고 나흘이고 돌아오지 않는데? 당신 말이야, 남의 집 딸 일이라고 그런 무책임한 말을 하면 안 되지."

"그러니까." 에쓰코는 참을성 있게 말했다. "지금 걱정해야 할 것은 미사오의 태도가 어떻고 사고방식이 어떻고 하는 게 아니라는 말씀이에요. 실제로 지금까지 그런 적이 없었는데 이렇게 오래 집을 비우고 있잖아요? 뭔가 문제에 휘말렸을지도 모릅니다. 가이바라 씨, 경찰에 가셔야 해요. 저희 집에는 없다는 게 확실해졌으니까 저 말고 미사오의 친구, 아는 사람들 집도 찾아보셔야 합니다. 결과적으로 미사오를 찾아내어 꾸짖게 되더라도 전혀 찾지 않는 것보다는 훨씬 낫지 않을까요."

사실 에쓰코는 요시코가 지금까지 경찰에 가지 않았고, 그럴 생각도 하지 않는다는 사실이 놀라웠다.

요시코는 다른 나라 말을 듣고 있는 얼굴이었다. 미사오 자신이 아무 짓 하지 않더라도 바깥에서 재난이나 사건이 일어날 수 있는 가능성에는 생각이 미치지 않은 듯했다.

잠시 후 요시코는 갑자기 핸드백을 열어 그곳에서 큰 수첩 같은 것을 하나 꺼냈다. 테이블 위에 툭 하고 던지듯이 놓는다.

"그 애 일기입니다."

에쓰코는 눈썹을 찡그렸다. "방에 있었어요?"

"행선지를 알 수 있을까 해서 주소장을 찾다가 발견했습니다."

과연 그렇게 하지 않았으면 에쓰코의 집에 전화를 걸 수도 없었겠지만, 그 사실에 관해 조금도 미안해하는 표정을 보이지 않는 요시코에게 에쓰코는 진절머리가 났다.

"뭔지 영문을 알 수 없는 말이 적혀 있어요."

"보셨군요?"

미사오의 일기장은 장난감 같은 자물쇠가 걸린 종류였다. 꽃무늬 표지에 금색으로 '다이어리'라는 글자가 씌어 있다. 자물쇠는 부서져 있었다.

"드라이버로 열었어요." 요시코는 솔직하게 말했다. "봐 주세요. 당신이라면 뭔가 알 수 있을지 모르니까."

에쓰코는 곧바로 손을 댈 수는 없었다. 멋대로 내용을 읽는 것은 미사오의 신뢰를 배반하는 거라 생각했다.

"읽어 주세요." 요시코는 다그쳤다. "어머니인 제가 허락합니다. 화급한 경우일지도 모르니까. 그렇게 말한 것은 당신이잖아요."

요시코에게 '허락받을' 필요는 없다. 미사오를 만났을 때 사과하기로 하고 에쓰코는 일기장을 펼쳤다.

미사오가 직접 쓴 글씨는 처음이었다. 유행하는 동그스름한 글씨가 아니고 약간 오른쪽으로 기울었지만 제대로 된 좋은 글씨체였다.

한 페이지에 하루씩 기록할 수 있는 형식이지만 공백이 많다. 미사오는 일기라기보다 메모장으로 쓰고 있었던 듯, 'PM. 8 로프트'라든지 '마이시티로 쇼핑' 등의 메모 같은 기록이 태반을 차지하고 있다.

페이지를 넘겨보니 8월 7일까지 쓴 것이 있고 그다음은 공백이 이

어지고 있다.

7일의 기술은 딱 한 줄.

'내일 레벨7까지 가 본다. 돌아올 수 없을까?'

'돌아올 수 없을까?'라는 글자를 몇 번쯤 되풀이해 묵독했다. 실제로 미사오는 돌아오지 않았고 일기는 여기서 끊어졌다.

이 글로 보면 미사오는 집에 돌아가지 못할 것을 어느 정도 짐작하고 나간 것일까?

에쓰코는 시선을 들어 요시코를 보았다. 담배를 피우며 가만히 이쪽을 바라보고 있다.

"7일의 이거, 뭘까요?"

"모릅니다, 저는."

앞 페이지로 돌아가 본다. 7월 20일 란에도 '레벨'이라는 글자가 있었다.

'레벨3 도중에서 단념. 분하다.'

더 앞으로 간다. 주의해서 보았지만, 아무래도 '레벨'이라는 단어가 처음으로 등장한 것은 7월 14일이었다.

'처음으로 레벨1을 보았다 신교지 씨♡'

에쓰코는 그 문장을 두 번 되풀이해 읽었다.

'레벨'이라는 단어도 이상하고, 그 뒤의 '신교지 씨♡'라는 것은 더더욱 알 수 없다.

"잠깐 실례하겠습니다." 에쓰코는 요시코에게 양해를 구하고 자리를 떠나 주방 서랍에 든 가계부를 꺼내어 왔다. 노트 형식의 간단한 물건인데 가계부와 동시에 일기 대신으로도 쓰며 아끼는 것이다.

그것을 뒤적여 보자 에쓰코가 처음으로 미사오와 만나 이 집에 초청한 날은 7월 10일이었다.

다시 미사오의 일기로 돌아간다. 일기에 7월 10일 란에 '신교지 씨와 대면!'이라고 씌어 있다.

다시 한번 8월 7일 부분을 보고 나서, 에쓰코는 미사오의 일기를 덮었다.

"집을 나가기 직전의 이 '레벨7'이라는 것이 마음에 걸리네요. 뭘 말하는 걸까."

요시코는 쌀쌀맞게 어깨를 웅크렸다. "당신이 모르는 걸 제가 알 리 없잖아요."

에쓰코는 분노를 억제하기 힘들어졌다. "가이바라 씨 따님의 일로 완전히 남인 저와 다투어도 의미가 없어요. 미사오의 어머님은 가이바라 씨 한 사람뿐이니까요."

그런 식으로 언제나 미사오의 주위에 눈을 번뜩여 그 아이의 모든 것을 제어하고 싶다, 그렇게 하지 않으면 성에 차지 않는다, 그렇게 모친이 권리를 내세우며 강압적인 태도를 계속하는 것이 부모자식 간 충돌의 가장 큰 원인이다.

일기를 요시코에게 돌려주고 에쓰코는 단호히 말했다. "이것을 가지고 우선 경찰에 가시는 겁니다. 어린 딸이 나흘이나 없어진 것은 결코 간단한 이야기가 아니니까, 분명 도움을 받을 수 있을 거라 생각합니다. 그리고 친구 관계를 하나하나 조사해 보면 어떨까요."

요시코는 불만인 모양이다. 에쓰코의 권유에 따르고 싶지 않은 게 아니라 그저 타인의 지시를 받기가 싫은 것이다.

"저도 가능한 한 주의를 기울여 아는 범위 내에서 찾아보도록 하겠습니다. 친구로서 걱정되니까요."

에쓰코는 그렇게 말하고 이야기가 끝났다는 것을 알리기 위해 자리에서 일어났다.

6

가이바라 요시코가 돌아가자 에쓰코는 지쳐서 축 늘어져 버렸다. 자신을 위해 진한 커피를 타서 주방 의자에 걸터앉았다.

'네버랜드'의 일은 슬슬 반년이 된다. 하지만 이런 종류의 문제는 처음이다. 어떻게 하는 것이 가장 적절할지 생각하면서 심히 불안해졌다.

원래 지금 하는 일은 스스로 희망해서 시작하지는 않았다. 남편인 도시유키가 급사한 후 매일매일 거의 죽은 사람처럼 살아온 에쓰코를 회복시키기 위해 옛날 동료가 제의한 일이었다.

이데 도시유키와 알게 된 무렵 신교지 에쓰코는 중학교 영어 교사였다. 그와 결혼해서 이데 에쓰코가 되어 유카리가 태어나고 나서도 당분간은 교직 생활을 계속했지만, 유아기의 유카리가 연달아 병에 걸렸고 일요일 공휴일도 쉬지 못할 정도로 격무에 쫓기는 도시유키의 생활을 지탱하기 위해서는 자기가 집에 있는 편이 좋은 게 아닌가 하는 생각도 들어서 결혼 이 년째부터 전업주부가 되었다.

도시유키는 작년 8월 10일 새벽에 죽었다. 이제 막 일주기가 지난 참이다. 에쓰코는 그의 임종을 보지 못했다. 회사 사무실에서 쓰러져 병원에 옮겨지자마자 사망했기 때문이다. 사망은 급성심부전—서른일곱 젊은 나이였다.

회사 조합에서 나오는 사내보는 도시유키의 죽음을 '전형적인 과로사'라며 경영진을 과격하게 규탄하는 기사를 써 주었다. 효과가 있었는지, 에쓰코가 재판이라도 걸면 견딜 수 없다고 생각했기 때문인지, 상당히 큰 액수의 퇴직금과 조의금이 지급되었다. 산 지 일 년 된 이 집의 대출금은 보험을 들었던 덕분에 깨끗해졌다. 회사 후생 기금에서 유족 연금도 받는다. 당장 일상생활에도 걱정이 없고 저축도 도시유키가 건강하게 일하고 있었을 때에 비해 조금쯤 늘었다.

오히려 그렇기 때문에 모든 것이 허무해서 견딜 수 없었다.

도시유키는 무엇을 위해 일했던 것일까. 생각해 보면 가족 셋이 여행을 간 적도 한 번밖에 없다. 유카리를 데리고 가벼운 기분으로 동물원이나 유원지에 놀러 간 적도 손에 꼽을 정도다. 잔업은 연일이고 철야 작업도 결코 드물지 않았다. 그렇게 하면서까지 일을 했는데 경제적으로는 빨리 죽은 편이 이득이었다는 말이다.

'이만큼 건축 붐이 일지 않았으면 바깥분도 그렇게 무리를 하지 않았을 겁니다'라는 말을 들었다. '회사가 말이죠, 무리하게 도쿄재개발 프로젝트 따위에 손을 대지 않았으면 좋았을 텐데'라는 말도 들었다. '일개미는 불쌍합니다. 일회용이니까'라고 말하는 사람도 있었다.

전부 아무래도 좋았다. 에쓰코가 듣고 싶은 것은 그런 말이 아니었다. 설명이 필요했다. 대답을 원했다.

도시유키는 정확히 말하면 '쓰러진' 것이 아니다. 일하는 도중, 제도대—앞에서 일어나려고 하다가 일어나지 못하고 주저앉아 그대로 일어날 수 없게 되었다.

에쓰코는 생각한다. 대체 한 인간이 일어설 수 없게 될 때까지 지치도록 일해야 하는 법 따위가 이 세상에 존재하고 있는가. 한 인간을 그렇게까지 일하게 할 권리가 누구에게 있다는 말인가.

죽은 날 밤, 도시유키가 철야로 일을 정리하던 이유는 다음다음 날인 12일부터 회사 전체가 열흘간 여름휴가에 들어가기 때문이었다. 휴가를 받지 않으면 안 된다. 그것이 규칙이다. 그러나 그동안에 밀리는 일을 누군가 대신 떠맡아 줄 리 없다. 사실을 말하자면 도시유키는 여름휴가를 받아야 했기 때문에 죽었다.

이런 어처구니없는 일이 있을까—. 그런 상황에 놓인 도시유키에게 과연 자신은 무엇을 해 주었나 생각하면, 에쓰코는 시커먼 벽에 부딪친 기분이 들었다.

—너와 결혼만 하지 않았으면 도시유키는 죽지 않았을 텐데. 네가 그 아이를 죽을 만큼 일하게 만들었겠지.

시어머니의 말에 반론할 수가 없었다. 사실 그것은 틀렸다. 그러나 원인으로써는 마찬가지라고 에쓰코는 생각했다.

'안색이 좋지 않고 요즘 식사도 제대로 못하잖아요. 한번 휴가를 받아 느긋하게 쉬는 게 어때요?'라는 말을 했을 뿐, 실제로는 아무 것도 하지 않았다. 언제나 웃으며 '회사원은 다들 이래. 더 힘든 직장에 다니는 사람도 있어'라고 도시유키가 말하면, '그런 건가' 하고 납득했다.

납득이 돌고 돌아 남편을 죽였다.

다른 누구보다도 책임은 자신에게 있다. 에쓰코는 골똘히 생각했다. 요구받은 대로 남편의 친척에게 유산 중 상당한 금액을 건넸다. 호적에서 빠지라는 말을 들어서 그렇게 했다. 원래 반대를 무릅쓴 결혼이었고(도시유키의 어머니는 그가 누구와 결혼한다고 말해도 반대했을 게 틀림없지만), 자신은 이데 도시유키와 결혼했지 이데 집안으로 시집간 것은 아니기 때문이라 결론을 내리고 '신교지'라는 성으로 돌아오기로 했다. 유카리와 도시유키의 추억과, 그것으로 가득 찬 이 집만 있으면 살아갈 수 있다고 생각했다.

그래도 도시유키가 없는 생활은 모든 것이 색채를 잃은 듯이 따분했다. 그 무렵의 에쓰코는 껍데기만 남아 있었다.

그런 그녀를 '어떻게든 하지 않으면 에쓰코도 죽어. 그렇게 되면 유카리짱은 어떻게 되니'라며 질타해 준 친구가 밖에 나가 일하라고 권했다.

―세상을 봐. 조금이라도 좋으니까 말이야. 기분전환이라도 괜찮아. 유카리짱을 위해서라 생각하고.

유카리를 위해, 라는 한마디는 효과가 있었다.

처음에는 교직으로 돌아갈까 했다. 그것이 가장 자연스럽고 좋아하는 일이기도 했기 때문이다. 그러나 막상 직장을 찾다 보니 교직에 서기는 도저히 불가능했다.

아이들. 매일 대량의 교과 과정을 해치워야 하는 학생들. 무엇을 위해 그렇게 공부해야 하는가 하면, 좋은 고등학교, 좋은 대학, 좋은 기업에 들어가기 위해서다. 그리고 어떻게 되지? 일하고, 일하고, 계속 일하다가 결국은 도시유키처럼 죽어 가는 것인가. 그들이 그런 곳에 들어가는 데 도움을 주는 일을 에쓰코는 더 이상 못 할 것 같았다.

그럴 때 '네버랜드'의 이야기가 나왔다.

소개해 주러 온 옛 동료는, "대충 카운슬러 같은 일이야"라고 말했다. 면접을 하러 갔을 때 만난 책임자인 잇시키 마쓰지로는 "일종의 폰팅 클럽입니다"라고 말해 에쓰코를 놀라게 했다.

실제로 전화번호부 같은 데서 네버랜드를 찾으려면 생명보험 회사 페이지를 펼쳐야 한다. 네버랜드란 어떤 대규모 생명보험 본사 안에 있는 한 부서의 애칭이었다. 마루노우치의 노른자위 땅에 있는 이십삼 층짜리 빌딩 십칠층에 아담한 사무실을 차리고 있다.

정규 스태프는 여섯 명. 남녀 반반이고 아래로는 이십대 초반부터 위로는 예순 살 이상까지로, 연령층도 두텁다. 이 여섯 사람이 삼교대로 일하고, 당직이 스물네 시간 대응 태세로 근무하고 있다. 일은 걸려 오는 전화를 받는 것이다.

'어쩐지 외로울 때, 이야기 상대를 원할 때, 뭔가 곤란한 일이 있을 때 네버랜드에 전화 주세요. 언제든지 우리 스태프가 당신을 맞아 드립니다.'

선전용 팸플릿에는 그렇게 소개되어 있다.

네버랜드는 일종의 '전화 피난소'이다. 피난해 오는 이유는 뭐든 상관없다. 그저 외로워서, 누군가에게 이야기를 들려주고 싶어서 전화하더라도 상관없다. 그러나 실제로는 그러한 '왠지 모르게'의 전화

쪽이 압도적으로 많았다. 가끔 심각한 인생 상담이나 법률 복지와 관련한 상담도 있지만, 그 경우에는 좀더 전문적인 상담소를 소개한다.

"그러니까 '생명의 전화' 같은 건가요?"

에쓰코가 묻자, 잇시키는 "아니 아니" 하고 웃었다.

"그렇게 본격적이지는 않습니다. 좀더 가벼운 겁니다. 특별히 고민이 있지는 않지만 심심하다, 누군가와 이야기하고 싶다, 그런 사람의 전화를 가볍게 받으면 됩니다."

"그런 정도라면 친구에게 전화하면 되잖아요?"

"그런 '친구'가 없는 사람이 도쿄에는 많이 있습니다."

근무할지 어떻게 할지 결정하기 전에 며칠간 모니터를 해 보시지 않겠습니까, 라고 권유받아 일 자체는 별로 내키지 않았지만 보험 회사가 어째서 일부러 예산을 들여 이런 부서를 설치하는지 흥미가 생겨 에쓰코는 승낙했다. 그리고 걸려 오는 전화의 양에 첫날부터 놀랐다.

걸어 오는 사람은 십대도 있고 독거노인도 있다. 남편이 단신 부임한 주부도 있다. 부모 곁을 떠나 혼자 상경한 학생도 있고, 맞벌이 부모를 가진 열쇠 아동인 외동아이도 있다.

오늘 학교에서 이런 일이 있었는데, 하고 즐겁게 이야기하는 아이가 있다. 연인이 생길 것 같다고 들뜬 혼자 사는 여자 직장인이 있다. 내일 건강 검진에 들어가는데 불안해서 견딜 수 없어, 하고 호소하는 중년 샐러리맨이 있다. 직장에 대한 푸념을 오랫동안 늘어놓는 관리직이 있다. 자금 융통의 불안을 이야기하는 경영자가 있다.

"어떠십니까? 우리는 전화 너머에밖에 존재하지 않는 유사 친구지만, 그래도 없는 것보다는 있는 편이 좋습니다."

잇시키는 말한 후 진지한 얼굴이 되었다.

"직업상 저는 여태껏 상당히 많은 수의 인간을 봐 왔습니다. 그런데 신교지 씨 당신처럼 젊을 때 힘든 체험을 한 분은 모두 예외 없이 들어주기를 잘하시더군요. 어떻습니까, 저희들을 도와주시지 않겠습니까."

그 시점에서 마음이 움직였다. 보험업계에 몸을 담고 그대로 쭉 나아가면 간부가 될 수 있는데 구태여 네버랜드의 기획을 제안해 전념하는 잇시키의 사람됨에도 끌렸다.

다만 문제는 있다. 유카리다.

"제가 여기서 어딘가의 열쇠 아동을 상대하기 위해 유카리가 집에서 혼자 저녁밥을 먹고 있다면 의미가 없어요."

잇시키는 그것은 다른 스태프와 상담해서 근무 형태를 조정하면 되는 일이라고 말했다. 문제 없다고.

그래도 에쓰코의 고민은 남았다.

고민을 끝내게 해 준 사람이 바로 유카리였다. 유카리는 열 살이지만 외동딸이라 그런지, 일찍부터 논리를 앞세워 사물을 가르치던 도시유키의 영향인지 총명한 아이로 자라 있었다. 에쓰코가 사정을 이야기하고 의견을 묻자 이렇게 말했다.

"엄마, 좋잖아, 해 봐?"

"엄마가 일하러 가도 괜찮아?"

"응. 일요일이 없는 것도 아니잖아? 수업 참관일이나 운동회에 못 오는 것도 아니잖아."

"물론이지."

"그러면 괜찮아. 나, 엄마가 멋지게 꾸미고 회사에 가면 좋아."

그 말을 듣고 나서야 비로소 도시유키가 죽은 뒤 밖에 나가지 않으면 하루 종일 머리도 빗지 않을 정도로 주위를 신경 쓰지 않게 된 스스로를 생각하며 에쓰코는 얼굴이 붉어졌다.

게다가—하고, 생각했다. 집에서 유카리도 언제나 길게 통화를 하고 있다. 아이에게조차 그것은 아주 즐거운 커뮤니케이션 방법이다. 그것을 바라고 있는 사람들에게 가짜든 일시적이든 즐거운 수다 시간을 부여해 줄 수 있는 것은 제법 좋은 일일지도 모른다고.

이렇게 에쓰코는 네버랜드에서 일하기 시작했다. 가이바라 미사오는 에쓰코가 네버랜드에서 얻은 단 한 사람의 '승격 친구'였다. '유사'에서 시작해 '진짜'로 바뀌었다.

미사오가 네버랜드에 처음으로 전화를 건 것은 올해 초봄의 일이었다. 학교를 그만두고 일하고 싶다는 내용의 이야기로, 그 계절 그 나이의 아이에게는 드문 일은 아니다.

그때 에쓰코는 미사오의 직성이 풀릴 때까지 떠들게 놔 둔 뒤 말했다.

"학교를 그만두고 취직하면 그것도 좋잖아? 하지만 아까워. 왜냐하면 일은 평생 하니까."

미사오는 그 대답이 마음에 들었다고 했다.

그 후 5월 연휴 직후에 다시 전화를 걸어 학교를 그만둘 생각을 그만두었다고 보고했다. 그리고 때때로 전화를 하게 되었다.

미사오의 이야기는 네버랜드에 전화를 걸어 오는 상담자의 태반이 그렇듯 별것 아닌 잡담인 경우가 많았다. 학교나 집에 대한 불만을 말한 적이 있었지만, 그보다는 장래에 이렇게 하고 싶다, 저렇게 하고 싶다며 꿈을 이야기하는 쪽이 그래도 많았던 것 같다.

미사오가 '신교지 씨와 한번 만나고 싶다'며 말을 꺼냈을 때, 에쓰코는 별로 의외라고는 생각하지 않았다.

―어떤 사람일까, 내 눈으로 보고 싶어. 상상대로의 사람일지 어떨지 확인하고 싶어. 안 될까?

상담자가 이러한 신청을 하는 일은 별로 없다. 에쓰코는 고민한 끝에 잇시키의 허가를 받아 네버랜드가 있는 빌딩의 찻집에서 미사오와 만났다.

'생각보다 훨씬 미인이다!'라고 미사오는 말했다. '어머어머, 정말 서른네 살? 거짓말 같아.'

미사오는 활발하고 총명하고 활력이 넘치는 열일곱의 미소녀였다. 네버랜드를 필요로 하는 인간으로는 보이지 않았다. 그 차이에 에쓰코는 흥미가 생겼고 어린 여동생을 얻은 듯한 즐거움도 있었다.

찻집에서 이야기하는 동안 미사오는 정말 밝았다. 다만 때때로 묘하게 안절부절못했다. 에쓰코가 찬물을 더 청하려고 손을 들어 점원에게 신호를 했을 때는 옆에서 봐도 바로 알 수 있을 정도로 흠칫했다.

'무슨 일 있어?'라고 묻자 잠시 주저한 뒤 그녀는 작은 목소리로 말했다.

'너무 오래 이야기할 수는 없죠? 이제 돌아가시는 거예요?'

미사오는 에쓰코가 '그럼, 이만'하고 말하지는 않을지 계속 조마

조마해하고 있었던 것 같다.

'나, 사람들이 별로 좋아하는 타입이 아니에요. 특히 여자들이.'

미사오는 눈을 깔고 그렇게 말했다.

'신교지 씨와 만나고 싶다고 말하고 나서도 만나면 나를 싫어하게 될지도 모른다는 생각이 들어서 정말 무서웠어요. 만나고 나면 두 번 다시 못 만나는 게 아닐까 하고. 나, 정말 서툴러요.'

'뭐가?'

'친구…… 만드는 거.'

그 말은 에쓰코의 마음에 소박한 악기의 음색처럼 울렸다. 정신이 들고 보니 자신은 이렇게 말하고 있었다.

'괜찮으면 오늘 밤 우리 집에 밥 먹으러 오지 않을래? 집에는 연락하고 돌아갈 때 내가 바래다줄 테니까.'

'정말?' 하고 미사오는 얼굴을 빛냈다. '정말 괜찮아요? 너무 좋아! 집이라면 걱정 없어요. 어차피 아무도 없으니까.'

네버랜드 스태프의 일원으로 거기까지 하는 것은 지나쳤을지도 모른다. 그러나 에쓰코는 후회하지 않았다. 그날 밤 미사오는 참 즐거워 보였다. 같이 식사를 하고 유카리도 함께 게임을 하고, 음악을 듣고—.

그러고 보니 사진도 찍었다. 그전 주의 주말에 유카리와 디즈니랜드에 갔을 때 필름이 카메라에 아직 몇 장 남아 있어서 스냅 사진을 찍었다.

에쓰코가 일어나 거실 창가에 고정시켜 놓은 장식 선반 쪽으로 걸어갔다. 그곳에 다양한 스냅 사진이 액자에 담겨 늘어서 있다.

그중 한 장에 미사오가 유카리와 껴안고 웃고 있는 사진이 있었다. 그날 밤 찍은 것이다.

당시 미사오는 머리를 막 잘랐다고 했다. '신교지 씨와 만나니까 미용실에 갔어요'라고 수줍게 말했다. 그럼 지금은 약간 머리가 길었을지도 모른다.

쇼킹 핑크 티셔츠에 다리 선이 뚜렷이 드러나는 스톤 워시 진. 왼쪽 손목에 남자용 손목시계를 차고 귀에는 피어스가 빛나고 있다.

그날 밤은 아홉 시 반 정도에 집을 나와 차로 미사오를 데려다 주었다. 그녀의 집은 히가시나카노의 주택가로, 이곳 기치조지에서 그렇게 멀지 않았고 길도 알기 쉬웠다.

미사오의 집은 컴컴했고 문등조차 달려 있지 않았다.

'거봐, 아버지도 어머니도 외출중이에요'라고 무뚝뚝하게 말하고 미사오는 차에서 내렸다. 현관 앞에 서서 에쓰코의 차가 후진해서 방향을 바꾸어 오던 길을 달리기 시작할 때까지 계속 지켜보고 있었다.

마시오와 얼굴을 마주한 것은 그때 한 번뿐이다. 그리고 지금 그녀는 집에서도 자취를 감추어 버렸다고 한다.

'어디로 가 버렸어?'

액자 속의 웃는 얼굴에게 에쓰코는 물어보았다.

요즘에는 한동안 전화도 오지 않았다. 네버랜드에는 물론 에쓰코의 집에도. 일주일 정도 되었나. 아니, 좀더 지났을지도 모른다. 요전에 전화로 이야기한 것은 7월 말경이었던 것 같다. 아르바이트하는 곳에서 월급을 받아 이제부터 친구와 마시러 간다고 했다.

그때의 미사오의 목소리를 떠올려 보았다. 밝았다는 것밖에 기억에 없다.

―레벨7까지 가 본다. 돌아올 수 없을까?

그 일기의 글이 마음에 걸렸다. 미사오는 어디에서 돌아올 수 없다고 쓴 것일까.

그럴 필요가 있을 리 없겠지만, 갑자기 자신이 있는 곳을 확인하고 싶은 기분이 들어 에쓰코는 시계를 보았다. 오후 네 시 삼십오 분이었다.

7

주방에는 얼음베개나 얼음주머니 같은 것은 보이지 않았다.

두통이 어떤 종류이든 간에 차게 해서 안 된다는 법은 없다. 그는 먼저 욕실에 있던 수건을 적셔 그녀의 머리에 올려 주었지만, 물이 미지근해서 별로 소용이 없다는 것을 깨달았다. 그저 베개만 축축해질 뿐이다.

냉장고는 3도어로, 가장 위가 냉동고다. 문을 열어 살펴보니 제빙기 안에 하얗게 흐려진 얼음이 있었다. 그것을 끄집어내 식기 선반의 서랍에서 발견한 비닐봉지에 넣어 즉석 얼음주머니를 만들었다. 욕실에서 마른 수건을 가져와서 그것을 그녀의 이마에 놓고 그 위에 얼음주머니를 놓는다. 이번에는 상태가 괜찮은 것 같았다.

"기분 정말 좋네." 그녀는 한숨을 쉬었다. "고마워."

그대로 잠들어 버렸다. 그는 침실 문을 닫고 주방으로 돌아와 의자에 걸터앉았다.

먼저 해야 할 일은 뭘까?

그녀가 말한, 가만히 있으면 뭔가 생각난다는 것은 아무래도 가능성이 희박했다. 자신은 지극히 보통으로 움직이고 있다. 눈을 막 떴을 때처럼 사물과 단어가 연결되지 않는 일도 없어졌다. 전체적으로 기분은 안정되었다.

그러나 기억은 전혀 돌아오지 않는다. 어젯밤 무슨 일이 있었는지 기억하려고 해도 어디에 살고 있는지 기억해 내려고 해도, 텅 빈 상자 안을 들여다보고 있는 듯이 아무것도 보이지 않는다.

보이지 않는다. 그래, 이 경우 기억이란 머릿속에 떠오르는 영상이라고 문득 생각했다. 소리도 냄새도 감촉도 있는 영상.

숫자는 어떨까? 그냥 데이터라면 기억할 수 있을지도 모른다.

예를 들어—역사적 사실은?

그렇게 생각했을 때, 거의 동시에 '총포전래'라는 단어가 떠올랐다. '일오사삼 총포전래.'

1543년, 총포전래 銃砲傳來.

어처구니없고, 스스로도 기가 막혔다.

그러나 비슷한 연대 맞히기를 몇 개쯤 기억해 내는 것은 가능하다. 좋은 나라 만들자 가마쿠라 막부. 무사고의 날 없음 다이카 개신……

어떻게 생각해도 체격으로 봐서 자신은 이런 연대 맞히기가 필요한 어린애 같지는 않다. 이것은 옛날에 쌓아 둔 지식의 단편이리라.

교사였다면 어떨까? 아니면 학원 강사라든지 가정교사로 아이를 가르치고 있었을지도 모른다.

그러한 자신을 떠올려 보려 했지만 아무것도 실감이 나지 않았다.

영어 단어 철자는 어떨까? 원주율은 기억하고 있을까? 구구단은 욀 수 있을까?

영어 단어는 아무래도 의심스러운 느낌이 들었다. 그러나 그것은 기억에 없다는 게 아니라, 기억을 잃기 이전의 자신이 지식으로써 그것을 필요로 하지 않아서 확실히 익히지 않은 것처럼 생각된다. 구구단은 욀 수 있었고 원주율은 3.14다. 옆에 있던 신문에서 되는대로 숫자를 골라 더하기·빼기·나누기·곱하기도 해 보았지만 능숙하게 해치울 수 있었다.

즉, 이런 종류의 지식은 누락되지 않았다. 우선은 안심해도 좋을 것 같다.

그러나 이 정도가 확인되었다고 덮어 놓고 기뻐할 수는 없었다. 지금의 자신은 토대밖에 없는 집과 마찬가지다. 시붕도 벽도 어딘가로 날려가 버린 것 같다.

그리고 권총과 여행용 가방 가득한 현금.

한숨이 나왔다. 무심코 주위를 둘러보았다. 잠시 허둥대며 시선을 고정하지 못하고 있는 동안, 자신이 뭔가 찾고 있다는 걸 깨달았다.

무엇을? 테이블이나 선반 위를 바라보고 무엇을 찾아서—.

담배다.

무의식중에 자신의 이마에 손을 댔다. 그렇구나. 나는 흡연자였구

나. 상표는? 무엇을 피웠을까.

　담배의 이름은 척척 댈 수 있었다. 마일드세븐, 캐스터, 켄트, 라크, 캐빈—하지만, 어느 것이 자기 취향이었는지는 생각나지 않는다. 힘껏 생각해 보아도 떠오르지 않는다. 하지만 담배를 원한다는 요구만은 절실할 정도로 강해졌다. 그리고 이 집에는 담배가 없다는 사실은 알고 있다.

　이렇게 되면 밖에 나갈 수밖에 없다.

　언젠가는 닥칠 일이다.
　자신을 그렇게 타이르고 나서 십오 분쯤 주방 안을 왔다갔다했다.
　어차피 영원히 이 집에 틀어박혀 있을 수는 없다. 먹을 것도 필요하고 그녀의 상태를 보면 약도 필요할 것 같다. 늦든 빠르든 반드시 나가야 한다.
　나간 순간에 잡힌다—.
　눈을 감고 그러한 사태를 떠올려 보았다. 잡힌다, 라는 단어에 자신의 마음은 어떠한 반응을 보일까. 기억을 잃기 전에 그런 것을 격렬하게 두려워해야 하는 짓을 했다면, 지금이라도 마음의 어딘가에서 경고를 해 주지 않을까.
　경찰.
　그 단어에는 이렇다 할 영상이 따라오지 않았다. 다만 머릿속의 영상에 딱 한순간 번뜩이듯 회전하는 빨간불이 비쳤다. 많은 인간의 뒤섞인 발소리를 들은 느낌이 들었다. 영화나 드라마에서 노상 보이는 광경이다. 별로 믿을 만한 것은 아니다, 라고 생각했다.

쫓기고 있다면 이런 곳에서 느긋하게 자고 있을 리도 없다. 자신이 그 정도로 얼빠진 인간은 아니었다고 생각하고 싶다.

좋아, 하고 끄덕이고 테이블 옆을 떠난다. 그 순간에 가장자리에 놓아두었던 신문이 바닥에 툭 떨어졌다. 한 호흡 두고 그는 허둥지둥 그것을 주워 올렸다.

만일 뭔가 사건이 일어났다면 당연히 신문에 나왔으리라. 아까 그녀가 여행용 가방에 가득 든 돈을 보고 바로 말한 것처럼, 강도라든지 유괴라든지 큰돈이 얽힌 흉악한 사건이 일어났다면.

사회면을 펼친다. 바로 눈에 들어온 커다란 헤드라인은 '물가 사고 잇따라. 초등학생 두 명 사망'이었다. 어딘가의 해수욕장에서 아이가 익사했다.

다음. '유산상속 싸움에 장남이 집에 방화'.

다음. '스기나미의 변사는 자살로 판명'.

다음. '여름 방학 등산중 학생 한 명 추락사'.

샅샅이 찾아보았지만 강도도 유괴도 없었다. 젊은 남녀 용의자를 쫓고 있는 취지의 기사도 없었다.

한숨이 놓임과 동시에, 하지만 신문뿐이 아니야, 라고 생각했다. 좀더 빨리 그렇게 해 보아야 했다. 텔레비전. 텔레비전도 보자. 주방 벽에 걸려 있는 시계를 올려다보니, 마침 네 시가 되는 참이었다. NHK라면 뉴스를 할 시간이다.

침대가 있는 방에 돌아가 텔레비전의 스위치를 켰다. 팟 하고 화면이 나오고 깜짝 놀랄 정도로 커다란 음량의 음악이 흘러나왔다. 수영복 차림의 아이돌 가수가 수영장에서 노래하고 있다.

채널을 바꾸려고 했지만 텔레비전의 표면에는 손잡이도 스위치도 보이지 않는다. 겨우 본체 아래에 리모콘이 내장되어 있다는 사실을 알아차렸을 때에는 그녀가 잠을 깨 버렸다.

"뭐 해?" 나른한 목소리로 말한다.

"미안해." 그는 텔레비전 쪽으로 몸을 수그린 채 말했다. "뉴스를 보는 거야. 뭔가 알 수 있을지도 몰라."

음량을 줄이고 채널을 NHK에 맞추자 딱 맞게 뉴스가 시작했다. 그는 텔레비전 옆으로 비켜서, 침대에 있는 그녀도 화면을 볼 수 있게 해 주었다.

안경을 걸친 아나운서는 귀성 전쟁의 절정은 아직 오지 않은 것 같다는 화제부터 시작했다. 이어서 신문에도 나온 초등학생의 사고에 관한 이야기와, 세 번째로 현재 규슈 지방에 격심한 뇌우가 덮쳐, 낙뢰 사고로 사망자가 한 사람 나왔다는 뉴스를 소리 내어 읽었다.

"뉴스를 전해 드렸습니다."

머리를 가볍게 숙이고 사라져 간다. 이 분간의 짧은 정시 뉴스다. 큰 사건은 아무것도 일어나지 않았다는 증거다. 그는 전원을 껐다.

"어때?" 하고 그녀를 돌아본다. "강도도 유괴도 없어."

그녀는 잠시 텔레비전 쪽을 보고 있었지만, 곧 말했다. "들키지 않았을 뿐일지도 몰라."

"언제까지 우리를 범죄자로 만들고 싶은 거야." 그는 불끈 화가 치밀었다. "조금은 기운이 날 만한 말을 해도 되잖아? 나는 이제부터 밖에 나가려고 하는데."

그녀는 팔을 짚어 몸을 일으켰다. "밖에 나가?"

"그래. 계속 여기에 틀어 박혀 있을 수는 없어."

"밖에 나가서 어떻게 할 건데?"

"일단, 필요한 것을 사 올 거야."

그녀는 여행용 가방을 넣어 놓은 옷장 쪽으로 시선을 향했다.

"저 돈으로?"

그는 끄덕였다. "그것 말고는 어떻게 해? 아니면 당신, 지갑이라도 있어? 있으면 줘. 나도 양심의 가책이 없어서 좋고. 만만세지."

그녀는 묵묵히 다시 누웠다. 그는 침대 머리맡으로 돌아서 갔다.

"미안" 하고, 작게 말했다. "심술궂은 말투였지, 방금."

뜻밖에도 그녀는 미소지었다. "괜찮아. 내가 나빴어."

"기분은?"

"별로 좋지 않지만―아까보다는 조금 편한 것 같아."

"통증이 잦아들었어?"

"으응. 하지만……." 그녀는 불안한 듯이 눈을 깜빡였다. "눈이 따끔따끔해."

"눈이 잘 안 보여?"

"아니, 그게 아니라, 눈을 감을 때 눈꺼풀 안쪽에서 뭔가 빛나는 것처럼 보여. 게다가 어쩐지 흔들흔들하는 게."

"자는 편이 좋아."

그 말밖에 할 수 없는 자신이 정말 한심했다.

"문은 잠가놓고 갈 테니까 걱정하지 않아도 돼. 바로 돌아올게."

그렇게 말하고 문 쪽으로 걸어가는데 그녀가 담요 밑에서 손을 내밀어 그의 팔을 가볍게 잡았다.

"미안해, 끈질기다고 생각하지만."

"응?"

"만일을 위해, 나가기 전에 냉장고 안을 확인해 봐. 만일 부자연스러울 정도로 식료품이 꽉 차 있다면 우리가 이렇게 되기 전에는 잠시 동안 밖에 나가지 않아도 되도록 준비했다는 말이겠지?"

그는 그녀의 손을 가볍게 두드렸다. "알았어."

냉장고 안은 텅 빈 것이나 마찬가지였다. 한가운데 가장 커다란 문 안쪽에는 생수 페트병이 오도카니 들어 있을 뿐. 그 아래 서랍식인 부분은 야채실인 것 같지만 이곳에도 사과가 두 알 굴러다니고 있을 뿐이었다.

그는 사과를 손에 들어 보았다. 옅은 핑크색에 껍질은 팽팽하게 부풀어 있어 신선해 보였고 달콤한 향기가 난다.

그때—.

갑자기 기억이 보였다. 사과와 좀더 다른 것도 있다. 몇 종류쯤의 과일이 어딘가 위쪽에서 비처럼 내린다. 아이들의 옛날이야기에라도 나올 듯한 꿈의 비.

그 이미지는 바로 사라졌다. 어느 쪽이든 도움이 되지는 않겠다고 생각했다. 그는 살짝 머리를 흔들고 나서 사과를 원래 장소에 되돌려놓고 야채실을 발로 밀어 닫았다. 안에서 데굴데굴 하는 소리가 났다.

칸막이 문을 열어 그녀에게 보고했다.

"우리는 틀어박히기로 한 건 아닌 것 같아."

"다행이네, 그렇게 생각해도 되지?"

"그렇게 생각해." 마음속 깊이.

옷장을 열어 다른 사람 것에 손을 대고 있다는 죄책감을 억누르면서, 여행용 가방에서 만 엔 지폐를 두 장 끄집어냈다. 바지 뒷주머니에 쑤셔 넣는다.

"그러면 다녀올 테니까."

잠시 가만히 있다가 그녀가 말했다. "꼭 돌아와."

돌아오지 않는다니 지금까지 생각도 해 보지 않았다. 말을 듣고 비로소 그녀를 이곳에 내버려둘 수도 있다는 사실을 깨달았다.

얼음주머니를 머리에서 떼고 그녀는 일어나서 이쪽을 보고 있다. 아까 주방에서 매달렸을 때와 같은 표정을 짓고 있다.

"반드시 돌아와. 어디로 사라지거나 하지 않아."

그녀의 하얀 볼이 안도감에 누그러졌다.

"이곳을 나가면 건물 이름을 확인해. 돌아오고 싶어도 돌아올 수 없게 되면 안 되니까."

"그럴 걱정은 없는 것 같은데. 기억이 지워진 것 이외는 화가 날 정도로 정상이야, 나는."

입으로는 그렇게 말했지만 내심 그녀의 권유에는 따르기로 결심했다. 자신이 더없이 불확실한 이상, 방향감각도 믿을 수 없을지 모른다. 어떤 일도 신중하게 하는 편이 좋다.

"부탁이 하나 있는데."

"뭐야?"

"아무래도 당신이 나보다 이것저것 세세한 것을 잘 알아차리는 것 같아. 분명 머리가 좋은 거겠지. 그러니까 뭔가 생각이 나면 뭐라도 좋으니까 말해 주지 않겠어? 이제부터 행동할 것에 관해."

그녀는 살짝 미소 지었다. "응. 약속할게."

현관에서 스니커를 신고 있으니, 조심해, 라는 목소리가 들려왔다. 그는 대답 대신에 한번 흘끗 돌아보고 나서 문을 열었다.

8

밖이다.

잠시 멍하게 그것밖에 생각할 수 없었다. 문에 등을 대고 정면에서 비추는 태양빛을 쬐었다. 눈을 감은 어둠 안쪽까지 태양빛이 밝게 비춘다.

문을 열고 밖으로 내딛던 부분은 긴 콘크리트 복도였다. 일 미터 정도 떨어진 앞에는 그의 가슴 아래까지 오는 높이의 담이 있다. 이것도 콘크리트로 무뚝뚝한 색깔이다.

담에 팔꿈치를 올려 그는 아래의 경치를 내려다보았다.

방 창문에서의 전망과 별로 다른 점은 없다. 길게 이어지는 집들 사이로 가는 골목 등이 보인다. 오른쪽 방향으로 여기보다 키가 작은 맨션이 한 동 있었고, 창문마다 빨래로 가득하다.

시선을 멀리 옮기자, 아득한 저편에 철탑 같은 것이 흐릿하게 보였다.

도쿄 타워다.

틀림없다. 아, 저건 알아, 라는 느낌이다. 하늘은 새파란데, 눈에 들어오는 범위 내의 지평선은 회색의 옅은 구름 같은 것에 덮여 있다. 스모그와 인연을 끊을 수 없는 거리.

이곳은 도쿄다.

바람이 지나가는 듯이 인식이 몸 전체를 달려 빠져 나갔다. 도쿄다. 알고 있다. 안다. 안다고.

이렇게 몸을 내밀고 있으니 아플 정도로 눈이 부시다. 태양을 마주하고 있기 때문이다. 오후 네 시를 지나 태양이 이쪽으로 돌고 있다.

그렇다는 것은 이 복도—즉, 자신들이 있는 이 건물의 문은 서쪽, 창문은 동쪽으로 향하고 있는 게 된다. 그리고 도쿄 타워가 서쪽에 보인다는 것은 이 동네는 도쿄의 동부에 위치했다는 말이다. 낮에도 육안으로 도쿄 타워를 볼 수 있으니까 도심에서 그렇게 멀리 떨어져 있지는 않을 것이다.

머릿속에 지도가 그려졌다. 그곳에 겨우 컴퍼스의 한쪽 다리를 내릴 수 있었나. 게다가 전혀 모르는 지도도 아니다. 나는—도쿄를 알고 있다. 알지 못하는 땅에 있는 것이 아니다. 그는 커다랗게 한숨을 토하고 담에서 몸을 뗐다.

아까 문을 열어 보았을 때는 깨닫지 못했지만 이곳은 제일 끝 집이었다. 북쪽 모퉁이다. 목을 쑥 내밀어 보니 왼쪽으로 뻗어 있는 복도를 따라 문이 다섯 개 늘어서 있다. 지금 나온 문을 포함해서 여섯 개. 딱 그 중간에 복도에서 조금 움푹 들어간 부분이 보인다. 엘리베이터가 있는 장소일 것이다. 복도 반대쪽의 막다른 곳, 즉 남쪽 모퉁이에는 비상용 외부 계단이 있었다.

그는 걸어 나가기 전에 다시 한번 지금 나온 집 문을 돌아보았다. 문의 마주 보고 오른쪽에 달려 있는 문패를 올려다보았다. 그리고—

〈706 사에구사〉

우뚝 섰다.

그런 것이다. 혼란한 나머지 잊고 있었다. 눈을 뜨고 똑바로 이 문패를 보고 있다. 사라진 기억을 더듬기 위한 커다란 단서가 이곳에 이렇게 있지 않은가.

그는 빠른 걸음으로 엘리베이터 쪽으로 걸어가 버튼을 눌렀다. 일 층에 멈추어 있었다. 칠층으로 올라오기까지 무척 시간이 걸리는 느낌이 들어 초조했다.

관리실이다. 우선 거기에 물어보자. 구실은 뭐라고도 붙일 수 있다. 706호 사에구사 씨를 찾아온 사람입니다만, 아무도 안 계신 것 같아서……. 어디 계신지 아십니까?

일층으로 내려가자, 느릿느릿 열리는 엘리베이터의 문 사이를 빠져나가듯 홀로 나갔다. 홀은 매우 아담했고 오른쪽은 벽, 왼쪽에 통로가 뻗어 있고 그곳을 걸어가다가 모퉁이를 꺾으면 정면 현관이 있다.

입구는 양쪽으로 열리는 큰 유리문으로, 그 오른쪽에 명색뿐인 로비가 있다. 테이블과 의자가 둘. 다리가 긴 재떨이. 게다가 그 바로 앞에 자물쇠가 달린 우편함이 늘어서 있었다.

유리문을 통해 밖에 차가 지나가는 것이 보인다. 도로일 것이다.

관리실은 바로 알 수 있었다. 왼쪽에 문이 있고 옆쪽 벽에 작은 창문이 뚫려 있다. 배치로서는 엘리베이터 뒤쪽에 해당할 것이다.

그는 그 문으로 다가갔다.

〈관리실 출입 금지〉

노크하기 전에 몸을 굽혀 작은 창문으로 들여다보았다. 바로 건너편 카운터에 전화기가 놓여 있다. 그것과 나란히 팻말이 하나.

〈당 맨션은 순회 관리 체제입니다. 순회일은 월, 수, 금요일입니다. 다만, 관리인 부재시, 긴급 용무가 있는 분은 아래로 연락 주십시오.〉

03으로 시작하는 전화번호가 씌어 있다. 관리회사의 이름은 '도와 부동산 관리센터'.

작은 창문 건너편에는 사람의 기척도 없다. 문에는 자물쇠가 걸려 있다.

맥이 빠졌다.

어쩔 수 없다. 나중에 관리센터로 직접 전화를 걸어도 된다. 부동산 회사라면 일요일도 영업할 테니까.

유리문은 무거웠다. 밀고 밖으로 나가 반원형의 낮은 계단을 두 단 내려가니 인도였다. 계단 양쪽에는 뾰족한 잎이 빽빽하게 자라 있는 관목으로 변변찮은 수풀이 꾸며져 있었다.

마침 자전거가 한 대 지나가다가 그를 비껴 달려간다. 젊은 여성으로 뒷자리에 작은 아이를 태우고 있다. 불과 한순간 아이의 졸리운 눈과 시선이 마주쳤다.

이차선 도로가 좌우로 똑바로 뻗어 있다. 바로 옆에 횡단보도와 신호등이 있고 그 앞에는 공원. 가만히 서서 지켜보고 있으니 녹색 짙은 나무 사이로 새빨간 비치볼이 통 하고 하늘로 올라가, 그것이호를 그리며 떨어짐과 동시에 환성이 들렸다. 아이들이 놀고 있는 것 같다.

이렇다 할 정도로 새롭게 발견한 광경은 아니다. 기억의 자극도 없다. 흔해 빠진 주택가의 지쳐 가는 한여름 오후. 그림자는 짙고 공기는 숨이 막힐 정도로 무덥다. 사람 그림자도 보이지 않는다.

그러나 콧노래가 들린다.

오른쪽이다. 눈길을 돌리자, 이 맨션과 나란히 하얀 벽의 세련된 집이 한 채 있고, 그 집과의 사이에 좁은 골목길이 있다. 음정이 맞지 않는 노랫소리는 아무래도 그 골목 쪽에서 들려오는 것 같았다.

다가가니 시원하게 물이 흐르는 소리도 났다. 골목 끝에 서서 가느다란 물줄기가 발치로 흘러 하수구로 들어가는 모습이 보였다.

남자가 한 사람, 길가에서 세차를 하고 있다.

하얀 승용차였다. 새 차는 아니다. 전체적으로 땅딸막한 모양으로 범퍼가 조금 움푹 들어가 있다.

파란 비닐 호스를 손에 들고 콧노래를 부르면서 세차에 여념이 없는 남자는 그에게 등을 향한 채 지금 트렁크 쪽을 씻고 있다. 키가 크고 날씬하고 다리가 길다. 빛 바랜 바지의 옷자락을 걷어 올리고 있는데 별로 깨끗하지는 않은 정강이가 보인다. 납작한 샌들을 신고 있지만 그것도 완전히 젖었다.

영차 하고 소리를 내면서 남자가 돌아보았다. 담배를 물고 눈을 찌푸리고 있다.

이 미터 정도의 거리를 사이에 두고 두 사람은 정면으로 얼굴을 마주하게 되었다. 이상한 대면이었다. 그는 양팔을 옆구리에 늘어뜨리고 무료한 표정을 지었다. 세차하는 남자는 걸레처럼 더럽혀진 수건을 목에 걸고 왼손에 물이 기세 좋게 뿜어 나오는 호스를 들고 오른손에는 커다란 핑크색 스펀지를 쥐고 있다. 물이 똑똑 떨어지고 있다.

잠시 후에 남자가 말했다.

"여어."

그 소리를 들었을 때 갑자기 떠오른 듯 심장이 세차게 고동을 치기 시작했다. 거칠기는 하지만 인사의 말이다. 아는 사람인가? 아는 사람이란 말인가.

'이제 깼나?'라든지, '아직 졸린 것 같군'이라는 말이 이어지지 않을까 했다. 희망으로 머리가 화르르 뜨거워졌을 정도였다.

그러나 상대는 이렇게 말했다.

"여기 주차장에는 차를 못 세워."

그는 대답을 할 수 없었다. 남자는 스펀지에서 거품이 섞인 물을 마구 짜내고 말을 계속했다.

"저쪽 주변 길가에는 세워 둬도 괜찮아. 노상주차가 너무 많아서 경찰도 하나하나 잡을 수 없으니까. 다른 집 출입구를 막지 않게 주의를 하면 괜찮지."

이 남자는 그가 차 세울 장소를 찾고 있는 운전자라고 짐작한 모양이다. 아까의 "여어"라는 말에 의미 따위 없었던 것이다.

이게 몇 번째 허탕일까. 그는 상대에게 알았다는 표시를 하기 위해 가볍게 끄덕여 보였다.

"주차장이라뇨?"

"여기야." 남자는 골목의 안쪽을 대충 가리켰다. 그는 한걸음 옆으로 움직여 들여다보았다.

방금 나온 맨션 뒤편에 해당하는 장소다. 낮은 철망 울타리에 둘러싸인 좁은 공간으로 〈팰리스 신카이바시 전용 주차장〉이라고 하는 간판이 나와 있다.

'팰리스 신카이바시'. 그는 맨션의 정면 현관 쪽으로 돌아가 보았다. 유리문 옆에 로마자로 같은 이름을 표시한 플레이트가 달려 있었다.

그렇다면 그 남자는 이 맨션의 주민일 것이다. 서둘러 차가 있는 곳으로 돌아가 보니, 남자는 차 뒤로 가 있었다. 길에 내버려져 있는 호스에서 깨끗한 물이 흘러나오다가 바로 멈추었다. 남자가 걸레 같은 수건으로 손을 닦으면서 일어섰다. 물고 있던 담배도 없어졌다.

다시 시선이 마주치자 역시 의심스럽다는 듯한 표정을 지었다. 그는 허둥지둥 말했다.

"저, 이곳에 사십니까."

"그런데."

"706호실의 사에구사라는 분을 아십니까?"

남자는 물끄러미 그를 쳐다보았다.

나이는—사십대 중반쯤일까. 외견만으로 나이가 짐작이 가는 남자는 아니었다. 서른다섯이라고 해도 이상하지 않고, 내년에 오십이 된다고 들어도 그다지 놀라지 않을 것 같다. 그러나 어느 쪽도 다 거짓말로 들린다. 그런 얼굴이다.

"사에구사라면, 난데." 남자가 말했다. "당신이 말하는 것이 사에구사 다카오라면. 706호에 살고 있어."

남자는 눈을 휘둥그레 떴다. "정말입니까?"

"정말이지."

남자는 눈썹을 찡그렸다. 그러자 지독히 깐깐한 얼굴이 되었다.

"당신 누구야?"

이것저것 생각할 여유도 없이 그는 말했다. "지금, 그 706호실에서 나왔습니다. 댁이십니까?"

남자는 다시 수건을 어깨에 걸치고 양쪽 끝을 손으로 잡고 있다. 맨션 쪽을 턱으로 가리키며 물었다.

"여기?"

"네에, 그렇습니다. 팰리스 신카이바시지요?"

상대는 끄덕였다. "어디를 봐서 팰리스인지 수상쩍긴 하지만, 이름만은 말이지."

그도 또한 팰리스 신카이바시를 올려다보았다. 하얀 타일의 외벽이 빛나고 있다.

"706호라니, 나는 당신 따위 재워 준 기억이 없어."

그렇게 말하면서 남자는 살짝 웃었다. 그도 어리둥절해서 말을 할 수 없다. 면바지 주머니에 양손을 찔러넣고 어깨를 움츠려 보였다.

"그렇지만······."

"아아, 아아, 그렇군." 목소리를 높이더니 남자가 크게 끄덕인다. 웃는 얼굴이 되어 의외일 정도로 하얀 이가 엿보였다. 이번에는 정말로 우스워서 웃고 있는 얼굴이었다.

"댁이 말하는 것은, 끝 방이지? 북쪽."

"네, 그렇습니다."

"그건 707호야."

"네?"

"707. 댁, 문에서 오른쪽에 있는 문패를 봤지? 아니야?"

"네에, 그렇습니다. 그곳에 '706 사에구사'라고 씌어 있어서……."

"그래그래. 그런데 그게 우리 집 문패야. 댁이 말하는 707호 문패는 그 문 왼쪽에 달려 있어."

머릿속에서 문을 떠올려 보았다. 그러고 보니 왼쪽은 전혀 보지 않았다. 문패라는 것은 보통 문의 오른쪽에 달려 있기 때문이다.

"그렇다면 이상하지 않습니까?"

"이상하지." 상대는 선선히 수긍했다. "이상하니까 원래 고쳐야 하는데 귀찮으니까 놔두는 거야. 전기 미터기를 부착시키는 장소 때문에 몇 군데인가 그런 식으로 문패가 문 왼쪽에 붙어 있는 집이 있어, 이 맨션에는."

"그렇지만, 한 층에 방은 여섯 개밖에 없죠? 어째서 7호실이 있습니까."

"그건 말이지." 남자는 왼손으로 목덜미를 긁으면서 오른손으로 셔츠와 바지 주머니를 두드리기 시작했다. 그 의미를 그도 알 수 있다. 담배를 찾고 있는 것이다.

"담배라면 저기 있는데요." 남자 뒤에 있는 타이어 뒤에 괴는 벽돌을 가리켜서 알려 주었다. 그 위에 납작한 마일드세븐 갑과 싸구려 라이터가 겹쳐져 있다.

"아, 그렇군."

남자는 허리를 숙여 담배를 집어 들었다. 내용물은 이미 거의 비어서 남자가 흔들어 보니 두 개비밖에 없다. 한 개비를 입술 사이에 끼고는 그를 보더니 살짝 갑을 기울인다. 피우겠나? 라고 묻는 것이다.

"감사합니다." 남자는 손을 뻗었다. 그것을 기대하고 보고 있었던 것은 아니지만 다소 겸연쩍은 느낌이 들었다.

불을 붙이고 담배를 빨아들이자 약간 어지러웠다. 그러나 그리운 감각이다. 결코 처음 피우는 게 아니라는 사실을 몸으로 느꼈다.

기분도 안정되었다. 고마웠다.

"집이 여섯 개밖에 없는데 7호실이 있는 것은 말이지." 남자는 입 끝으로 담배를 늘어뜨리고 말했다. "4호실이 없기 때문이야. 부정 탄다고 생각했겠지. 어느 층에도 없어. 104호도, 304호도, 504호도, 전부 없어. 또 사층이 없어. 301의 위는 501이라는 말이야."

"그러면 700번대의 집이 있는 층은……."

"사실은 육층이지. 걱정도 어지간하지?"

남자는 담배를 문 채 목의 수건을 들어 젖은 발을 닦기 시작했다.

"그렇다면 당신이 사에구사 씨군요."

"그래. 뭐 불만 있나?"

발을 닦은 수건을 어깨에 걸치고 관찰하듯이 그를 본다. 조금 재미있어하는 얼굴을 하고 있다.

"707호에는 어떤 사람이 있습니까?"

그 질문에 상대의 입 끝에 떠올라 있던 옅은 웃음이 사라졌다. 물고 있던 담배를 발끝의 물웅덩이에 훅 하고 불어 떨어뜨리고는 이쪽을 본다.

"어떤 사람이라니, 당신 707호에 있었다며?"

"네에." 그는 꿀꺽 하고 침을 삼켰다.

"그러면 알겠구만. 응?"

서둘러 생각했다. 이 사에구사라는 남자는 그렇게 쉽사리 구워삶을 수 없는 사람 같다.

"실은 말입니다." 양손을 조금 펼쳐 보였다. "모릅니다."

사에구사는 묵묵히 있다. 팔짱을 끼고, 체중을 왼쪽에 실은 채.

"어젯밤, 취해서 이곳에서 잔 것 같은데 눈을 떠 보니 전혀 생각이 안 나서. 아무래도 술집에서 사귄 즉석 친구의 집 같습니다."

어설프게 만든 이야기기는 하지만, 순간적으로는 이것밖에 나오지 않았다.

"게다가 그 친구―즉 707호의 주민이겠지만, 그 녀석도 없어져서요. 쇼핑이라도 간 건가. 그래서 저는 어찌할 바를 모르겠다는 말씀입니다."

사에구사는 그에게서 눈길을 거두고 아무도 없는 쪽을 향해 얼굴을 찡그렸다.

"모르시겠습니까?"

"아니, 알아. 알지만……."

"바보 같은 이야기이기는 하지만요."

다시 심장이 두근두근하기 시작했다. 웃는 얼굴을 지어 보았지만 그것이 웃는 얼굴로 보이고 있는지 어떤지 자신이 없다.

사에구사는 이쪽으로 시선을 보내며 "한심한 이야기군" 하고 진지한 얼굴로 말한다. 위로 아래로 그를 지그시 훑어보고, "정말 한

심한 이야기야"라고 결론을 냈다.

"어쩔 수 없군. 그 친구라는 사람이 돌아올 때까지 기다릴 수밖에. 어쩔 수 없지 않나?"

"그런 것 같군요. 다만 그—그 녀석에 대해 뭔가 아시나 해서."

"내가? 아아, 옆집이니까 그런가."

사에구사는 무뚝뚝하게 고개를 흔들고, 바지 주머니에 손을 쑤셔 넣었다. 열쇠가 나왔다.

"자아. 솔직히 말해 옆집에 누군가 사람이 살고 있는지 어떤지도 모를 정도야. 이런 맨션이니까 혼자 지내는 사람이 많아. 아직 막 생겨서 빈집도 있고."

"그렇습니까."

그는 물웅덩이에 꽁초를 버리고 되도록 아무렇지도 않은 듯한 표정을 유지했다. 사에구사는 차를 주차장 안으로 넣으려는지 문을 열고 타서 시동을 건다.

어중간한 느낌은 들었지만 인사를 할 필요는 없는 상대다. 그는 입 속으로 우물우물 "그럼"과 비슷한 소리를 하고, 어쨌든 여기서 나가기 위해 걷기 시작했다. 그러자 그 남자가 불러 세웠다.

"어디로 갈 생각인가?"

"잠시 이 근처에." 그는 아무 생각 없이 앞의 방향을 가리켰다. "재워 줬으니까 녀석이 돌아오기 전에 캔맥주라도 사 둘까 해서."

사에구사는 창에서 몸을 내밀었다. "상점가는 반대 방향이야. 그쪽으로 가 봐야 학교가 있을 뿐이지."

"아, 그렇군요." 그는 웃어 보였다. "감사합니다."

그는 어색하게 방향을 바꿔 걸어갔다. 차창에서 팔꿈치를 쑥 내밀고 가만히 이쪽을 지켜보는 사에구사의 시선을 느낄 수 있다. 그의 시야에서 벗어나기 전까지 뛰지 않으려고 참았다. 등에서 땀이 솟았다.

어쨌든, 장을 봐야 한다.

그 남자가 가르쳐 준 방향으로 잠시 나아가니 바로 왼쪽에 작은 만국기가 무수하게 장식된 상점가의 입구가 보였다. 〈차량 진입 금지〉 팻말이 세워져 있다. 무척 가느다란 길에 정면 폭이 좁은 점포가 빽빽이 늘어서서 부분부분에 깃발이 흔들리고 있다. '선데이 대매출'이라는 커다란 문자가 씌어 있지만 외로울 정도로 인기척이 없다. 장식은 화려하지만 셔터를 내린 가게도 많이 눈에 띄었다.

술집, 건어물집, 야채가게, 그리고 초등학생이 주르르 서서 만화를 읽고 있는 책방. 그 앞을 걸어 지나가면서 어떻게 할지 고민했다. 가게에 들어가 말을 걸어 필요한 것을 하나하나 살 용기가 아무래도 솟지 않는다. 애당초 돈을 계산하는 법도 잊어버렸을지 모른다는 생각이 든다. 아니, 아까까지의 경험으로 보아 머리로는 그럴 리 없다는 걸 알지만 혹시, 하고 생각하면 멈추어 설 수 없었다.

상점가의 밀집한 분위기 속에는 어딘가 배타적인 느낌이 감돌았다. 지나친 생각은 아니다. 지나친 빵집 앞에서 몹시 덥다는 표정으로 서서 이야기를 하고 있던 중년 주부가 두 사람, 그를 보고 약간 수상하다는 듯한 눈을 했다. '어머, 본 적이 없는 얼굴이네'라는 속삭임이라도 들려올 것 같다.

그런 식으로 걷는 동안에 상점가 끝까지 와 버렸다. 만국기도 이미 끝이다. 다시 〈차량 진입 금지〉의 녹슨 팻말에 맞닥뜨렸다.

맨션 앞과 비슷한 폭의 길로 나간다. 인도에 빈틈없이 차가 세워져 있다. 길을 사이에 둔 건너편에는 공단인지 도영都營인지, 아무튼 많은 창문이 모여 있는 건물이 높이 솟아 있었다. 맞은편에는 쨍쨍 비추는 태양과 새하얀 적란운.

이마의 땀을 닦고 멍하니 서 있으니, 오른쪽에서 묘하게 사람이 많이 온다. 가족 일행이나, 부부. 아기를 태운 유모차를 밀고 있는 남성도 있고 자전거로 함께 달려오는 모녀 같은 두 사람 일행도.

모두 커다랗고 하얀 비닐봉투를 들고 있다. 짐칸에 싣고 있다. 다섯 개입 패키지 티슈 상자를 흔들흔들하고 있는 여성도 있다.

아무래도 가까이에 대형 슈퍼마켓이 있는 것 같다. 주의해서 보니 길가는 사람이 손에 들고 있는 비닐봉투에는 모두 똑같은 가게 이름이 있었다.

가로로 ROLEL. 로렐이다.

알고 있는 이름이다. 분명히 기억에 있다. 어쨌든 많은 인간이 있는 쪽으로 가면 되니까 틀릴 수가 없었다. 곧 커다란 사각형 건물과 그 앞에 빽빽이 세워져 있는 무수한 자전거가 보였다.

이상하게도 몹시 붐비는 가게 안에 발을 들여놓는 것에는 저항감이 전혀 들지 않았다. 이곳이라면 안심하고 행동할 수 있다는 느낌이 들었다. 자신은 분명 이런 장소에서 장을 본 적이 있다는 확신이 있었다.

무엇이 필요한지 생각하지 않았으므로, 선반에 넘쳐나는 상품을 보고 있으니 어떻게 해야 좋을지 알 수 없어졌다. 그녀의 의견을 물어보고 오면 좋았을 텐데. 적어도 뭔가 먹고 싶은 음식이 있는지 어떤지 만이라도.

인파에 밀리고 세일 품목을 파는 점원의 목소리에 뒤쫓기면서 포장된 샐러드나 샌드위치, 우유 등 어쨌든 눈에 뜨인 순서대로 바구니 안에 던져 넣었다. 긴장한 탓인지 눈앞에 먹을 것이 늘어서 있어도 전혀 배가 고프지 않았다. 다만 공연히 목이 말랐다.

일용품 코너에서 잊지 않고 볼펜을 샀다. 방에는 필기도구가 아무것도 없었기 때문이다.

계산대 근처에는 담배 열갑들이 상자가 놓여 있어서, 그것도 넣었다. 일회용 라이터도 두세 개 던져 넣고 전쟁터 같은 계산대 줄 뒤에 따라 섰다. 머리가 지끈지끈해졌다.

그렇다, 약. 약을 사지 않으면.

앞에는 다섯 명 정도 서 있다. 계산대에 바구니를 놓고 점원이 상품을 꺼내어 기계 위를 통과시킨다. 그렇다, 바코드다. 바로 앞의 바구니에서 뒤의 바구니로. 손님이 산 상품을 이동시켜 금액을 말하고 돈을 받고 거스름돈을 건넨다. 한눈도 팔지 않고 멈추지도 않는다.

괜찮다, 이런 것은 몇 번이나 한 기억이 있다. 아이가 아니니까 할 수 있을 것이다. 그렇게 생각하면서 손바닥에 밴 땀을 꽉 움켜쥐었다.

자신의 차례가 되어 점원이 바구니 안에 손을 넣는 것을 멍하니 쳐다보고 있었다.

"만 이백오십삼 엔입니다."

시원시원한 목소리가 날아왔다. 흠칫했다.

점원이 이쪽을 보고 있다. 허둥지둥 주머니에서 지폐를 꺼내 접은 채로 건넸다.

"삼 엔 없으십니까?"

지폐를 펼쳐, 계산대의 기계에 넣고, 다시 빠른 말투로 말한다. "아, 없어요"라는 목소리를 내자 점원은 재빨리 천 엔 지폐 다발을 꺼내 세고는 내밀었다.

"먼저 구천 엔입니다. 확인해 주십시오."

확인할 짬도 없이, "나머지 칠백사십칠 엔 거슬러 드렸습니다. 감사합니다" 하고, 잔돈을 올린 손이 내밀어진다. 쫓겨나듯이 그곳을 떠났다.

비보 같군. 그래도 이번에는 웃을 수 있을 만큼 괜찮아졌다.

일단 밖으로 나와 슈퍼 전용 주차장 앞에 있던 주차안내원에게 가까이에 약국이 없는지 물어보았다. 자세히 가르쳐 주었으므로 헤매지 않았다.

두통약과 그 자리에서 문득 떠올라 얼음베개를 샀다. 흰옷을 입은 여성 점원이 들기 쉽도록 포장해 그에게 건네면서 "몸조리 잘하세요"라고 말했다.

그 한마디가 예상외로 마음에 사무쳤다.

무심코 걸음을 멈추고 상대의 얼굴을 바라보았다. "뭔가요?" 하는 물음에 서둘러 밖으로 나간다. 한순간 방치된 아이와 같은 불안함을 느꼈다.

모처럼 얼음베개를 샀는데 얼음이 없으면 소용이 없다. 근처에 술집이 있었다. 그곳에서 록아이스_{고쿠보 제빙냉장에서 개발한 온더록스나 칵테일에 주로 넣는 얼음 상표}를 두 봉지. 사는 김에 산더미처럼 쌓여 있는 버드와이저 여섯 개들이 팩도 샀다. 상당한 짐이 되었다. 나는 어떻게 보일까. 혼자 사는 학생일까, 새신랑일까.

그러나 주위에 있는 많은 인간은 누구 한 사람, 그를 뭐라고도 생각하지 않는다. 개의치도 않을 것이다. 그가 자신에 관한 모든 기억을 잃고 있고 비슷한 상태의 이름도 모르는 여성이 기다리고 있는, 누구의 것인지도 모르는 집으로 돌아가는 참이라는 사실을 알아차리는 사람이 있을 리도 없다.

방향감각은 그를 버리지 않았다. 돌아오는 길은 제대로 찾을 수 있었다.

걷고 있는데 하늘이 갑자기 어두워지더니 눅눅한 바람이 지나갔다. 소나기일 것이다. 아까의 적란운이다.

팰리스 신카이바시 앞까지 돌아왔을 때, 그럴 일은 없겠지만 아직 사에구사가 그곳에 있을 것 같아 뒤쪽의 주차장을 살펴보았다. 그의 모습은 없고 범퍼가 움푹 들어간 차는 안쪽 벽에 바싹 붙여 깔끔하게 세워 놓았다. 파란 호스는 감아서 출입구 옆에 있는 수도꼭지에 걸어 놓았다.

육층에 올라가 문 앞에 서서 왼쪽 벽을 본다. '707'이라는 번호가 있을 뿐, 이름칸은 공백이다.

문을 열자 안쪽 방에서 그녀가 달려 나왔다. 파자마 위에 또 한 장, 커다란 셔츠를 걸치듯이 입고 있었다.

"늦었어." 대들듯이 말한다. 비난하는 게 아니라 반쯤 울고 있다.

그는 등을 문에 대고 커다랗게 숨을 내뱉었다. 다녀왔어, 하고 말했을 때 창밖이 번쩍 빛나면서 무거운 것을 바닥에 쓰러뜨리는 듯한 소리가 낮게 들려왔다.

"한바탕 비가 올 것 같군." 그렇게 말하면서 그녀의 손을 잡았다. 작고 차가운 손이었다.

9

혼자서 집을 지키는 사이에 그녀는 하나를 발견했다. 지도를 찾은 것이다.

"어디에 있었어?"

"옷장 안 재킷 주머니에 접혀서 들어 있었어. 걸칠 것을 찾으려고 안을 들춰 봤더니 있었어."

주방 테이블 위에서 펼쳐 보였다.

지도라고 해도 그것은 한 장짜리 복사본이었다. A4 크기로 세세하게 표시되어 있었고 꼼꼼하고 작게 접혔던 탓에 줄이 가 있다.

도로나 역 이름뿐 아니라 개인 주택 소유주나 맨션 이름까지 들어가 있다.

"이 동네야."

"어떻게 알아?"

'팰리스 신카이바시'의 이름은 지도 왼쪽 아래에 있었다. 그가 지나간 상점가도 장을 본 슈퍼마켓 로렐도. 이 지도에 따르면 앞 도로는 '신카이바시도리 길'로, 남쪽으로 신오하시도리 길과 교차하고 있다. 그 교차점의 동쪽에 도영 지하철선인 '신카이바시 역'이 있다. 북상하면 게이요 도로와 합쳐져 수도 고속도로 고마쓰가와 램프가 바로 옆이다.

이곳이 도쿄의 동부라는 판단은 틀리지 않았다. 거의 도쿄의 극동이다. 다리 하나 건너면 지바 현 이치카와 시가 된다.

"어때? 뭔가 떠올랐어?"

그녀는 천천히 고개를 흔들었다.

"역도 도로도 전혀 기억에 없어. 하지만 어떨까. 기억상실이란 어디부터 어디까지 깨끗이 잊어버려서 자신과 관계가 있는 것을 보아도, 아, 이것은 알고 있어 하고 마음에 걸리는 것조차 없는 걸까. 음, 그뿐만이 아니야. 좀더 지독해서 갓 태어난 아기처럼 머릿속이 백지가 되어 버리는 일은……."

그는 천장을 올려다보았다. "어떨까……. 아까 시험해 보았지만 말이지. 숫자는 셀 수 있고 물건의 이름도 떠올릴 수 있어. 장도 볼 수 있었고 사람에게 길을 물을 수도 있었어. 사람이 가르쳐 준 길을 더듬어 찾을 수도 있었어."

"여기에도 돌아올 수 있었고."

"그래. 게다가 당신도 방금 전에 비유를 썼잖아."

"비유?"

"그래. '갓 태어난 아기처럼'이라고. 정말로 갓 태어났다면 말을 할 수는 있어도 그런 표현은 쓸 수 없어. 진짜 아무것도 모르니까."

"아, 그렇구나……."

"그렇지. 그러니까 지능이나 지식이 완전히 없어진 게 아니야. 다만 자신과 밀접하게 관계가 있는 것—기억과 함께 개인적인 영상이 붙어 있으면 공백이 되어 버리지. 뭔가 약간의 계기만 있으면 바로 떠올릴 수 있을 것 같은 느낌도 드는 거야……."

그녀는 입가에 양손을 대고 자신의 안쪽을 들여다보는 듯 지그시 눈을 깔았다.

"어떻게?"

"몰라……."

"여기가 도쿄라는 건 느낌이 왔어?"

"도쿄." 그녀는 되풀이했다. "도쿄, 말이지."

그는 중요한 질문을 잊고 있었다.

"머리 아픈 건 나았어?"

그녀는 관자놀이에 손을 대고 "아직 아파. 하지만 욱신거리는 느낌. 조금 전처럼 쪼개질 것 같은 정도는 아니야. 신기해."

"뭐, 그래노 가라앉아서 다행이다."

그러나 여전히 안색이 나쁘다. 눈 주위는 주먹으로 맞은 듯 거무스름하다.

"도쿄, 도쿄" 하고 노래하듯이 반복한다. "알고 있어, 분명. 그렇지만 일본인 중에 수도를 모르는 사람 따위 없으니까."

처음으로 치열이 흘끗 보일 정도로 웃었다. 그는 마음이 놓였다.

"도쿄 타워 알아? 바깥 복도로 나가면 잘 보여."

그녀는 가만히 그를 보았다. "간 적 있어."

"확실히 기억 나?"

"으응. 가족과 함께 갔었던 것 같아. 아주 어릴 적에. 누군가와 손을 잡고. 계단을 올랐어. 틈 사이로 바로 아래가 보여서 정말 무서웠어. 기억 나."

가족. 어릴 적. 눈앞의 일에 얽매이고 있어서 그 두 가지를 생각해 본 적이 없다. 둘 다 부모형제도 있고 어릴 적 추억이 있을 텐데.

그러나—.

"이상해."

"응?"

"가족 얼굴, 기억 나?"

그는 고개를 흔들었다.

"나도야……. 그뿐이 아니야. 그런 사람들이 있었을 거라는 느낌이 들지 않아. 그곳이 비어 있는 듯한……. 아무것도 보이지 않아."

그녀도, '보이지 않아'라는 표현을 썼다.

"장본 거 정리하자."

화제를 바꾸듯이 그녀가 말했다. "나 이제 괜찮으니까 뭔가 만들게. 배고프지 않아?"

그녀가 살짝 일어섰을 때, 지직거리는 듯한 천둥소리가 갑자기 커졌다. 유리창에 돌팔매질하는 소리가 나더니 비가 내리기 시작한다.

"싫어……. 천둥, 싫어. 이러다가 정전이라도 되면 정신이 이상해질 거야. 여기 괜찮을까. 전기가 나가면 수리할 사람은 있을까."

그 말에 기억이 났다. 관리실이다.

"잠깐 기다려." 그는 주변에 있는 종이봉투와 막 사온 볼펜을 들고 아래층으로 내려갔다. '아래로 연락 주십시오' 옆에 적힌 전화번호를 메모하고 뛰어 돌아왔다.

깜짝 놀란 그녀에게 재빨리 설명한다. 시계는 다섯 시를 조금 넘기고 있다.

"아직 영업시간이야. 이곳의 소유주가 누군지 알 수 있을지도 몰라."

그녀도 전화 옆까지 따라와서 양팔로 몸을 껴안듯 서 있었다. 초조한 몇 초가 지나고 호출음이 울리기 시작한다.

찰칵 하는 소리가 나고 이어졌다. "여보세요?"

부드러운 클래식 음악이 흐르며 테이프에 녹음된 목소리가 들려왔다.

"왜 그래?"

그는 수화기를 그녀의 쪽으로 내밀었다.

"8월 11일부터 17일까지 여름휴가입니다, 라는군."

그녀는 오믈렛을 만들고 커피를 끓이고 야채실 안에 있던 사과를 깎았다. 그 익숙한 손놀림을 보면서 그는 물어보았다.

"그거 뭔지 알아?"

그녀는 손을 멈추고 고개를 갸우뚱한다. "사과?"

"아니, 그쪽이 아니라, 오른손에 들고 있는 거."

그를 바라보다가 오른손에 쥔 것에 시선을 옮긴다. "식칼이지?"

식칼. 그렇다. 그랬다.

"생각이 안 났어. 아까."

"남자는 별로 쓰지 않잖아."

그는 쓴웃음을 지었다. "그래도 어떻게 이름까지 잊어버리냐고. 가정 시간에 쓰는 법을 배웠어. 게다가 다른 이름이 떠올랐어."

"다른 이름? 나이프?"

"아니. 토템."

"토템?" 그녀는 웃음을 터뜨렸다. "인디언 같아."

그렇다. 정말 이상하지 않은가. 식칼이 어째서 토템인가?

둘 다 그다지 식욕이 없었다. 그는 연료라고 생각하며 우겨넣었지만, 그녀는 표시만 내는 정도로 젓가락을 대었을 뿐 커피만 마시고 있다.

먹으면서 밖에 나갔을 때의 자초지종을 들려주었다.

"그러면, 사에구사라는 남자가 옆집에 살고 있구나."

"응. 집주인에 대해선 아무것도 모른다고 했어. 사람이 살고 있는지 어떤지조차 몰랐대."

"단서가 아무것도 없네."

그녀의 어깨가 다시 움츠러든 듯하다. 말하지 않는 편이 좋았던가 하고 잠시 후회했다.

"나머지는 정리해 둘 테니까, 자는 편이 좋겠어. 녹아웃된 얼굴이야."

그녀가 불쑥 말했다. "정말로 녹아웃되었을지도 몰라."

"뭐에?"

"아주 재수 없게 말하면," 그녀는 미소를 짓는다. "과거에."

그녀에게 누우라고 한 뒤 그는 설거지와 뒷정리를 하고 잠깐 생각하다가 샤워를 하기로 했다. 욕실의 장 안에 목욕 수건이 두 장, 분홍색과 파란색 목욕 가운이 개켜져 들어 있다. 준비가 잘되어 있다. 누가 했는지는 몰라도.

주방에 급탕 조절기가 있다. 조금만 봐도 조작법을 알 수 있었다. 초등학생이라도 쓸 수 있는 것이니까 당연한데 하나하나 확인하지 않으면 안 되는 게 답답하다.

살아 돌아온 기분으로 목욕 가운을 걸치고 수건을 쓴 채로 주방에 나오자 그녀가 말을 걸었다.

"샤워?"

"응."

"돼?"

"물론."

그녀는 침대에서 내려왔다. "나도."

"그럼 잠깐 기다려. 옷 갈아입고 잠깐 밖에 나가 있을 테니."

"밖에?"

"복도. 비도 그친 것 같고. 안쪽에서 문 잠가. 끝나면 말해 주고."

거기까지 신경을 쓸 것도 없을지 모르지만, 이런 상태에서는 둘이 서로 힘을 합쳐 뭔가를 해야 할 때를 빼고는 선을 그어 두는 편이 좋다고 생각했다. 극단적인 말로, 기억이 돌아와 보니 그는 흉악한 강도살인범이고 그녀를 인질로 잡아 도망치는 중이었다는 일도 반드시 없다고는 할 수 없기 때문이다.

팔에 씌어 있는 알 수 없는 번호와 기호는 샤워를 하는 정도로는 지워지지 않았다. 무척 기분이 좋지 않았지만 어쩔 수도 없었다. 그는 옷을 갈아입고 복도로 나갔다.

밤은 동네의 경관을 바꾸어 놓았다.

멋없는 콘크리트 담도 거슬리지 않는다. 소나기는 공기를 씻어 내리고 시원한 바람을 뒤로 남겼다. 그는 담 위에 양 팔꿈치를 올리고 담배를 태우면서 잠시 동안 넋을 잃고 야경을 바라보았다.

어째서 이렇게 많은 빛이 있는 것일까. 아마, 그 하나하나는 전자제품점이나 백화점 가전 매장에서 입수한 별반 아름답지도 않은 것일 텐데. 먼지를 뒤집어쓰고 안쪽에 죽은 날벌레를 가둔 채 페인트마저 벗겨져 가는 가로등에 지나지 않는 텐데.

멀리, 한층 더 밝은 도쿄 타워가 보인다. 빨강과 오렌지색 조명을 가득 몸에 둘러, 비현실적일 정도로 아름답다. 손을 뻗으면 잡을 수 있을 정도로 가깝게 보이는 것도 그 조명 때문이겠지.

지상의 빛과는 달리 주위에 늘어서 있는 맨션 창문의 불빛은 조금씩 색조가 달랐다. 커튼 때문이다. 많은 가정에 많은 커튼. 그 안에 많은 인간들이 있다.

자신에게도 그녀에게도 돌아가야만 할 커튼의 안쪽이 있을 것이다. 그것이 어디인지, 정말 자신들이 그곳에 돌아가고 싶어 하는지 어떤지조차 지금은 알 수 없다. 알 방법도 없다는 생각이 들었다.

복도에는 사람 그림자도 없고 엘리베이터가 오르내리는 소리마저 들려오지 않는다. 늘어서 있는 문들도 모두 침묵하고 있다. 706호실을 돌아봤지만 사에구사라는 남자의 기척조차 느낄 수 없었다.

'옆집에 사람이 살고 있는지 어떤지조차 몰라'라는 말이 실감나게 이해되었다.

등 뒤에서 찰각 하는 소리가 나고 707호의 문이 열렸다. 그녀가 나와서, "와아, 상쾌해" 하고 큰 소리로 말했다.

땀과 먼지로 만들어진 얇은 피부를 한 장 벗어 버린 듯 깔끔한 얼굴이다. 볼에도 약간 생기가 돌아온 것 같다. 말쑥하게 파자마를 입은 몸에 셔츠를 입고 목욕 수건을 어깨에 걸치고 있다. 깨끗이 빗어 넘긴 젖은 머리카락은 복도의 조명을 받아 거울처럼 빛나 보였다.

"경치 좋네."

옆에 나란히 서자 달콤한 샴푸 향기가 감돌았다.

"맥주 마실래?"

"응."

"짠!" 웃으면서 등 뒤에 감추고 있던 버드와이저를 두 캔, 앞으로 쑥 내밀었다.

"아주 차가워."

그는 캔을 받아들어 관자놀이를 손가락으로 가볍게 두드리는 시늉을 했다.

"괜찮아?"

"응?"

"목욕이나 맥주 마시는 거 말이야."

"괜찮아." 그녀는 캔 뚜껑을 당겼다. "괜찮다고 생각하고 싶어. 게다가 이 이상 나빠질 수가 있을지."

그는 묵묵히 맥주를 마셨다. 뜨거운 샤워는 그녀의 기운을 북돋우었다기보다 태도를 바꾸어놓은 것 같다.

"맥주는 맥주. 응? 그런 건 알아. 내 이름은 기억이 안 나지만."
그녀는 말하고 차가운 캔을 뺨에 댔다.
"도쿄는 아름다운 도시야."
"밤에만."
"이런 야경, 기억 나?"
확실하게는 말할 수 없다. 그러나 낯익은 광경이다.
"나는 것 같기도 하고 아닌 것 같기도 하고."
"나도."
어딘가에서 아기가 울기 시작했다. 아주 작게 들린다. 눈 아래 펼쳐진 집들 중 어딘가의 지붕 아래일 것이다.
"아까 안 건데 이 집엔 베란다가 없어."
"그러게."
"옆집에는 있어. 그 옆집에도. 이곳은 맨 끝 방이라서 그런가?"
방의 배치가 다를지도 모른다.
"그 대신 빨래를 말릴 수 있도록 욕실을 그대로 건조실로 쓸 수 있는 설비가 달려 있어. 알고 있어?"
"아니. 그런 좋은 기능이 있을까."
"있어. 아주 비싼 설비일걸."
그녀는 이마에 내려온 머리를 쓸어 올렸다.
"세탁용 세제도 유연제도 있어. 욕조용 클리너도 파이프 세정제도 전부 있어. 하지만……."
그는 앞질러 말했다. "모두 새거다."
"으응, 그래. 포장된 그대로. 샴푸도 우리가 쓰기 전까지는 그랬어. 아까 주방에서도 생각했어. 설거지용 스펀지는 포장된 채로 서랍에 들어 있었잖아? 식칼도 놀라울 정도로 잘 들었어. 날이 예리하게 서서. 전부 새로 산 거야."

"그럼, 그렇다면, 어떻다는 말이지?"

그는 맥주의 캔을 옆에 놓고 그녀 쪽으로 몸을 돌렸다. 그녀는 이마에 주름을 잡고 찡그린 얼굴이 되었다. 기분 상한 초등학생처럼 보였다.

"이 집이, 우리의—나나 당신 어느 쪽이든 한 사람이라는 의미도 포함해서 우리야—소유든 누군가 다른 사람의 소유든, 자리 잡고 산 지 며칠 지나지 않았을 거야. 기껏해야 하루나 이틀."

"응. 그건 처음부터 느꼈어."

"그렇지? 게다가 이건 돈을 걸어도 좋아. 우리가 오기 전에는 여기 계속 빈집이었어."

"신축이니까?"

그는 사에구사가 '이곳에는 아직 빈집도 있다'고 말했던 것을 떠올렸다.

"아니. 수돗물이 맛이 없어서 그래."

그녀도 그를 바라보았다. "아까 약 먹을 때 알았어. 쇳내가 나고 너무 맛이 없었어. 계속 파이프 안에 고여 있었을 거야. 단기간이면 그렇게는 되지 않는걸."

그는 천천히 끄덕였다.

"그렇지만 전화도 가스도 통해. 수도도 개폐 장치가 열려 있었고······."

닫혀 있던 방의 창문이 열린 듯한 느낌이 들었다.

"그렇군. 바보같이, 좀더 빨리 깨달았으면 좋았을걸."

"뭐가?"

"전기는 그렇다 치고 전화나 가스는 마음대로 사용할 수 없잖아? 반드시 영업소에 연락해서 직원이 와야 해. 그럴 경우 그쪽에는 요금을 청구해야 하니까 팰리스 신카이바시 707호만으로는 접수해 주지 않아."

이 집의 소유주를 찾기 위해서 부동산 회사만 의지할 수 있는 것은 아니다.

"내일 바로 전화해 보자. 분명 여기 주인 이름을 알 수 있을 거야."

방에 돌아가니 맥주 빈 캔을 손에 든 그녀는 허둥지둥 물건을 찾기 시작했다.

"왜 그래?"

"쓰레기통이 없어."

그녀는 양손을 허리에 대고 화가 난 듯이 말했다.

"비록 이 집이 내 집이라고 해도 가구나 일용품을 산 건 내가 아니야. 난 쓰레기통을 절대 잊지 않으니까."

그날 밤은 그녀가 침대를 쓰고, 그는 담요 한 장과 베개를 들고 바닥에서 잤다. 미안하다는 말을 들었지만 달리 방법은 없었고 한여름이라서 걱정도 없었다.

눕자마자 바로 피로를 느꼈다. 딱히 운동을 한 것도 아닌데 관절이 아프다. 푹 자고 싶었고 그렇게 될 것 같다고 생각했다. 모든 것은 내일 일이다.

그러나 이 알 수 없는 하루는 그렇게 간단히 그를 해방시켜 줄 생각은 없는 듯했다.

10

천둥을 동반한 비구름은 도쿄를 동에서 서로 천천히 가로질렀다. 신교지 에쓰코의 머리 위에는 밤이 된 후에야 비가 찾아왔다.

"내리기 시작했군."

기치조지 역 근처의 레스토랑 '볼레로'의 유리창 너머로 하늘을 올려다보고 아버지인 요시오가 말했다.

"계속 내릴까."

"아니, 지나가는 비일 게다. 돌아갈 무렵에는 그치겠지."

낮은 천둥소리를 들으며 에쓰코는 끄덕였다.

에쓰코와 유카리, 요시오 세 사람은 한 달에 한 번 저녁 식사를 함께하기로 정해 놓았다. 에쓰코가 손수 요리를 만들기도 하고 이렇게 외식하기도 한다. 유카리는 어느 쪽이냐 하면, 레스토랑의 식사를 즐기는 듯 오늘도 들떠서 떠들고 있었다.

'볼레로'의 자랑은 호주 직영 목장에서 들여온 쇠고기 스테이크로, 메뉴는 별로 다양하지 않다. 일본 음식파인 요시오에게는 약간 부담스러운 요리겠지만 유카리가 이곳의 호화로운 아이스크림 케이크를 좋아하고 디저트로 먹고 싶어 해서 외식이라면, "볼레로!" 하고 외치는 것이다.

식사가 끝나면 커피와 디저트는 라운지 쪽에서 먹는다. 요리를 먹는 것과는 다른, 게다가 인테리어 조명과 우아한 실내장식으로 꾸며진 곳에서 아이스크림을 먹을 수 있다는 것도 유카리가 이 가게를 편애하는 이유였다. 그녀는 지금 넓은 테이블 건너편에서 초콜릿으로 된 작은 마터호른사천 미터가 넘는 알프스 산맥의 고봉을 무너뜨리는 데 정신이 없다.

뜨거운 커피에 우유를 넣고, 그것이 원을 그리면서 녹는 모습을 바라보며 에쓰코는 말을 꺼냈다.

"아버지, 저, 어떻게 하면 좋을까 좀 난처한 일이 있는데."

요시오는 커피를 휘젓던 스푼을 놓고 시선을 들었다.

에쓰코는 되도록 정확한 순서대로 가이바라 미사오의 실종과 그녀의 모친과 나눈 대화에 관해 말했다. 요시오는 조용히 커피를 홀짝이면서 귀를 기울이고 있었다.

에쓰코에게 아버지는 어떤 의미에서 '전능'한 존재였다. 고민할 때, 곤란할 때, 슬플 때, 언제나 아버지에게 털어놓은 것 같다.

물론 딸로서의 비밀은 몇 가지 있다. 처음 키스한 상대. 그 시기. 처음으로 입을 열어 키스한 상대도. 비밀을 밝히지 않는 것은 오히려 예의라고도 생각할 수 있다.

아무 말도 하지 않았지만 요시오는 언제나 짐작하고 있었을 거라는 느낌도 들었다.

학창시절, 자주 친구가 말했다.

―에쓰코는 파더 콤플렉스니까, 분명 스무 살이 되기 전에 나이 차이 나는 남자와 결혼할 거야.

스스로도 상당히 진지하게 그럴 생각이었다. 아버지 같은 사람이 아니면 마음에 차지 않을 거라고. 그러나 실제로는 이른바 일반적인 '적령기'인 스물세 살 때, 네 살 차이의 도시유키와 결혼했으니까 인연이란 신기하다.

다만 도시유키와 에쓰코의 관계는 부부라기보다 사이가 좋은 남매와 비슷했다. 지극히 원만해서 어디를 가든 둘이 함께 외출하니까, '쌍봉 낙타'라는 말을 들은 적도 있었을 정도지만 에쓰코는 그에게 '집착'한 기억이 없다. 연애 시절 역시 도시유키가 아주 바빴다는 것을 빼고 생각해도 열렬하다고 표현할 수 있는 관계였던 적은 없다. 친구의 연장으로 담담하게 결혼했다는 기분이었다. 신혼 때조차 유리를 사이에 두고 마주하듯이 보이기는 해도 손이 닿지 않는 부분이 그에게는 있었고 에쓰코는 굳이 그것에 손을 뻗으려고 하지 않았다.

그를 잃고 나서야 비로소 그런 애정은 오빠에 대한 것과 비슷하다는 생각이 들었다. 에쓰코는 친오빠가 없기 때문에 상상할 수밖에 없지만 그와는 정말로 잘 공명하고 있었다고 생각했다. 그러한 공명은 일반적으로는 혈연 관계의 마음이 맞는 남매 사이에만 존재하는 것은 아닌가, 하고.

그런 생각을 하면 한층 더 도시유키의 요절이 괴로웠다. 자신의 일부가 함께 죽었다, 핏줄이 끊어졌다는 느낌이 들었기 때문에.

―에쓰코, 도시유키 군과 진짜 연애를 하기 전에 보내 버렸구나.

요시오가 이렇게 말한 적이 있다. 그때도 에쓰코는 아, 역시 아버지는 알고 있었구나, 라고 생각했다.

요시오는 올해 4월까지 「도쿄일보」라는 대규모 신문사에서 자동차부원으로 일했다. 사건이 발생하면 기자들을 태우고 현장까지 곧장 달려가는 것이 일이었다. 자연히 근무 시간도 불규칙한 힘든 일이라 어릴 적 에쓰코에게는 아버지가 어딘가 데려가 준 기억이 별로 없다. 아버지를 따랐던 아이였던 데에 비하면 연휴니 여름방학이니 해도 어머니와 집을 지키던 기억만 남아 있다.

어머니가 노골적으로 남편을 사랑하고 그것을 그대로 이야기했기 때문에 이것이 에쓰코에게 영향을 주었다.

어머니인 오리에는 자주 말했다.

―엣짱, 엣짱의 아버지는 훌륭한 사람이야. 엄마는 아버지의 신부가 되어서 정말 다행이라고 생각해.

어머니는 올해 겨울 자궁암으로 죽었다. 도시유키의 죽음과 몇 개월 차이밖에 나지 않았다. 발견이 늦어서 손을 쓸 도리는 없었지만 다행히도 고통은 별로 없었던 것 같다. 자는 듯이 편안한 최후였다.

오히려 에쓰코가 죽고 싶을 정도로 고통스러웠다. 남편이 앞서 가고 그 상처도 채 아물지 않았는데 어머니가 돌아가셨다. 하느님은 몹시 잔혹한 짓을 한다고 원망을 해도 해도 모자랐다.

오리에도 그것만은 몹시 걱정하고 있었다.

총명한 사람이어서 자신이 죽을 때를 알고 있었다. 시중들고 있는 에쓰코의 손을 잡고 몇 번쯤 말한 적이 있다.

―엣짱 미안해. 네가 가장 힘들 때 엄마가 죽게 될 거 같네.

오리에는 에쓰코가 성인이 되어 결혼을 하고 유카리를 낳고 나서도 계속 '엣짱'이라 불렀다.

―그렇지 않아. 곧 좋아질 거야.

오리에는 단호하게 고개를 흔든다.

―아무래도 그렇게는 되지 않을 거야. 하지만 엄마 약속할게. 저쪽에 가면 도시유키를 찾아서 되도록 빨리 이쪽으로 돌아가라고 말해 줄 테니까.

―그 사람, 돌아올 수 있을까.

―뭐, 돌아와서 다시 너와 결혼할 수는 없겠지만……. 남자 아이로 태어나서 자라 유카리를 아내로 맞아 주면 돼. 도시유키라면 다시 태어나도 미남일 테고 머리도 나쁘지 않을 거니까 좋잖아.

에쓰코는 웃으며 동의했다.

―그러게. 그렇다면 좋아. 하지만 엄마는 어떻게 할 거야?

―나는 저쪽에서 느긋하게 아버지가 오기를 기다릴 거야.

돌아가시기 직전 의식이 있을 때 오리에가 마지막으로 남긴 말은, "여보, 에쓰코를 부탁합니다"였다. 딸에게 환갑을 맞이하려는 남편을 부탁하는 게 아니라 남편에게 딸을 부탁하고 갔다.

지금도 에쓰코는 부모가 선으로 만났고, 그것도 거의 사진만 보고 결혼하기로 결정한 부부라고는 믿을 수 없었다. 그만큼 오리에는 남편을 사랑했다. 두 사람의 세대를 생각하면 경이에 가까운 일이었다.

요시오는 머리카락도 상당히 빠졌고 직업병인 요통을 앓아 요즘은 완전히 새우등이 되었다. 현역으로 일할 때는 두 눈에 특유의 예리한 빛이 있었지만 은퇴하고 나서는 그것도 사라졌다. 손녀와 함께 팬케이크를 굽거나 유료 낚시터에서 붕어를 잡고 있는 평온한 초로의 연금생활자다.

에쓰코가 말을 끝내자 요시오는 잠시 생각하고 나서 숱이 얼마 없는 머리에 손을 댔다.

"아무래도 아버지의 여기가 생각하기로는," 그는 가볍게 이마를 두드리고 말을 이었다. "그 건에서 네가 할 수 있는 건 별로 없을 것 같은데 말이다."

"역시 그렇게 생각해요? 저도 그렇긴 하지만……."

에쓰코는 말을 흐렸지만 요시오는 그 의미를 제대로 이해하고 있었다.

"너, 네버랜드의 직원으로서 이런 일에 어느 정도 깊게 관여해도 될지 고민하고 있는 거 아니냐?"

에쓰코는 끄덕였다. "이번만이 아니라 이제부터 이런 일이 생길지도 모르잖아요? 그럴 때 어떤 자세로 대처하면 좋을지 알 수 없어서."

"잇시키 씨는 뭐라고 할까."

"내일 상담해 볼 거예요. 그렇지만 전에 미사오가 나하고 만나고 싶다는 말을 꺼냈을 때에는, 상담자와 만나면 그다음부터는 이미 개인의 영역이 된다고 그랬어요."

"그렇게 되면," 요시오는 억센 양손을 테이블 위에 가지런히 놓았다. "그다음은 네가 가이바라 씨댁 따님의 친구로서 어떻게 행동할지만 생각하면 되는 게 아닐까? 그런 거라면 아버지도 가능한 범위 내에서 협력하마. 걱정되는 일이니까."

"고마워요."

에쓰코는 미소 지었다. 아버지에게 이야기한 것만으로도 기분이 상당히 가벼워졌다.

"아버지, '레벨7'이라는 말 아세요?"

직업 관계상 요시오는 시야가 넓고 기억력도 좋다. 은퇴하고 나서도 그것은 시들지 않아서 에쓰코가 뭔가 물으면 어떤 식으로든 반응이 있었다.

"미사오의 일기에 적혀 있던 글이지?"

요시오는 고개를 갸우뚱했다.

"도서관에서……," 기억을 떠올릴 때의 버릇인 사각형 턱에 손을 댄다. "비슷한 글을 본 적이 있어."

"그거, '레벨3' 아니에요?" 에쓰코는 웃었다. "저도 그 생각은 했어요. 잭 피니라는 사람이 쓴 소설."

"도서관에서 봤으니까 그거겠지. 그거랑 다른 거냐?"

에쓰코는 미사오의 일기에 '레벨3 도중에서 단념. 분하다'라는 기록이 있었던 것을 이야기했다.

"그런데 내가 아는 한 미사오는 별로 독서를 좋아하지 않았어요. 더구나 번역 소설까지 볼 것 같지는 않고……. 만일 조금 흥미를 갖고 손에 잡았다고 해도 갑자기 잭 피니를 보겠어요? 동네 책방에서 손에 넣을 수 있는 책이 아닌걸. 시드니 셸던이라든지, 할리퀸 로맨스라면 몰라도."

"다 모르겠는데."

"그러니까 책 제목은 아닐 것 같아요. '레벨7까지 가 본다'라고도 씌어 있었으니까 가게가 아닐까 하는데. 그런 비슷한 이름, 들은 적 없어요?"

요시오는 고개를 흔들었다. "네 말에 따르면 그 '레벨' 뒤에 이어지는 숫자는 변하는 모양이구나."

"네, 맞아요."

"그렇다면 가게의 이름은 아닐 것 같은데."

"체인점이라면 어떨까요. 1호점, 2호점처럼."

요시오는 석연치 않은 얼굴이었다.

"이름이 그렇게 까다로운 가게가 있나……. 게다가 에쓰코, 문제는 미사오가 그곳에서 '돌아올 수 없을까?'라고 썼잖아. 어떤 가게든지 들어갔다가 돌아올 수 없는 곳은 없을 것 같구나."

"그러네요……."

에쓰코는 생각에 잠겼다. 가이바라 요시코가 일기를 보여 준 뒤로 계속 같은 부분에서 사고가 멈춰 있다.

그러자 아이스크림 그릇에서 얼굴을 들고 유카리가 말했다.

"패미컴 게임 아냐?"

그 순간 그녀는 크게 트림을 하고는 당황해서 입가를 눌렀다. 에쓰코는 말했다.

"그런 게임이 있어?"

"몰라. 있을지도 모르지만, 나는 한 적 없어. 하지만 레벨 뭔가라면 패미컴 게임 같은 이름이야."

"시작하면 돌아올 수 없는 게임이 있니?"

유카리는 웃었다. "그런 건 무섭잖아. 게임하고 있는 사람이 게임 안에서 갇혀서 나올 수 없는 것 같아."

"아니지?"

"응, 그렇지만 게임을 제대로 종료하지 않으면 캐릭터가 있던 장소에서 나올 수 없어지는 일은 있을 거야. 도중에 죽기도 하고."

에쓰코는 부친과 얼굴을 마주 보았다.

"그럴까."

"미사오는 패미컴 게임이라는 걸 좋아했어?"

"들은 적은 없어요."

그 아이가 그런 것에 열중하기 시작했다면 네버랜드에 전화를 걸었을 때 이야기를 하다가 나올 만하다. 파마를 하고, 새 구두를 샀다는 소소한 것까지 수다를 떠는 아이였기 때문에.

"어쨌든 가이바라 씨 어머니가 경찰에 신고해서 조사를 하지 않으면 결말이 나지 않잖아."

요시오가 말하고 전표에 손을 뻗었다. "유카리, 이제 아이스크림은 그 정도만 먹어. 배탈이 나면 수영 교실을 쉬어야 돼."

"이제 배가 꽁꽁 얼어 버렸어." 유카리는 스푼을 놓았다. "내 위에 못도 박을 수 있어, 엄마."

"바보."

요시오가 차로 집까지 데려다 주었는데 시계를 보니 아홉 시가 넘었다. 유카리를 재촉해 목욕탕에 들어갔다.

"할아버지도 우리 집에서 목욕하고 가면 좋은데."

"대중탕에 가서 안마 씨한테 해 달라고 한대."

"그 십 엔 넣고 하는 기계?"

요시오는 아내를 잃고 혼자 살며 에쓰코와 유카리도 집안의 기둥을 뺀 모녀뿐인 생활이다. "같이 살면 좋을 텐데"라고 말하는 사람이 많았다. 에쓰코도 그 생각은 했다.

하지만 요시오는 반대였다.

"다행히 우리 집과 너희 집은 가깝고 만나려고 하면 언제든지 만날 수 있어. 너도 도시유키와의 추억에서 깨어나지 못 하는데 다른 생활을 하면 힘들 거다. 당분간은 이대로 따로따로 사는 편이 좋아. 아버지도 뭐, 외롭지는 않단다. 어머니가 아직 있는 것 같으니까."

정말 요시오다운 의견이고 배려였다. 실제로 바로 요시오를 불러들이거나 유카리와 둘이 친정에 돌아간다고 해도 에쓰코는 얼마간 패배감을 느꼈을 거라고 생각한다. 도시유키를 잃은 슬픔에다가 '졌다'는 감정을 짊어지기는 에쓰코에게 벅찼다.

서둘러 유카리의 머리를 말려서 재운 다음 잡다한 일 몇 개쯤을 정리하고 에쓰코는 느긋이 목욕을 했다. 내일부터 시작되는 새로운 주에는 네버랜드의 스태프도 교대로 여름휴가를 받기로 되어 있다. 그 순서 등을 생각해서 유카리와 어디에 놀러갈지 계획을 가다듬고 있으니 기분이 좋아졌다.

전화벨이 울린 것은 여전히 목욕 가운을 입은 채 주방에서 오렌지 주스를 마시고 있을 때였다. 전화기에 달려 있는 액정 표시판이 오후 열한 시 오십오 분을 표시하고 있다.

에쓰코는 바로 수화기를 들었다. 유카리는 잠이 얕아서 작은 소리에 바로 눈을 뜨기 때문이다.

"여보세요?"

여자만 사는 집이라서 이름은 대지 않기로 하고 있다. 밤에 걸려 온 전화는 상대가 누구인지 알기 전까지는 목소리도 한층 낮추어 받는다.

멀리, 혼선된 듯 희미한 잡음이 들려온다.

"여보세요?"

다시 한 번, 이번에는 좀더 목소리를 낮추어 말해 보았다.

지직……. 지직……. 들불이 타서 퍼지는 듯한 귀에 거슬리는 소리가 들린다.

머지않아 잡음에 묻혀 버려 작아진 목소리가 이렇게 말했다.

"……신교지……씨."

수화기를 손에 든 에쓰코는 숨을 삼켰다. 귀를 꽉 붙인다.

"여보세요? 신교지입니다만?"

아까보다 한층 더 작은 목소리가—.

"신교지 씨."

미사오다. 바로 알았다. 전화의 저편에 그녀가 있다.

"미사오? 미사오지? 에쓰코야. 어디서 걸고 있어? 어디에 있어?"

수화기의 안이 다시 잡음으로 가득 찬다.

"나……." 희미하게 들린다. "신교지 씨, 나……."

"미사오? 좀더 큰 소리로 말해 줘. 감이 너무 멀어."

아이가 술에 취했을지도 모르겠다고 생각했다. 목소리가 또렷하지 않다. 마치 잠이 덜 깼을 때의 유카리 같다.

"신교지 씨."

주문처럼 에쓰코를 부르며 전화의 목소리는 말했다.

"……구해"

거기서 끊어졌다.

"여보세요? 미사오? 여보세요?"

에쓰코는 수화기를 꽉 쥐고 지그시 바라보았다. 선이 끊어지면 그저 차가운 기계에 지나지 않는다. 뚜뚜 하는 소리가 마치 에쓰코를 놀리는 것 같다.

수화기를 놓고 옆에 있는 의자에 앉았다.

미사오다. 미사오의 목소리다. 이제껏 몇 번이나 들었기 때문에 틀림없다.

—신교지 씨.

그 멍한 목소리는 어떻게 된 걸까. 미사오는 어디에 있는 걸까? 무엇을 말하고 싶어서 전화한 걸까.

한기를 느껴 에쓰코는 두 팔로 몸을 감쌌다.

—……구해

통화는 거기서 끊어졌다. 말하려다가 도중에 끊긴 것이다.

그 목소리는 미사오의 목소리다. 분명히. 그리고 그와 똑같은 정도로 에쓰코는 강하게 확신했다.

—신교지 씨……구해

신교지 씨, 구해줘요.

미사오는 그렇게 말하려 했다.

11

비명을 들었을 때 다시 꿈을 꾸고 있나 했다.

되풀이하고 되풀이해서 멀어지거나 가까워지면서 들려온다. 여전히 비몽사몽 상태이던 그는 쿵 하고 뭔가가 바닥에 떨어지는 소리와 전해져 온 진동에 깨어났다.

일어나니 순간적으로 방향감각을 잃어버려 어디에 있는지 알 수 없었다. 그러자 비명이 다시 한번 주방 쪽에서 들려온다. 말이 아니다. 방 안은 깜깜했지만 침대 위에서 그녀의 모습이 사라진 것은 바로 알았다. 담요가 젖혀져 있고 반은 바닥에 떨어져 있다. 침대 자체가 크게 이쪽으로 이동해 있었다.

문은 열려 있었다. 그는 손으로 더듬어 주방의 불을 켰다.

그녀가 바닥에 털썩 주저앉아 있다. 바로 옆에 포트가 떨어져 가로로 쓰러졌다. 싱크대 아래 수납장이 반쯤 열려 있고, 그녀는 그 손잡이에 매달리듯 오른손을 걸치고 있었다.

"뭐하는 거야?"

순간적으로 그 말밖에 나오지 않았다.

그녀는 그를 찾듯이 격렬하게 고개를 흔들며 주위를 둘러보았다. 그 시선은 옆에 서 있는 그를 그대로 지나쳐 테이블의 발밑에서 멈추었다.

"어디야?"라고 그녀는 말했다.

그 말의 의미를 파악하는 데 몇 초 걸렸다.

"안 보여?"

그녀는 느릿느릿 목을 움직였다. 그러나 그 움직임에는 의도가 결여되어 있었다. 스스로도 무엇을 어떻게 파악하면 좋은지 알 수 없는 것이다.

곧장 옆으로 다가갈 수는 없었다. 차에 치어 죽어 가는 들개를 보는 기분이었다. 정말 지겹다, 빨리 지나가자, 하고 자신 안쪽의 가장 냉혹하고 이기적인 부분이 속삭이고 있다.

침을 삼키고 그는 다시 한번 물었다.

"정말로 보이지 않는 거야?"

그녀는 반쯤 멍해져서 어깨를 축 늘어뜨리고 있다. 아래턱이 부들부들 떨리고 말하려고 해도 말이 나오지 않는 것 같았다.

드디어 그는 그녀 옆에 털썩 주저앉아 어깨에 손을 얹었다.

"전혀 보이지 않아?"

그의 정체를 확인하려는 듯 그녀는 손바닥으로 일단 그의 손을 만지고 팔을 계속 위로 더듬어 어깨와 얼굴에 대었다. 정말 시각을 잃은 사람의 동작이었다. 크게 뜬 눈은 계속 그의 어깨 너머 엉뚱한 방향을 바라보고 있다. 맑은 눈이다. 잠이 들기 전과 겉으로 보기에는 아무런 차이도 없다.

"또, 머리가 아파져서……."

그녀가 말을 시작했을 때 밖으로 통하는 문이 돌연 똑똑 하고 울렸다. 그녀가 움찔해서 그에게 다가갔다.

밖에서 누군가가 문을 두드리고 있다.

"실례합니다, 실례합니다." 목소리가 들린다.

그는 그녀의 얼굴을 보았다. 시각을 잃은 충격으로 표정도 사라졌다. 그 대신 가냘픈 두 손이 그의 셔츠 소매를 꼭 잡았다.

"옆집의 사에구사라고 하는데." 밖의 목소리는 말하고 다시 문을 두드린다. "무슨 일 있습니까?"

"열지 마."

그녀가 빠르게 속삭이고 몸을 바짝 댔다.

"여보세요? 무슨 일 있습니까? 110번에 신고할까요?"

두 판단 사이에 놓인 그는 주저했다. 다시 문을 두드린다. 점점 강해진다. 말이 터져 나왔다.

"아니, 아무 일도 아닙니다. 죄송합니다."

그 자리에서 움직이지 않고 소리를 질렀다.

문의 저편은 잠시 침묵했다. 그는 심장이 귓가에서 울리는 소리를 들었다. 그녀가 떨고 있고 목덜미에 소름이 돋은 것을 알아차렸다.

"당신, 낮에 본 사람이지?"

문 저편에서 사에구사가 말한다. 생각 탓인지 경계하는 어조가 되었다.

"아무래도 수상한데……. 거기서 뭐하는 거야?"

어떻게 대답할까. 필사적으로 생각하는 동안에 사에구사는 다시 말했다.

"어이, 대답을 해. 당신 정말로 그 집 주인인가?"

이쪽이야말로 알고 싶다.

"잠시 열어 주지 않겠나. 예감이 안 좋은데."

그녀가 바짝 몸을 기댄다. "어떻게 하지……."

"열지 않으면 경찰을 부를 거야. 여자 비명이 들렸다. 뭐하는 거야?"

사에구사의 목소리는 타협을 허락지 않는 어조를 띠고 있었다. 낮에 만났을 때의 인상으로는 이웃 일에 신경 쓰는 사람으로는 보이지 않았는데. 그의 머리에 차창에서 지그시 이쪽을 살피던 때의 의심스러운 얼굴이 떠올랐다.

"잠시 기다려 주십시오. 지금 열 테니까요."

큰 소리로 대답을 하자 그녀가 눈을 휘둥그레 떴다.

"안 돼!"

그는 "쉿" 하고 입술에 손가락을 대며 제지했다. "어쩔 수 없어. 괜찮으니까 말한 대로 해 줘. 일어설 수 있어?"

껴안듯이 해서 일으켜 세우고 그녀를 주방 의자에 앉혔다. 손을 떼려고 하자 그녀의 손이 따라왔다.

"괜찮아, 여기에 앉아 있으면 돼."

그녀는 포기한 듯 손을 거두어 무릎 위에 놓았다. 그는 문 앞으로 가려고 하다가 생각을 고쳐서 침대 쪽으로 되돌아갔다. 그러고는 담요를 주워 올려 둥글게 뭉쳐서 주방으로 가져왔다. 그녀의 어깨부터 몸을 덮듯이 푹 걸쳐준 다음 문을 열러 갔다.

찰칵, 하는 소리가 나고 문이 열렸을 때 등에 땀이 한 줄기 떨어지는 것을 느꼈다.

문을 천천히 밀어 열자 복도 형광등 빛에 비친 사에구사의 얼굴이 보였다. 낮의 그 남자가 틀림없다. 그러나 지금은 소탈한 느낌이 사라졌다. 미간에 깊은 주름이 잡혀 치통에 습격당한 듯 얼굴을 일그러뜨리고 있다.

그가 한 걸음 뒤로 물러서자 사에구사는 고개를 기울여 집 안으로 눈길을 주었다. 주방에 있는 그녀의 모습이 보였을 것이다.

사에구사는 그에게 시선을 돌리고 다시 한번 그녀를 바라보며 말했다.

"아가씨."

그녀가 움찔하고 담요를 여민다.

"괜찮아?"

대답하기 전에 그의 얼굴을 보고 싶었을 것이다. 그녀는 도움을 구하려는 듯 얼굴을 들어 눈을 두리번거렸다. 몹시 두려워하며 매달리듯이 담요를 움켜쥐고 있다. 유괴된 아이 같다. 사에구사가 그런 생각을 하기 전에 그가 먼저 입을 열었다.

"겁내지 않아도 돼. 나는 여기 있으니까."

그 목소리로 그가 있는 장소를 짐작했을 것이다. 그녀는 그가 서 있는 위치에서 십 센티미터쯤 오른쪽에 시선을 고정하고 몇 번이고 끄덕였다.

사에구사가 벽에 손을 짚고 몸을 앞으로 내밀었다.

"눈이 보이지 않나?"

그는 끄덕였다.

"아까의 비명은?"

"그녀가 넘어졌습니다."

사에구사는 주방 안을 한 바퀴 둘러보고는 바닥에 구르고 있는 포트에 시선을 멈추었다.

"다친 데는 없나?" 그녀에게 묻는다.

"괜찮아요." 그녀는 억양이 없는 목소리로 대답하고, 자기들이 위험한 인간이 아니라는 것을 알아 달라는 뜻인지 조그맣게 덧붙였다. "고맙습니다."

사에구사는 벽에 기대어 두 사람을 번갈아 보기도 하고 어두운 침실에 눈길을 주기도 했지만, 곧 흠 하고 콧소리를 내며 그를 올려다보았다.

"아무래도 납득이 가지 않아."

"무슨 말씀입니까?"

그는 애써 냉정하게 말했다. 사에구사와 정면으로 시선이 마주친다. 돌리지 않으려고 무척이나 노력했다.

"당신들, 이름은?"

느닷없이 핵심을 찔려 거짓말을 할 여유도 없었다. 그의 겁먹은 모습을 본 사에구사는 이름 대기를 곤란해한다고 받아들인 것 같았다.

"낮에 아래층에 살고 있는 부인과 이야기했는데." 사에구사가 말을 이었다. "그 부인은 이 집에 드나드는 사람을 한 번 본 적이 있다고 했어. 나보다 나이가 많은 몸집이 작은 남자였다는데, 그 남자가 낮에 당신이 말했던 술집에서 사귄 즉석 친구인가?"

빈정거리는 말투보다도 '나이가 많은 몸집이 작은 남자'라는 사실에 마음을 빼앗겨 그는 순간적으로 집중력을 잃었다. 이 집에 드나드는 인간이 있었다는 말은······.

"대답이 없군."

깜짝 놀라 사에구사를 보니 미간의 주름이 깊어져 있다.

"설마, 안쪽 방에 그 사람의 시체가 뒹굴고 있다는 극적인 상황은 아니겠지?"

입가에 희미하게 웃음을 짓고 있지만, 그것은 일종의 경계심 같은 것이었다. 사에구사의 시선은 진지했고 극심한 긴장을 품고 있었다.

"그런 말도 안 되는 일이 있을 리 없잖습니까."

"그런 말도 안 되는 일이 대체로 현실에서 일어나는 일이란 말이지, 이게."

사에구사는 가벼운 말투로 이야기하면서 어깨를 약간 뒤로 뺐다. 자세를 바로 잡은 것이다.

이렇게 되면 퇴로는 하나밖에 없다. 그는 말했다.

"확인해 보시겠습니까?"

사에구사는 능숙하게 눈썹을 치켜 올리고 벽에서 떨어졌다. 낮에 봤을 때와 똑같은 차림새에 똑같은 샌들을 신고 있다. 그것을 벗고 올라왔다.

"말해 두지만, 이상한 생각은 하지 마."

"그럴 필요는 없습니다."

그는 정말로 그렇게 생각하고 있었다. 집 안에 그가 보아서 곤란할 것은 하나도 없다. 그보다 여기서 이 남자의 의혹을 깊게 사서 자기 집으로 돌아가 110번에 신고하는 사태를 초래하지 않는 편이 이득이다. 조금이라도 시간을 벌면 이 녀석이 가고 나서 그녀를 데리고 여기를 나갈 수도 있다.

쫓기지만 않는다면.

사에구사는 천천히 주방을 가로질렀다. 그는 그때 처음으로 아주 조금이기는 하지만 사에구사가 오른쪽 다리를 절고 있다는 사실을 알아차렸다. 가볍게 삐기라도 한 모습이다.

주의 깊게 주위를 관찰하고 그녀 옆에서 걸음을 멈추고 찬찬히 쳐다본다. 그는 우선 그녀에게 담요를 걸쳐 줘서 다행이라고 생각했다. 사에구사가 뭔가 외설스러운 말이라도 하는 게 아닐까, 라고도 생각했다.

그러나 이 이웃 사람은 이렇게 말했다. "아가씨, 몸 상태가 좋지 않아?"

그녀는 몇 번쯤 눈을 깜빡이고 나서, 들여다보는 사에구사의 얼굴 쪽으로 시선을 들었다.

"네……. 괜찮아요."

"눈은 옛날부터 안 보여?"

그녀는 주저하며 재빨리 입을 적셨다. 사에구사는 미안한 듯이 말했다.

"아, 이상한 소리를 했군."

옆얼굴을 살펴보니 본심에서 나온 말인 듯했다.

그녀는 시선을 깔았다. 뺨 주위에 희미하게 동요가 스쳤다. 그는 낮에 약국에서 '몸조리 잘하세요'라는 말을 들었을 때의 기분을 떠올렸다. 그때 자신도 지금의 그녀 같은 얼굴을 하고 있었을 것 같았다.

사에구사는 그녀 옆을 지나 침실의 문에 손을 댔다. 잠시 들여다보고 벽을 더듬어 불을 켠다.

그는 그녀의 옆으로 가서 어깨에 손을 올렸다. 그녀가 그 손을 쥐었다.

사에구사는 침실 안을 보고 있다.

반걸음 들여놓는다.

그는 기다리고 있었다. 사에구사가 돌아가기를. 이 상황에서 불리한 점 따위는 아무것도 없다. 시체 따위도 없고 그 '몸집이 작은 남자'를 묶어서 쓰러뜨린 것도 아니다.

사에구사의 마른 어깨가 쑥 올라갔다.

몸을 수그린다. 모습이 문의 틀에서 비껴나 보이지 않게 되었다. 흥미를 끌 만한 것은 아무것도 없을 텐데······.

침대의 발치 쪽에 웅크리고 있다.

그녀는 잠에서 깨어나니 눈이 보이지 않게 되었다. 패닉을 일으켜 여기저기 부딪치면서 걸었다. 그래서 침대가 움직였고—침대가—.

그가 그녀의 손을 놓고 한 걸음 내딛은 것과 사에구사가 문 옆에 나타난 것이 거의 동시였다. 한발 늦었다.

사에구사의 손에는 침대의 매트리스와 시트 사이에 넣어 감춰 둔 권총이 들려 있었다.

"권총이군." 사에구사가 말했다.

"권총?"

"이 녀석 말이야." 사에구사는 총구를 그의 이마를 향해—.

"어떻게 된 일이지, 이건?"

그의 눈에 사에구사는 총을 다루는 데 익숙해 보였다. 적어도 뭐가 안전장치인지는 아는 것 같았다.

오른손으로 총을 들고 검지를 방아쇠에 건 사에구사는 총신으로 주방 의자를 가리켰다.

"당신도 거기 여자와 나란히 앉아. 알겠나?"

거기까지 지시받지는 않았지만, 그는 양손을 어깨 높이로 올리고 사에구사의 말대로 앉았다.

"권총이라니, 무슨 소리야?"

그녀가 그를 찾으면서 물었다. 눈이 충혈되어 있다.

"권총? 왜 그런 게 여기에 있어?"

그는 사에구사의 수상해하는 얼굴을 무시하고 그녀에게 설명을 했다.

"미안해. 아까는 이야기할 수 없었어."

"권총……." 그녀가 망연하게 중얼거린다. "역시…… 그 돈……."

"돈?" 사에구사가 따져 물었다. 정말로 재빠르다. 그가 무심코 일어나려하자 총구는 순식간에 이쪽을 향했다.

사에구사는 시선도 총구도 두 사람에게서 떼지 않고 천천히 이동해 현관문을 잠갔다. 그리고 침실로 돌아온다.

이렇게 되면 여행용 가방을 발견하기란 시간문제다. 그는 눈을 감았다. 그녀의 불규칙한 호흡이 또렷이 들린다.

옷장이 열렸다 닫히는 소리가 난다.

사에구사는 시간마저 그다지 필요로 하지 않았다. 주방에 돌아와 사근사근한 목소리로 말했다.

"대충 봤을 뿐인데도 오륙천만 엔은 되는 것 같던데."

한숨을 한 번 쉬고 그는 말했다.

"세어 보지 않았어."

"역시. 게다가 피가 묻은 수건. 무슨 수수께끼지, 이건?"

작은 딸꾹질 소리를 내며 그녀가 울기 시작했다. 그는 묵묵히 그 어깨를 안고, 잘 우는 아이구나 하고 생각했다. 이쪽도 울고 싶은 것은 마찬가지지만.

"어때, 사정을 말해 보지 않겠나?"

문에 기대어 흐트러짐 없이 권총을 이쪽으로 겨눈 사에구사가 말했다.

"경우에 따라서는 내가 힘이 될 수 있을지도 몰라."

희미하게 웃음을 머금고 사에구사는 계속했다. 그 탓에 목소리가 흐려졌다. 흙탕물을 뒤집어쓴 느낌이 들었다.

"아니면 전화해서 경찰에 갈까?"

묵묵히 쏘아보자 사에구사는 '설마 그렇게는 할 수 없겠지?'라는 듯이 가볍게 고개를 흔들고 있었다.

구조대인가. 그는 얄궂은 기분으로 생각했다. 현금과 권총 덕분이다. 그렇지만 겨우 도와주러 왔나 했더니 해적선이다.

"거짓말이라든지 믿을 수 없다든지, 귀찮은 말참견을 하지 않고 듣는다고 약속한다면." 그가 말했다.

사에구사는 약속했다. 그래서 그는 이야기했다. 달리 선택의 여지가 없을 때에는 일단 내민 손은 붙잡고 보는 거라고 자신을 타이르면서.

12

"당신은, 그, 기억이 사라진 것 외에 이상은 없나?"

이야기를 다 들은 사에구사가 질문했다.

약간 의외라고 생각했다. 몸 상태에 관해 염려해 줄 만한 입장은 아니라고 생각했기 때문이다.

"어때?" 사에구사는 진지했다.

"특별히 이상은 없는 것 같습니다. 물건 이름을 좀 기억해 내기 힘든 적은 있었지만."

"두통은?"

"없습니다, 저는."

사에구사는 재빨리 그녀를 보았다.

"이쪽 아가씨는 두통이 심했나?"

그녀는 입을 다물고 있다. 그가 대신 대답했다.

"상당히 괴로워합니다."

사에구사는 문에 기대어 팔짱을 꼈다.

그가 말하는 사이에 사에구사는 약속대로, '믿을 수 없다'는 말은 하지 않았다. 그 대신 때때로 질문을 했다. 눈을 떴을 때 그가 침대의 어느 쪽에 있고 그녀가 어느 쪽을 보고 있었는가, 물건의 이름을 떠올릴 수 없는 상태는 어느 정도 이어졌는가, 세세한 부분까지 파고들었다.

우리 두 사람이 정말로 기억상실이 되었는지 어떤지 시험하고 있구나. 그는 생각했다. 그래서 되도록 상세히 설명했다.

사에구사는 그녀에게 물었다. "지금은 어때? 머리, 아파?"

그녀는 고개를 흔들었다.

그는 되물었다. "어째서 두통에 대해서 묻는 겁니까?"

사에구사는 진한 눈썹을 약간 움직였다. 이 남자의 얼굴에서 제일 정직하게 감정을 드러내는 부위는 눈썹인 것 같았다.

"왜 그런 걸 묻지?"

"당신이 바로 '두통'이라고 했으니까."

"기억상실이 되면 대체로 두통이 오는 것 같으니까." 사에구사는 말하고 무심코 머리 뒤를 쓰다듬었다. "뭐, 나도 기억상실 따위는 영화나 소설에서밖에 본 적이 없지만."

영화. 소설. 그 개념은 그의 머리에 확실히 남아 있다. 그런 지식에 관한 기억은 사라지지 않았다. 그런데 이 사에구사라는 남자는 어떤 소설을 읽고 어떤 영화를 보는 것일까. 처음으로 자신들 두 사람 이외의 인간과 관련된 것에 생생한 흥미를 느꼈다.

"그런데 이 아가씨의 눈이 보이지 않게 된 것은……."

"조금 전입니다." 그녀가 작게 대답했다. "목이 말라서 잠에서 깨어나 일어났더니 깜깜했어요. 처음에는 잘 모르는 곳이라서 눈이 어둠에 익숙해지지 않았다고 생각했지만요."

"전혀 보이지 않나? 물체가 움직이고 있는 것을 어렴풋이 알 수 있다거나?"

그녀는 고개를 숙이고 머리를 흔들었다.

가볍게 무릎을 굽혀 사에구사는 그녀의 얼굴을 들여다보았다. 그녀의 눈은 멍하게 허공을 향했다. 사에구사는 그 자세로 그쪽을 보았다. 어떤 의도로 바라보는지 알 수 없어서 그도 가만히 시선을 맞추었다. 그러자 사에구사는 가슴에 있는 셔츠 주머니에 손을 넣어 담배와 라이터를 꺼냈다.

그 싸구려 라이터다. 그러나 담배는 쇼트호프였다. 지켜보고 있으니 사에구사는 담배를 툭 하고 테이블에 내던지고 라이터를 문지른다. 불을 켠다. 그리고 불꽃을 갑자기 그녀의 얼굴 가까이에 댔다.

그가 몸을 일으켜, 뭐하는 겁니까! 하고 소리를 지르기 전에 불꽃은 그녀의 얼굴을 스치듯이 지나갔고 사에구사는 라이터를 껐다. 그녀의 시선은 꼼짝도 하지 않았고 눈도 깜빡이지 않았다.

사에구사는 나직이 말했다. "정말로 보이지 않는군."

"위험한 짓을 하는군요." 그는 휴 하고 한숨을 쉬었다. 뒤늦게 그녀가 보이지 않는 눈으로 그를 올려다본다. 그는 그녀의 손을 가볍게 두드렸다.

"그래서? 이제부터 어떻게 할 거야?"

사에구사가 태평한 말투로 물었다.

쓴웃음이 나오려고 했다. 그 질문에 대답하는 것은 잡힌 도둑이 경찰관에게 향후의 예정을 설명하는 거나 마찬가지다.

"어떻게 할 생각이야?" 사에구사는 거듭 묻는다.

그는 퉁명스럽게 대답했다. "당신은 어떻게 할 생각이십니까?"

입을 열기 전에 사에구사는 주방 안을 둘러보았다. 시선은 전자레인지의 액정에 달린 시계 부분에 정지했다.

"오전 한 시 이십 분이 지났군."

흘끗 이를 보이고 말을 이었다. "나는 카페인 중독이라서 말이야. 밤중에 커피를 마셔도 끄떡없이 잘 수 있어. 당신들은 어때."

"네?" 그녀가 고개를 갸우뚱한다. 그가 일어났다.

"어떨지 모르겠지만, 저는 커피를 마시고 싶습니다."

"고마워"라고 말하고 사에구사는 담배에 불을 붙였다. 그는 재떨이 대신에 빈 맥주 캔을 테이블에 놓았다.

주전자에 물을 채워 가스레인지에 올린다. 이런 것도 한 적이 있다는 느낌이 들었다. 컵을 나란히 놓고 인스턴트 커피를 꺼내고 설탕 통을 꺼낸다―그 사이 주방에는 침묵이 감돌고 있었다.

갑자기 그녀가 중얼거렸다. "쇼트호프야."

그는 돌아서 그녀를 보았다. 사에구사도 긴 재가 된 담배를 든 손을 허공에 띄운 채 그녀의 얼굴을 보고 있다.

"담배, 쇼트호프죠?" 그녀가 다시 한번 말했다.

"알아?"

그가 묻자 끄덕였다. 사에구사는 말했다.

"아가씨의 과거 속에서는 쇼트호프를 피우는 사람이 옆에 있었군."

그는 반신반의했다. "그런데 어떻게 알았어?"

"냄새로. 이름도 바로 떠올랐어."

"피스라든지 쇼트호프는 지금 유행하는 라이트나 마일드와는 다른 냄새가 나니까. 나도 술집에서 근처에 앉은 인간이 피스를 피우면 어쩐지 알 것 같은 느낌이 들어."

"낮에는 마일드세븐을 피우고 있었죠?"

"자동판매기에 쇼트호프가 떨어졌더군."

두 사람에게 등을 돌리고 커피를 타고 있으니 사에구사가 물었다.

"당신, 담배는? 낮에 피웠지?"

"흡연자였던 것 같습니다."

"상표는?"

"낮에 사러 갔을 때는 딱히 아무 생각도 없이 자연스레 마일드세븐을 골랐습니다."

좋아서 피우는 상표는 아무래도 그것이었다는 느낌도 든다. 슈퍼에는 상자에 포장된 담배가 몇 종류쯤 있었지만 감이 오는 것은 없었다. 이것저것 생각하지 않고 자연히 마일드세븐에 손을 뻗었다.

"확률로 보면 마일드가 가장 높지. 일반적이니까." 사에구사가 말한다.

그러나 그녀 옆에—좋아하는 담배의 냄새를 맡아서 구분할 정도로 그녀 가까이에—있던 인간은 쇼트호프 애호가였다. 그렇다면 그것은 자신은 아니라는 말이다. 그렇게 생각하니 이상하게도 잠깐 질투심이 났다.

커피잔을 테이블에 올린다. 그녀는 두 손을 무릎 위에 얹고 있다. 그가 말하기 전에 사에구사가 말을 걸었다.

"아가씨, 설탕과 크림은?"

잠시 생각하고 나서 그녀는 필요 없다고 대답했다.

"블랙이라. 다이어트하고 있었던 건가. 그럴 필요는 없을 것 같은데."

그는 그녀의 오른손을 잡고 컵의 위치를 가르쳐 주었다. 사에구사가 덧붙인다.

"조심해. 화상 입지 않도록."

묵묵히 커피를 마시는 사이, 그는 사에구사라는 인간에 관해 조금 음미했다. 그녀에게 보이는 배려에 거짓은 없어 보이지만 그 외에는 무엇을 생각하는지 통 알 수 없었다. 표정이나 이곳에 발을 들여놓았을 때의 태도로 보아서는 지극히 당연한 상식을 갖춘 보통 남자 같다. 그러나 권총의 취급이 익숙한 것, 그것을 손에 들었을 때의 행동을 보면 위험한—적어도 위험을 무릅쓰는 것을 나쁘다고 생각하지는 않는 종류의 인간이라는 느낌이 든다.

"당신들이 털어놓았으니 나도 솔직하게 말하지."

사에구사는 컵을 놓고 새 담배에 불을 붙였다.

"나는 전과가 있어."

갑자기 그런 말을 들으니 대꾸할 말이 없었다. 그는 가만히 상대를 바라보았고, 그녀는 아주 약간 사에구사의 목소리가 들려오는 방향에서 멀어지려는 듯이 어깨를 뒤로 뺐다.

"상해죄로 말이야. 술집에서 싸움에 휘말렸어. 변명은 하지 않아. 그쪽 정산은 다 끝났어. 몇 년 전 이야기다. 위험한 인간이 아니야."

그는 할 말을 생각했지만 결국 이렇게밖에 말할 수 없었다.

"그래서?"

"그래서," 사에구사는 가볍게 웃었다. "나로서는 당신들 두 사람이 권총과 피가 묻은 수건과 여행용 가방에 담긴 현금을 가진 수상한 인간입니다, 라고 경찰에 신고할 생각은 없다는 거지."

그는 방심하지 않았다. "왜요?"

"왜냐면 말이야. 그렇게 하면 경찰은 반드시 나도 당신들의 한패이고 틀림없이 위험한 일에 한몫 끼어 있다고 멋대로 생각할 테니까. 아니, 오히려 내가 주범이라고 단정할 거야."

"주범……."

"아니, 실례. 이것은 어디까지나 당신들이 기억을 잃기 전에 뭔가 위험한 일을 했던 경우에 한해서 그렇다는 말이야."

그녀가 한숨을 내쉬고 잔을 놓았다. 사에구사는 계속했다.

"그런데 어째서 경찰이 그런 태도를 취하는가 하면 내가 전과자이기 때문이다. 무슨 말을 해도 신용 받지 못하겠지. 당신들도 아까 내가 전과가 있다고 말하니 마치 다이너마이트를 안은 남자를 보는 표정을 지었어. 부정하지 마. 기분이 상한 건 아니니까. 익숙해졌거든."

안도감과 불신감이 뒤섞여서 밀려온다. 정말 이 사에구사라는 남자는 허투루 볼 수 없는 상대다. 허투루 봤다가는 대가가 클 것 같았다.

"그래서, 말이지." 사에구사가 다짐하듯이 되풀이했다. "한 가지 제안이 있어."

"제안?"

끄덕이고, 사에구사는 느닷없이 물었다. "당신 오른손잡이인가?"

반사적으로 그는 오른손을 보았다. "그런 것 같습니다."

"아까부터 계속 뭘 하든지 오른손으로 했으니까. 기억을 잃어버려도 쓰는 손이 어느 쪽인지 잊지는 않았군. 그렇다면 한 가지 확실한 게 있어. 당신들은 스스로의 의지로 저 방에서 잔 것은 아닌 모양이야."

사에구사는 침대 쪽으로 손을 흔들었다.

"당신은 그녀의 왼쪽에 누워 있었지. 위를 보고 누운 상태로 있을 때 당신이 쓰는 팔이 그녀의 왼팔에 닿는 위치에 있었어. 그렇지?"

잠을 깼을 때를 떠올려보니 분명히 그랬다.

"오른손잡이 남자가 여자와 자려고 할 때 여자를 자기 오른쪽에 재울 리가 없어. 확실해. 그러니까 당신들은 마음이 맞아서 침대에 올라간 게 아니야. 그런 것 따위를 생각할 수 없는 상태로—자고 있었는지 기절했는지—거기까지 세세한 일에는 개의치 않는 멍청이의 손에 의해 나란히 눕혀졌을 뿐일 거야."

잠시 후 그녀가 깊숙이 한숨을 내쉬었다. 어떤 의미의 한숨일까, 하고 그는 생각했다.

사에구사는 히죽 웃고 덧붙였다. "뭐, 백 퍼센트 그렇다고 단언은 할 수 없지만. 당신들 둘이 어지간히 기발한 짓이라도 했을지 모르는 일이고."

그는 콧소리를 냈다. 그녀의 얼굴이 빨개졌다.

"뭐, 농담은 이쯤하고," 사에구사는 진지한 얼굴로 돌아왔다. "내 두뇌 회전을 조금 공개한 마당에 제안이 있어. 어때, 당신들, 나를 고용하지 않겠나?"

의표를 찔렸다는 것은 이럴 때 하는 말이다.

"고용?"

"그래. 당신들이 어째서 이런 지경에 빠졌을까. 도대체 당신들은 어떤 사람인가? 그것을 조사하기 위해 나와 계약하지 않겠냐는 의

미야. 나쁜 거래가 아니야. 소개가 늦었지만 이래 봬도 나는 저널리스트 나부랭이다. 나부랭이 저널리스트라고 하는 편이 정답일지도 모르겠지만."

그는 처음으로 값을 매기듯이 상대를 훑어보았다.

저널리스트라는 직업은 명함에 그렇게 찍어 넣고 간단히 자칭할 수 있는 직업의 대표 같다는 생각이 들었다. 밑천도 필요 없다. 어떤 직업이라도 그에 종사하는 인간에는 최상급부터 최하급이 있지만, 밑천이 필요 없는 직업은 최상급부터 최하급까지의 폭이 무척 넓다. 그리고 최상급과 최하급은 대개 일의 목적이 다르다.

이 경우 사에구사가 어떤 자인지 하는 것에 구애받을 여지는 없다고 생각했다. 아무래도 좋다. 제안은 말뿐이고 선택의 여지 따위 원래부터 없다.

그는 현실적인 문제로 사고를 전환했다.

"보수는 어떻게 합니까?"

"저 여행용 가방의 돈이 담보다." 사에구사는 재빨리 말했다. "만사가 해결되어 당신들이 이 상황에서 빠져나왔을 때, 저것이 당신들 거라면 내게 반을 지불한다. 당신들 게 아니라면……."

사에구사는 말하고 나서 가볍게 양손을 펼쳤다. "할부라도 좋다고 하고 싶지만 당신들도 예금쯤은 있지 않을까?"

그녀는 입가에 손을 가져가서 새끼손가락의 손톱을 깨물기 시작했다. 기억은 사라져도 버릇은 없어지지 않는다더니, 앞으로 그녀가 생각에 잠길 때에는 언제나 이런 모습을 보여 줄 것 같다.

"다만 문제는 이 아가씨의 눈이다. 병원은 어떻게 할 거지?"

그 물음에 그는 대답할 자격이 없다. 입을 다물고 있을 수밖에 없었다.

그녀는 손톱 깨물기를 중단하고 얼굴을 들었다. 사에구사가 있는 쪽을 향해 작지만 단호하게 말했다.

"제가 하루라도 빨리 당당하게 병원에 갈 수 있도록 당신이 노력해 주세요."

이것으로 결정이었다.

그녀는 손을 더듬어 그의 손을 찾아 꽉 움켜쥐었다.

"좋습니다. 당신과 계약하겠습니다." 그는 대답했다.

"좋아." 사에구사는 그때까지 무릎 위에 놓아두었던 권총을 훌쩍 집어 들고 말했다.

"이 위험한 건 내가 맡겠어. 어차피 지금 당신들로서는 이런 것을 쓰려고 해도 자기 손가락을 날려 버리게 될 테니."

"상관없습니다. 그렇게 하시죠. 다만……."

"다만?"

"총알은 빼서 저에게 주십시오."

사에구사는 웃었다. "빈틈없군."

그는 대답했다. "당연합니다."

그는 생각했다. 담보는 여행용 가방의 돈이 아니라, 우리 자신이라고.

"바로 부탁이 있습니다만."

"뭔가?"

"저를 댁에서 재워 주셨으면 좋겠습니다."

사에구사는 흘끗 그녀를 보았다. "아가씨, 혼자서 괜찮은가?"

그녀는 당차게 끄덕였다. 그는 서둘러 말했다.

"침대를 사에구사 씨의 집의 벽에 딱 붙여 둘 테니까, 무슨 일 있으면 벽을 두드리면 돼. 아침에 깨우러 올 테니까, 혼자서 돌아다니면 안 돼. 알겠어?"

"알았어."

사에구사는 히죽히죽거렸다. "순수하시군."

사에구사를 먼저 자신의 집으로 돌려보내고 그녀를 침대까지 데리고 갔을 때 그는 작은 목소리로 사과했다.

"불안하겠지만 참아."

그녀는 미소 지었다. "괜찮아. 알고 있어. 저 사람에게서 가능한 한 눈을 떼지 않는 편이 좋겠어."

처음으로 그녀의 볼을 가볍게 만지고 그는 말했다. "당신은 정말로 감이 좋아."

"조심해."

제2일 … (8월 13일 월요일)

13

미사오로부터 온 전화가 끊어진 다음 에쓰코는 곧바로 가이바라 가에 전화를 걸었다. 그러나 호출음은 울려도 아무도 받지 않는다. 재발신으로 몇 번이고 다시 걸면서 에쓰코는 초조하게 제자리걸음을 했다.

집에 없나. 이런 시간에.

새벽녘까지 끈기 있게 계속 걸어도 결과는 마찬가지였다. 정말 결말이 나지 않는다. 오전 다섯 시 반을 지날 무렵 에쓰코는 직접 찾아가 보려고 몸을 일으켰다.

채비를 시작했을 때 유카리가 일어났다.

"엄마, 잘 잤어? 무슨 일이야?"

곰 인형을 옆구리에 끼고 눈을 비비는 작은 딸을 에쓰코는 황급히 재촉했다.

"착한 유카리, 빨리 옷 갈아입어. 할아버지 집에 데려다 줄게."

"왜? 아직 아침 일찍인데."

지금은 여름방학이라서 유카리는 에쓰코가 없는 낮 동안은 요시오의 집에서 보내고 있다.

"잠시 볼일이 생겨서 엄마는 바로 외출해. 그러니까, 응?"

"라디오 체조는?"

"오늘은 쉬어."

"매일 꼬박꼬박 가지 않으면 상으로 주는 과자 못 받아."

"괜찮아. 엄마가 꼭 받아 줄게."

졸음도 가시고 엄마의 예사롭지 않은 기색을 알아차렸는지 유카리는 재빨리 화장실로 뛰어갔다.

유카리가 채비를 끝내기 전까지도 에쓰코는 몇 번쯤 가이바라 가에 전화를 걸었다. 여전히 응답은 없다.

그때 문득 깨달았다. 이곳에 건 전화와 비슷한 SOS가 미사오의 부모에게도 전해져서 둘 다 집을 비웠을지도 모른다. 그 경우 요시코의 성격상 친절하게 에쓰코에게 알려 줄 리 없다.

그래도 미사오가 보호받고 있다면 어디 있는지 모르는 것보다 훨씬 낫다. 불안한 얼굴을 한 유카리를 조수석에 앉히고 에쓰코는 기도하는 듯한 기분으로 차를 몰기 시작했다.

"엄마?"

"응? 왜."

"아빠가 죽었을 때 같은 얼굴을 하고 있어."

에쓰코는 기어에 손을 댄 채 작은 얼굴을 내려다보았다. 유카리는 여름방학 숙제장이 들어간 가방을 무릎에 놓고 살짝 입을 오므리고 있다.

에쓰코는 어깨의 힘을 뺐다.

"미안해. 엄마, 좀 걱정이 있어서. 두근두근하고 있어. 유카리도 아는 엄마 친구 일로."

"미사오 언니?"

딱 집어 이야기하지는 않았지만 유카리도 어렴풋이 알아차리고 있었나 보다.

"그래. 미사오 언니가 집에서 사라졌어. 빨리 찾아내야 해."

"그래서 엄마가 가는 거야? 유카리도 데리고 가면 안 돼?"

에쓰코는 고개를 흔들었다. 유카리는 열심이었다.

"방해 안 해. 얌전히 있을게. 유카리, 미사오 언니 좋아해."

손을 뻗어 딸의 머리를 뒤죽박죽 헝클어뜨리고 에쓰코는 미소 지었다.

"엄마도야. 하지만 오늘은 유카리는 집을 봐 줘. 뭔가 알게 되면 꼭 가르쳐 줄 테니까. 응?"

유카리는 납득했다. 요시오의 집에 도착해서 사정은 나중에 설명한다고 말하고 유카리를 맡기고 에쓰코는 바로 출발했다.

"엄마, 파이팅!" 유카리가 손을 흔들었다.

길을 기억하고 있어서 가이바라 가에는 헤매지 않고 도착할 수 있었다. 하지만 현관의 인터폰을 눌러도, 대답이 없다.

역시 외출한 건가. 에쓰코는 집 주위를 둘러보았다. T자형의 카포트*지붕을 얹은 간이 차고* 안의 오른쪽에는 회색 세단이 왼쪽에는 새빨간 경승용차가 세워져 있다. 미사오의 이야기와 에쓰코의 기억이 틀림없다면 둘 다 미사오 부모의 차일 것이다.

그렇다는 말은 집에 있다는 소리인가. 에쓰코는 현관으로 돌아가 다시 인터폰을 눌렀다. 몇 번이나 눌렀다. 마지막에는 주먹으로 버튼을 두들겼다.

그러자 부스럭부스럭 잡음이 들리고, 정말 느릿하게 "네에" 하는 대답이 돌아왔다.

에쓰코는 달려들었다. "여보세요? 가이바라 씨입니까? 접니다! 신교지입니다!"

인터폰은 침묵했다. 잠시 후 목소리가 흘러나왔다.

"무슨 일입니까?"

분명히 요시코 씨였다. 아무래도 방금 막 일어난 모양이다.

"어제 한밤중에 미사오에게 전화가 왔습니다. 그래서 이쪽에도 전화했습니다만, 안 계신 것 같아서."

"어머."

에쓰코는 몸이 달았다. "어쨌든 열어 주시지 않겠습니까."

일 분쯤 기다렸을까. 하지만 에쓰코에게는 한 시간처럼 느껴졌다. 드디어 문이 열리고 문 안으로 네글리제 위에 얇은 가운을 걸치고 서 있는 요시코가 보였다. 자다가 흐트러진 머리카락을 보니 울컥 화가 치솟았다.

"아침 일찍부터 시끄럽게 하지 말아 주세요. 이웃에 꼴불견이잖아요."

요시코는 노골적으로 불쾌한 얼굴을 하고 있다. '상식이 없는 사람이야'라면서 주정뱅이라도 보는 눈으로 에쓰코를 내려다보았다.

그러나 지금은 그녀와 말다툼을 하고 있을 때가 아니다. 에쓰코는 분노를 억누르고 재빨리 일의 경과를 설명했다. 현관 앞에 선 채로.

이야기를 다 들은 요시코는 간단히 말했다.

"장난 전화가 아닐까요?"

에쓰코는 귀를 의심했다.

"분명 미사오 목소리였습니다! 신교지 씨라고, 저를 불렀습니다."

"그런 장난도 있잖아요. 아는 사람이 걸 수도 있고." 요시코는 에쓰코를 흘겨보았다. "댁은 젊은 과부이기도 하고."

귓불이 뜨거워진 에쓰코는 소리도 없이 우뚝 서 있었다. 상대가 같은 인간이라고는, 같은 딸을 가진 인간이라고는 믿을 수 없다.

가까스로 목소리를 짜 냈다. "저야 어쨌든 괜찮습니다. 미사오가 걱정이지 않습니까? '구해줘'라고 말했습니다!"

"그럴까요. '구해'라고 말하고 끊어졌다면서요? 당신이 멋대로 상상하고 있을 뿐이잖아."

"하지만······."

사실 요시코의 말대로지만, 인간의 육성, 입에서 새어 나오는 말은 그렇게 액면 그대로가 아니다. 미사오는 '구해줘'라고 말했다. 틀림없다. 말을 하다가 전화가 끊어졌든지, 누군가가 끊어 버렸을 것이다.

에쓰코는 방향을 돌렸다.

"가이바라 씨, 어제 경찰에는 가셨습니까?"

"안 갔어요. 안 간 게 다행이지."

"네? 무슨 말씀이죠?"

요시코는 문에 손을 대고 닫는 시늉을 했다. "돌아가 주세요. 저, 아직 이런 차림이니까요."

"가이바라 씨!"

"시끄러운 사람이네."

"왜 전화를 받지 않았어요? 어디에 계셨어요. 미사오가 걱정되지 않습니까?"

요시코는 정색하고 눈썹을 치켜 올렸다. "언제 걱정 안 된다고 했어요?"

"아니······."

"전화는 우리 집에서는 밤이 되면 끊어 버려요. 전화선을 빼요. 장난 전화가 많으니까."

에쓰코는 숨을 삼켰다. "미사오가 전화할지도 모르는데? 잘도 그렇게 할 수 있군요?"

요시코는 슬리퍼를 신은 채 현관 바닥으로 한 걸음 내려왔다. 몸을 내밀고 에쓰코를 노려본다.

"항상 그렇게 했지만, 미사오가 가출하고부터는 밤중에도 연결해 놓았어요. 그 아이가 걸지도 모른다고 저도 생각했으니까요. 하지만 어젯밤에 더 이상 그럴 필요가 없어졌기 때문에 다시 원래 습관대로 한 거예요. 정말 실례도 어느 정도지, 당신이란 사람은."

어젯밤에 더 이상 그럴 필요가 없어졌다? 에쓰코는 그 말에 다시 할 말을 잃었다.

요시코는 의기양양한 웃음을 짓고 말한다. "그 아이가 말이에요, 미사오가 어젯밤 전화를 했어요. 열 시경이었습니다. 요코하마에 살고 있는 친구 집에 묵고 있다고. 둘이 함께 아르바이트를 하고 있다더군요. 여름방학이 끝날 때까지는 그곳에 있겠다, 건강하게 일하고 있다, 그렇게 말했습니다. 이제부터 돈을 저축해서 겨울방학에 친구와 함께 해외여행을 하고 싶다더군요. 자기 돈으로 가고 싶다고. 말없이 나가서 잘못했지만 어머니에게 말하면 분명 반대할 거라 생각했다고."

"그 친구의 이름, 물어봤습니까?"

"말해도 제가 모른다고 했어요."

무심코, 에쓰코는 중얼거렸다. "거짓말이네……."

요시코는 덤벼들었다. "어째서 그 애가 그런 거짓말을 하죠? 미사오는 그런 복잡한 계획을 세울 수 있는 애가 아니에요."

"저는 분명 그 애의 목소리를 들었단 말입니다!"

"그러니까 그쪽은 장난 전화라고 하잖아요. 당신이 멋대로 미사오가 건 전화라고 생각하고 있을 뿐이지. 애당초 엄마인 내가 미사오의 목소리를 잘못 들을 리가 없어. 어이없는 사람이네!"

요시코는 에쓰코의 눈에 침이라도 뱉을 기세였다.

"게다가 나는 그 친구의 가족과도 이야기를 했습니다. 어머니가 전화를 바꿔 내게 인사를 했어요. 그냥 보통사람이었습니다. 당신보다 훨씬 느낌이 좋아. 미사오를 잘 부탁한다고 했더니, 잘 돌볼 테니까 걱정 마시라며 웃었습니다. '저희는 미사오짱이 어머니에게 말도 않고 왔다는 걸 생각도 못해서. 연락이 늦어 죄송합니다'라고 당황해하더군요. 둘이서 바샤미치에 있는 레스토랑에서 일한다고 해요. 멋진 가게고 이렇게 친구와 생활하니까 자매가 된 것 같다며 미사오는 즐거워했어요."

요시코의 목소리를 들으면서 무의식중에 에쓰코는 고개를 흔들고 있었다.

아니야. 아니야. 그런 일은 있을 수 없어. 해외여행? 레스토랑에서 아르바이트? 친구하고 자매처럼 생활하고 있어? 아니야. 정말로 그런 계획을 세웠다면 미사오는 분명 자신에게 말해 주었을 것이다.

"가이바라 씨……."

"작작 좀 하세요!"

요시코의 고함에 집 밖을 빗자루로 청소하던 이웃집 주부가 깜짝 놀라 이쪽을 보았다. 눈을 크게 뜨고 있다.

에쓰코는 애써 기분을 진정시키고 목소리를 낮추었다.

"그 전화 목소리, 정말로 미사오의 목소리가 틀림없었나요."

요시코는 입을 굳게 다문 채 끄덕였다.

"전화가 걸려 온 시간이 열 시경입니까?"

"아까 그렇게 말했잖아요? 당신, 우리말 못 알아들어?"

"열 시경입니까?"

요시코는 코에서 흥 하고 숨을 토했다. "그래요."

에쓰코에게 전화가 걸려 온 것은 자정쯤이었다. 단 두 시간 사이에 미사오가 놓인 상황이 그렇게 극적으로 변했다고는 생각할 수 없다.

―신교지 씨……구해

그 공허한 목소리. 텅 빈 목구멍에서 울리는 듯한 목소리.

"가이바라 씨."

에쓰코는 고개를 들어 날카롭게 요시코를 올려다보았다. 더 이상 이 사람 가지고는 해결이 안 되겠다고 생각했다.

"바깥 분은 어디에 계시죠?"

요시코는 얼굴을 찌푸렸다. "뭘 하게요?"

요시코의 분노로 홍조를 띤 볼에 언짢은 빛이 스쳤다. 조금 후에 대답을 했을 때는 목소리 상태가 우울해져 있다.

"남편이라면 지금은 해외에 있어요. 계속 출장이라 당분간 안 돌아와요. 바쁘니까."

에쓰코는 힘이 빠졌다. 모친이 안 된다면, 부친과 만나서 직접 담판하려고 했는데…….

"연락은 안 될까요?"

"당신에게 가르쳐 줄 이유는 없지요."

요시코는 잘라 말하고 이번에야말로 문을 닫겠다는 몸짓을 했다.

"당신은 미사오의 친구일지 모르겠지만, 그렇다고 해서 우리 집안일까지 관여할 권리는 없죠? 두 번 다시 이 일로 성가시게 하지 말아 주세요."

흥분으로 지껄여 대면서 점점 말이 빨라져 간다.

"덕분에 미사오는 찾았습니다. 무사하고, 건강합니다. 제멋대로 구는 제 딸 일은 어머니인 제가 직접 보살피겠습니다. 돌아가 주세요. 다음에 또 찾아오면, 경찰을 부를 거야! 우리 친척 중에는 경찰청에 다니는 사람이 있다고!"

에쓰코의 코앞에서 문이 기세 좋게 닫혔다.

14

일단은 네버랜드로 출근할 수밖에 없었다. 십오 분 지각이었다.

입구의 문을 밀자 스태프들이 아침 인사를 던진다. 에쓰코는 대답할 기력도 없어 책상에 주저앉았다.

"무슨 일 있습니까?"

잇시키가 팀장 자리에서 다가왔다. 에쓰코의 지각은 극히 드문 일이고 무엇보다도 안색을 읽었기 때문일 것이다.

"잠시 상담할 게 있습니다."

"알겠습니다. 회의실을 쓰지요."

잇시키는 앞장서서 복도로 나간다. 에쓰코는 힘없이 일어나 스태프들에게 지각한 것과 잠시 자리를 비우는 것을 사과하고 나서 뒤를 따랐다.

"기운이 없네요. 신교지 씨, 아버지나 유카리짱에게 무슨 일 있습니까?"

잇시키가 묻는다. 에쓰코는 고개를 흔들었다.

"그렇다면 다행이네요. 일 때문이구나."

잇시키에 대해 스태프 중 한 젊은 여성은 '걸어 다니는 존댓말'이라고 불렀다. 그는 언제나 어느 부하건 보험 고객을 대할 때처럼 이야기한다. 가이바라 요시코와 싸움에 가까운 대화를 한 후라서 에쓰코의 귀에 그 목소리는 무척 자비롭게 들렸다.

"제가 힘이 될 수 있을까요?"

에쓰코는 설명했다. 잇시키 팀장은 때때로 맞장구를 치면서 듣고 있다.

"난처하게 되었군요."

이야기를 듣고 난 잇시키 팀장은 전혀 난처하지 않아 보이는 온화한 얼굴로 그렇게 말했다.

"제 생각이 지나치다고 생각하세요?"

에쓰코의 질문에 잠시 고개를 갸웃하며 생각하고 나서 잇시키는 대답했다.

"그렇지 않습니다. 말씀대로 인간의 말에는 '의외의 의미'라는 게 있으니까요. 분위기도 있습니다. 어조의 미묘한 차이도 이야기의 내용을 좌우하지요. '구해'라고 하는 말을 신교지 씨가 '구해줘'라고 들었다면 분명 그럴 겁니다."

잇시키의 분석을 듣고 있으니 에쓰코의 마음에서 절박감이 사라져갔다. 초조해해서는 안 된다고 생각할 수 있는 상태로 돌아왔다.

"그래서 신교지 씨는 이제부터 어떻게 하실 작정입니까?"

"어떻게라니……."

"일단 확인을 해 두겠습니다만, 제가 지금 질문한 것은 네버랜드의 스태프로서 어떻게 하겠냐는 의미입니다. 개인적으로가 아니라."

에쓰코는 눈을 휘둥그레 뜨고 잇시키의 얼굴을 쳐다보았다.

"그 말씀은 네버랜드의 스태프로서는 이 일에 더 이상 관여해서는 안 된다는 뜻인가요?"

잇시키는 끄덕였다. 여자처럼 예쁜 손을 가지런히 테이블에 놓고 살짝 몸을 내민다.

"아시겠습니까, 신교지 씨. 네버랜드에 있는 우리는 어디까지나 유사 친구입니다. 여기로 전화하는 사람들은 아주 외로움을 잘 타는 사람이기는 하지만, 반면 방어기제도 무척 견고합니다. 외롭지만 친구를 만들어서 생기는 번거로움이 싫으니까, 타인과 직접 접촉해서 생기는 문제들이 싫으니까, 전화로 목소리밖에 들을 수 없는 우리를 원하는 거지요. '전화로 목소리밖에 들을 수 없다'는 말은 바꿔 말하면 '전화 속만의 교제로 끝난다'는 뜻이기도 합니다. 아시겠습니까?"

에쓰코는 끄덕였다.

"목소리뿐인 친구라는 것은 실로 편리합니다. 원할 때만 전화를 하면 받는다. 마법의 램프와 같다. 필요 없을 때는 호출하지 않고 그냥 두어도 된다. 아무 불평도 하지 않는다. 언제나 전화를 거는 쪽이 주인이란 말입니다. 우리들은 수동적인 존재입니다. 네버랜드와 같은 형태의 전화 피난소가 존재하는 이상, 절대 조건은 '이쪽에서는 결코 파고들지 않는다'는 것입니다."

잇시키는 빙긋 웃었다.

"그러니까 네버랜드의 단골손님이란 고독하고 소극적인 동시에 아주 제멋대로인 사람들이라 생각해도 됩니다. 물론 모두가 그렇지는 않습니다. 혼자 사는 노인의 경우는 전혀 다릅니다. 그러나 그렇지 않은 경우, 특히 젊은 사람 중에는 그런 사람이 많을 뿐입니다. 그게 사실입니다."

"팀장님……."

"제가 전에 가이바라 미사오라는 여성이 당신과 만나고 싶어 한다는 말을 들었을 때, 만남을 허가한 이유는 어차피 이렇게 될 것이고 한 번쯤 이런 경험을 해 보지 않으면 신교지 씨도 네버랜드의 진정한 깊은 의미를 알지 못하리라 생각했기 때문입니다. 그래서 말씀드렸지요? '직접 얼굴을 마주하고 나면 그때부터는 개인 영역이 된다'고. 네버랜드로서는 전화를 건 사람과 얼굴을 마주하면, 거기서 바로 존재 의의가 없어집니다. 만나러 가는 행위를 통해 상대에게 파고들게 되니까요."

에쓰코는 묵묵히 아래를 보았다.

"그리고 아까도 말씀드렸다시피 외로울 때만 이곳에 의지하는 사람들은 자기에게 개입하는 것을 싫어합니다. 정말 그렇습니다. 그래서 이쪽에서 파고들려 하면 그 순간에 우리는 상대에게 필요 없는 존재가 되어 버립니다. 시간차는 있겠지만 늦든 빠르든 상대는 우리를 멀리하고 싶어 하겠지요. 왜냐하면 그렇지 않습니까? 직접 커뮤니케이션을 해야 하는 상대라면 딱히 우리를 불러 내지 않아도 주위에 얼마든지 있으니까요. 그리고 그들은 그런 상대와—언제나 뭔가를 받을 뿐만 아니라 해 주기도 하지 않으면 유지되지 않는—관계를 갖는 게 귀찮으니까, 우리 같은 유사 친구를 고른 사람들입니다."

"말씀하시고자 하는 뜻을 잘 모르겠습니다……."

"들어 보십시오, 신교지 씨. 그러니까 저는 네버랜드를 좋아하는 사람들에게는 개입하면 안 된다, 안 되는 것과 동시에 상처받는 것은 당신이라고 말씀드리는 겁니다. 그들은 냉혹하고 자기 멋대로입니다. 당신이라는 존재가 필요 없어지거나 자기 인생에 끼어들어 귀찮아지거나 흥미가 다른 곳으로 옮겨가면 아주 간단히 당신을 버립니다. 원래 전화라는 기계는 제멋대로의 상징입니다. 이쪽 편의대로 상대의 생활에 끼어드니까요."

"저는 그렇게 생각하지는 않습니다."

"아니, 저도 물론 전면적으로 그렇다는 말은 아닙니다. 오해하지 말아 주세요. 사이가 좋은 친구 사이나 연인 사이의 전화는 다릅니다. 지극히 보통으로 직접 커뮤니케이션도 할 수 있는 상대와의 전화는 다른 겁니다. 일 분 일 초라도 떨어져 있고 싶지 않다, 혹은 함께 있고 싶다는 마음을 대리하는 행위입니다. 그것이야말로 정상적인 형태라고 저는 생각합니다. 제가 '제멋대로'라고 표현하는 것은, 이런 곳에 마음이 내킬 때만 걸 수 있는 일방통행의 전화를 말하는 겁니다."

에쓰코는 입가에 손을 댔다. 손끝이 떨리고 있다. 설마, 잇시키에게 이런 이야기를 들으리라고는 예상하지 못했다.

"서론이 길어졌습니다만, 제가 무슨 말씀을 드리려는지 아셨겠지요? 신교지 씨, 결론부터 말하면, 저는 당신이 이 이상 가이바라 미사오 씨에게 깊이 관여하는 것에 반대입니다. 그녀는 친구 집에 있겠지요. 아르바이트를 하고 있을지도 모릅니다. 그것을 당신에게 알리지 않은 이유는 그냥 잊어버렸기 때문이라고 생각합니다."

"그렇지만 저희들은 유사 친구가 아니었습니다. 정말로 친구가 됐어요."

"집에 한 번 초대한 정도로 그렇게 단언할 수 있습니까? 당신은 그렇게 생각해도 미사오 씨는 어떨지 모릅니다. 당신에게 권유받아 그때는 즐겁게 놀러 갔지만 역시 그런 친구 관계를 유지해 가기는 귀찮구나—하고 생각했을지도 모릅니다."

그러나 미사오는 정말로 즐거운 것 같았다고 에쓰코는 마음속으로 반론했다.

"귀찮다고 생각하면 싹둑 자를 뿐입니다. 미사오 씨는 당신이 지금 여기서 이렇게 안달복달하고 있는 것 따위 상상조차 못 하겠지요. 그런 겁니다. 목소리만 있는, 마법의 램프 같은 유사 친구는 잊혀지는 것도 빠릅니다."

이야기를 계속하는 잇시키의 표정 뒤에서 에쓰코는 지금까지 알아차리지 못한 마음을 보았다.

어떻게 표현하면 좋을까. 확신? 포기?

아니, 아니다. 계산이다.

보험 회사가 어째서 네버랜드 같은 것을 하고 있는지 비로소 이해할 수 있었다. 이것은 자선사업도, 기업의 넓은 포용력을 나타내는 행위도 아니다.

이른바 일종의 시장조사다. 많은 사람의, 많은 고독한 사람의 생생한 목소리를 모으는 것. 이 빌딩 어딘가에서 누군가가 네버랜드로 전화한 사람들의 목소리를 모아 통계를 내고 자료로 정리하고 있을지도 모른다.

보험은 생명보험만 있는 것은 아니다. 입원급부금이나 소득보장, 간호비용부담이나 개인연금 등등 다양한 종류가 있다. 여차할 때 의지할 상대가 없는 고독한 사람들에게 이렇게 적절한 것이 있을까.

물론 네버랜드에서는 노골적인 선전은 하지 않는다. 그러나 그것이 그곳에 있다는 것만으로도 홍보가 된다. 아무 일도 아닌 듯이 단지 프로야구 중계를 보고 있는 동안 내내 자연스레 눈에 들어온다. 야구장 백네트 밑에 그려진 광고처럼.

"팀장님은 미사오가 제게 싫증나서 신경 쓰지 않을 뿐이라는 말씀이군요?"

잇시키는 살짝 웃었다. "깜빡 잊고 있을 뿐일지도 모릅니다. 요컨대 당신이 그녀를 일 이외의 사적인 생활에서 얻은 다른 친구들과 똑같다고 생각하면 무척 실망하게 될 거라는 의미죠."

"저희 집에 걸려 온 전화는요? 그건 어때요?"

"역시 장난 전화가 아닐까 합니다. 그게 미사오 씨로부터 온 전화라면 좀 지나친 거지요, 신교지 씨."

잠시 고개를 숙이고 눈을 감은 에쓰코는 마음을 진정시켰다.

그리고 잇시키의 눈을 똑바로 쳐다보며 말했다.

"휴가를 받을 수 있을까요? 여름휴가요. 원래 예정이라면 이번 주 수요일부터지만 앞당겨서 받을 수 없겠습니까?"

잇시키는 시선을 돌려 아무 말도 없이 에어컨 쪽을 올려다보았다.

"부탁드립니다." 에쓰코는 거듭 말했다.

한숨을 한 번 쉬고 잇시키는 에쓰코에게 다시 얼굴을 돌렸다. "개인적으로 그녀를 찾겠다는 겁니까?"

"네."

"힘들 겁니다. 우선 어떻게 하실 거죠."

"경찰에게 사정을 이야기해 보려구요. 다음 일은 그 후에 생각할래요."

잇시키는 쓴웃음을 지었다. "완고하시네요. 좋습니다. 휴가를 인정합니다. 이후의 일은 남은 스태프와 상담할 테니 염려하지 않아도 됩니다."

"감사합니다!"

에쓰코는 기세 좋게 의자에서 일어났다. 그러나 잇시키는 검지손가락을 세워 "잠깐" 하고 불러 세운다.

"신교지 씨, 저는 당신의 상사입니다만 친구이기도 합니다. 그렇지 않습니까?"

에쓰코는 애매하게 끄덕였다.

"친구로서 해 드릴 수 있는 일이 있습니다. 십 분만 기다려 주세요. 저는 여기저기에 지인이 있습니다. 그중에는 도쿄 도내 경찰서에서 소년과 과장을 하는 사람도 있고요."

잇시키는 회의실에서 그 지인에게 전화를 걸었다. 재빨리 사정을 설명하고 일반적으로 이러한 케이스에서 과연 경찰이 가출인 수색에 움직여 줄지 어떨지를 물었다.

힘들다는 것이 그쪽의 대답이었다.

"본인으로부터 온 전화를 모친이 확인했다지요? 수색할 필요가 없겠네요."

그 지인은 친절하게도 "뜨내기인 당신이 무턱대고 찾아가기보다는 응대가 나을 테니까" 하더니 가이바라 미사오의 주소지를 관할하는 경찰서에도 문의해 주었다. 그러자 가출인 수색 담당자가 받아서 비슷한 내용의 대답을 내놓았다고 한다.

전화를 끊은 다음 잇시키는 좀 난처한 표정을 짓고 있었다.

"저를 심술궂다고 생각하지 말아 주십시오."

"전혀 그렇지 않아요. 경찰에 헛걸음을 하지 않아도 되겠네요. 감사합니다."

정말로 그런 기분이었다. 잇시키를, 네버랜드를 다시 볼 수 있었다. 네버랜드 쪽의 주가는 상당히 내려갔지만, 잇시키라는 주식은 일단 판 다음 다시 같은 가격으로 되샀다. 전과 후의 분류 방법이 다를 뿐이다.

그러나 에쓰코는 완전히 고립무원으로 미사오를 찾아야 하는 것이 확실해졌다.

그래도 좋다. 혼자서 끝까지 해 낸다.

가이바라 요시코는 미사오가 전화 한 통에 제멋대로 가출을 하는 딸이라 생각하고 있다. 잇시키는 네버랜드에 전화를 거는 인간이 변덕스럽고 제멋대로라고 믿고 있다. 전부 납득해 버리고 있다.

에쓰코는 다르다. 알지도 못하는 것을 안다는 얼굴로 납득해 버리고, 그 때문에 소중한 사람을 잃는 것은 한 번으로 족하다. 에쓰코는 결코 납득하지 않았다.

―유카리, 미사오 언니 좋아해. 엄마, 파이팅!

의지할 수 있는 것은 유카리의 격려뿐이다.

15

"당신들에게 이름을 붙이지 않으면 안 되겠군."

모닝커피를 끓이면서 사에구사가 말했다.

"이름?"

그는 멍하게 앵무새처럼 되뇌며 아직 잠에서 완전히 깨어나지 않은 머릿속에 가벼운 두통이 스치는 것을 느꼈다.

아침이 찾아왔지만 상황은 무엇 하나 호전되지 않았다. 기억은 공백인 채 피로감만 더해졌다. 수면도 기상도 최악으로, 마치 컴컴한 구덩이에 밀려 떨어졌다가 다시 기어 올라온 기분이다.

"계속 이름이 없으면 불편하지? 나도 좀 그렇고."

"그래도……."

그가 말문이 막히자 사에구사는 몸을 굽혀 커피포트를 올린 가스레인지의 불을 콩알만큼 작게 줄이고 나서 훌쩍 돌아보았다.

"이름이 필요 없나?"

그는 망설이면서도 고개를 세로로 흔들었다.

"왜?"

"진짜 이름을 알았을 때 임시로 붙인 이름에게 미안할 것 같습니다."

"뭐야, 그게."

"그러니까 원래의 우리도 지금의 우리도 같은 인간인 것은 변함없으니까, 이름은 하나로 족합니다. 새로운 이름을 붙이면—비록 그것이 임시라 해도—그 순간에 다른 인간이 탄생하는 셈입니다. 그리고 우리가 원래 이름의 존재로 돌아갔을 때는 임시 이름을 붙였던 존재는 죽는 게 됩니다. 그게 싫습니다."

알아들었는지 어떤지 미덥지 않아서 그는 사에구사를 쳐다보았다. 막 일어난 사에구사의 볼과 턱은 의외로 짙은 수염으로 덮여 있다.

"엄청나게 깐깐한 소리를 하는구만."

사에구사는 불만스러운 얼굴을 했지만 눈은 웃고 있는 것처럼 보였다.

"뭐, 됐어. 마음대로 해. 어찌됐든 나는 당신들에게 고용된 남자니까."

"그렇게 해 주십시오. 그런데 어째서 아까부터 그렇게 커피 불에 신경을 쓰는 겁니까?"

"내 커피는 특제니까. 절대로 펄펄 끓이면 안 되거든."

사에구사가 말하고 즉시 가스 불을 껐다.

"마실 때는 싱크대 옆에 서서 마신다."

"왜요?"

"필터를 쓰지 않고 직접 끓이니까. 간 커피콩을 물속에 직접 넣는다는 말이야. 그러니까 마시면서 때때로 찌꺼기를 뱉어내야 해."

그는 기가 막혔다. "깨우고 오겠습니다."

707호실에 가 보니 그녀는 일어나 침대에서 내려와 있었다. 그뿐 아니라 창가에 맨발로 서 있다. 가늘고 하얀 복사뼈가 바로 그의 눈길을 끌었다.

그녀는 그의 발소리를 깨달았는지 훌쩍 돌아보고 미소 지었다.

"안녕."

"안녕……. 어떻게 거기까지 갔어?"

"걸어서. 괜찮아, 손으로 더듬어 주의해서 가면 제대로 움직일 수 있어."

커튼을 손으로 밀어내면서 창문 쪽으로 얼굴을 돌린다.

"오늘도 날씨는 좋은 것 같네."

그는 조심조심 그녀에게 다가가 나란히 서 보았다. 그녀가 말한 대로 오늘도 햇빛은 강하고 파란 하늘은 얼룩 없이 염색된 한 장의 천과 같이 머리 위를 덮고 있었다.

"빛은 느껴져?"

그녀는 태양으로 얼굴을 향한 채 끄덕였다. 볼의 솜털이 금색으로 빛나 보인다.

"아까, 들어온 게 나라는 건 어떻게 알았어?"

"자기 전에 아침에 깨우러 온다고 했잖아."

"그야 그렇지만."

장난처럼 미소 지으며 아주 투명한 눈을 그에게 돌려―그 눈이 시력을 잃었다니 도저히 믿을 수 없다―그녀는 작은 목소리를 냈다.

"사에구사 씨라는 사람 다리가 좀 안 좋지 않아?"

그는 놀랐다. "당신, 정말로 눈이 안 보이는 거 맞아?"

"그런 걸로 거짓말을 할 리 없잖아."

"그럼 어떻게 그 남자 다리가 안 좋다는 걸 알지?"

그녀는 무심코 그의 다리가 있는 방향으로 눈길을 주었다.

"소리로 알아. 걸음이 아주 약간 불규칙하거든. 불편한 게 어느 쪽인지는 알 수 없지만."

잠시 그녀의 얼굴을 지켜보고 나서 그는 말했다. "오른쪽 다리가 불편해, 약간이지만. 뻰 것 같아. 걸보기로는 알 수 없어. 본인도 거의 의식하지 않는 것 같던데."

그녀는 고개를 흔들었다. "그렇지 않을 거야."

그는 가만히 있었다. 그녀의 좋은 귀와 감각에 감탄했다.

"하룻밤 자고 일어나 보니 뭔가 떠올랐어?"

그녀의 질문에 그는 한숨으로 대답했다.

"아무것도 없나 보네. 나도."

"사에구사가―사에구사 씨지, 일단."

"응."
"그 사람이 우리에게 이름을 붙여 준다고 했어. 거절했지만."

그녀는 양손의 손가락으로 머리를 쓸어 올려 두 귀를 드러내고 그대로 손을 움직여 목덜미에서 등으로 긴 머리카락을 스르륵 밀어 넘겼다.

"고마워. 나, 임시 고용한 이름 따위 갖고 싶지 않아."
"같은 의견이라서 한시름 놨네."

그녀는 살짝 이를 보이고 햇빛을 향한 눈을 가늘게 떴다. 눈부신 듯이 보인다.

"그럼, 나 옷 갈아입어야겠어. 어제 아직 눈이 괜찮을 때 봤는데 옷장에는 여자 옷도 있었지?"

그는 그녀의 손을 잡아 옷장 옆까지 데려다 주고, 카키색 스커트와 같은 색조의 셔츠를 골라 주었다. 속옷을 골라 주기는 내키지 않아 수납 상자 위치를 가르쳐 주었다.

"괜찮아, 혼자서 갈아입을 수 있어."
"끝나면 불러. 문 밖에 있을 테니까."
"수고스럽겠지만 세면장까지 가는 동안 발이 걸려 넘어질 만한 게 있으면 치워 주겠어? 그렇게 해 주면 벽을 따라서 세수하러 갈 수 있어."
"괜찮을까?"
"응, 할 수 있을 거 같아."

전체적으로 그녀는 지극히 냉정하고 능률적으로 행동하고 있었다. 지난밤에 별안간 시력을 잃은 인간치고는 경이롭기까지 하다.

그는 문득 그녀가 이전에도, 즉 사라져 버린 과거의 어딘가에서 '눈이 보이지 않는다'는 상태를 경험한 적이 있었던 게 아닐까, 하고 생각했다.

그녀는 셔츠를 왼손에 걸치고 오른손으로 단추의 위치를 더듬어 찾고 있다. 가만히 보고 있으니 그 손이 멈추고 고개가 움직여 정확히 그가 서 있는 위치로 얼굴을 향하고는 입술을 살짝 뾰족이 내밀었다.

"저쪽에 가 있어."

그는 웃었다. "들켰나."

"옆에 있으면 기척으로 딱 아니까."

"냄새라도 나?"

그녀는 그를 향해 가냘픈 주먹을 휘두르고 웃었다. "이상한 소리 하기는!"

그의 기분도 충분히 괜찮아졌다. 적어도 코너에서 일어나 링 가운데로 나올 수 있을 만큼은. 풋워크가 가벼운지 펀치를 칠 수 있을지 어떤지는 별개의 문제지만.

사에구사는 우선 철저하게 집 안을 수색하기를 제안했다.

"당신들은 지도 복사본을 발견했어. 그 외에도 아직 뭔가 있을지도 몰라. 특히 제삼자의 신선한 눈으로 본다면 말이야."

사에구사가 그것에 몰두하고 있는 사이, 그는 707호실의 전화로 가스 회사와 NTT^{일본 전신전화 주식회사}에 연락해 보았다.

그녀도 그의 옆에서 귀를 기울이고 있다.

가스 회사에서는 '고객 번호'를 아느냐고 물었다. 젊은 여성의 밝은 목소리로 시원시원했다. 그는 모른다고 대답하면서 매우 부끄러운 기분이 들었다.

"그러면 주소는요?"

그는 주소를 말했다. 이 분 정도 기다리자 전화의 저편에서 밝은 목소리가 돌아왔다.

"오래 기다리셨습니다. 팰리스 신카이바시 707호실이시지요. 명의는 '사토 이치로' 님으로 되어 있습니다."

사토 이치로. 그는 무심코 물었다. "본명입니까?"

"네?"

"아니, 본명일까요?"

전화 아가씨는 잠시 침묵한 후 말했다. "고객님이 그렇게 말씀하셨으면 그럴 거라고 생각합니다."

"그쪽에서는 고객이 댄 이름을 그대로 등록하나요?"

"네, 그렇습니다."

"그러면 가명을 사용하는 것도 가능하다는 말이군요?"

"뭐, 그렇게 되네요."

그는 재빨리 생각했다. 방을 빌린다. 또는 집을 산다. 이사해서 처음으로 가스나 전화를 쓸 때 어떠한 절차를 밟았던가……

"요금 지불은 어떻게 되어 있습니까?"

"저희 쪽에서 납부용지를 보내게 되어 있습니다."

"지불은? 하고 있습니까?"

"아니요, 개통이 8월 10일이니까 아직입니다."

8월 10일? 그러면 고작 사흘 전 아닌가.

수화기를 쥔 채 그가 더 물어야 할 것을 떠올리고 있자니 그녀가 옆에서 재빨리 속삭였다.

"입회인. 입회인은 누구였는지 물어."

"뭐?"

"가스를 개통할 때는 입회인이 없으면 안 된다고 했잖아. 잠깐 바꿔 봐."

몸이 달았는지 그녀가 그의 손에서 수화기를 집어 들었다.

"여보세요? 죄송한데, 하나만 더 가르쳐 주세요. 가스를 개통할 때 누가 입회했는지 알 수 있습니까? 본인? 본인이라는 것은, 사토이치로라는 사람이지요? 그 사람이 어떤 사람이었는지 기억하는 분 계신가요? 부탁드립니다. 사정이 있어서 꼭 알고 싶습니다."

그녀는 양손으로 수화기를 받쳐 들고 대답을 기다리고 있다. 머지 않아 덤벼들 듯이 말했다.

"알아요? 아신다구요? 아, 담당자 분이? 그렇군요. 오후에는 돌아오신다구요. 부탁드립니다. 전화해 주시면."

그는 그녀를 쿡쿡 찔렀다. 그녀는 당황해서 말을 바꾸었다.

"저희가 전화하겠습니다. 오후에. 네. 부탁합니다. 감사합니다."

전화를 끊자 쓴웃음을 짓는다. "그렇지. 이 집 전화번호, 모르지."

"먼저 전화국에 걸어 볼걸 그랬어. 지금 어떻게 된 거야?"

"여기서 가스를 개통한 작업원이라면 입회한 '본인'의 얼굴을 기억하고 있을지도 모른대. 오후에는 영업소에 돌아온다고 하니까 알 수 있을 거야."

그때 주방 쪽을 뒤지던 사에구사가 돌아왔다.

"단서가 될 만한 물건은 아무것도 없어. 가구에는 대체로 가구점 마크나 스티커가 남아 있는데 그것조차 없고."

"그렇죠? 세심하게 주의를 기울였어요."

"가스 회사는 어땠나?"

"명의는 '사토 이치로'라고 합니다."

사에구사는 얼굴을 찌푸렸다. "그건 니혼타로_한국에서 흔히 예시로 드는 '홍길동'처럼 쓰이는 이름_나 마찬가지군."

그리고 NTT 영업소의 요금과에서도 같은 이름을 말했다. 문제의 공사를 한 것도 8월 10일 오후였다고 한다. 이쪽도 입회인 없이는 불가능하다고 해서 어떤 사람이 있었는지 물어봤지만 알 수 없다는 대답이었다.

"공사를 담당한 사람을 찾을 수 없을까요. 기록이 있지요?"

마지못해 알아 보겠다는 대답을 듣고서 그는 전화를 끊었다. 가장 커다란 수확이라면 지금 쓰고 있는 전화의 번호를 알았다는 것뿐이다.

사에구사는 바닥을 기고 수납장에 얼굴을 들이밀기도 하면서 오전을 보냈다. 그는 도와줄까 제의했지만 그냥 있으라며 거절당했다.

무료하게 오전을 보내고 열두 시가 되기를 기다려 그는 가스 회사에 전화를 걸었다. 아까의 여성을 바꿔 달라고 하니 다시 밝은 목소리가 들렸다.

"지금 돌아오셨는데 바꿔 드리겠습니다."

"다나카 씨! 아까 말했던 고객님! 전화입니다!"라며 부르는 소리가 난다. 작업원은 전화에서 떨어진 장소에 있는 모양이다.

잡음과 수런거리는 목소리가 흘러나오는 수화기를 손에 들고 있자니 갑자기 가슴이 아파 왔다.

점심시간, 식사하러 가는 동료를 여직원이 불러 세운다. 어디에서나 있는 광경이리라.

"다나카 씨!" 즐거운 듯 부르는 목소리가 귀 안쪽에서 울렸다. 자신도 분명 어딘가 자신이 정착한 장소에 가면, "아무개 씨!" 하고 불러 세워 주는 동료가 있을 것이다. 그 동료는 지금 어떻게 하고 있을까. 어디에 있을까. 그를 염려해 주고 있을까. 전화의 저편과 이쪽의 세계가 뚜렷하게 분리되어 있다는 사실을 새삼 깨달았다.

"여보세요! 전화 바꿨습니다!"

기운 찬 목소리가 들려서 그는 깜짝 놀라 수화기를 뗐다.

"여보세요!"

명랑하게 부르는 목소리가 들려온다. 막연히 나이 든 작업자를 상상했던 그에게는 의외였다. 기껏해야 스무 살 정도가 아닌가 싶은 젊디젊은 목소리다.

그 작업자에 따르면 개통할 때 입회한 사람은 마흔 정도의 중년 남자였다고 말했다.

그는 철렁했다. "몸집이 작은 느낌이었나요?"

"아니요, 그렇지 않습니다. 말쑥한 사람이었습니다."

그렇다면 사에구사가 말했던, '복도의 주부가 이 방에 출입하는 것을 보았다'는 남자와는 다른 사람이다.

"어떤 얼굴이었을까."

"글쎄……. 죄송합니다, 잘 기억이 안 납니다."

"뭔가 특징은 없었나요?"

상대는 생각하고 있는지 입을 다물어 버렸다. 등 뒤에서 작게 웃음소리가 들린다.

"특징이라고 해도 말이죠. 개통하러 간 시간이 밤 일곱 시쯤이었습니다. 낮에는 일 때문에 도저히 입회할 수 없으니까 밤으로 해 주지 않겠냐고. 관리인이 입회해도 괜찮다고 했지만 직접 하고 싶다면서. 그런 점에서는 재미있는 사람이었네요. 거기 팰리스 신카이바시죠?"

"예."

"다른 집은 관리인 입회로 개통한 적도 있습니다. 아웃미터이기도 하고. 고객님, 죄송합니다, 저희가 뭔가 실수라도 했습니까?"

"아니, 그런 게 아니에요. 그냥 좀 사정이 있어서. 아무 문제 없어요."

젊은 목소리는 안심한 듯이 웃었다.

"그렇습니까. 하지만 이상하네요. 저희 쪽에서 건넨 전표 사본 같은 건 없습니까? 거기에 사용자 성함 같은 걸 쓰는데요."

그러한 종류의 서류는 일절 보이지 않았다. 있었던 것은 지도 사본뿐이다. 그 외에는 이곳의 소유주—적어도 가스나 전화의 수배를 한 '사토 이치로'—가 가져갔을 것이다.

꼬리가 잡히는 게 두려워서—인가?

"잃어버린 것 같네요. 이사하다가."

"그렇습니까. 자주 있는 일이지요—음, 팰리스 신카이바시의 707

호시죠."

중얼중얼하고 있다. 그는 귀를 기울였다.

"맞아, 맞아……. 멀끔한 느낌의 사람이긴 했습니다. 비싸 보이는 정장을 입었는데 단정하고 잘 어울렸습니다. 그런 정도였나. 별로 잘 기억하지 못해서 죄송합니다."

감사의 말을 하고 전화를 끊은 후 그는 그녀에게 말했다.

"사토 이치로 씨는 제법 느낌이 좋은 남자인 모양이야."

대충 보고를 하자 집 안 수색을 끝내고 이마에 땀이 나 있는 사에구사가 쓴웃음을 지으며 말했다.

"단정한 중년 남자인가. 대단한 수확이군."

"그쪽은 어떻습니까?"

"식기 선반 뒤에서 영수증을 한 장 발견했다."

그와 그녀가 몸을 앞으로 내밀사, 사에구사는 손을 흔들었다.

"기대하지 말아. '로렐'이야. 주방용품을 샀을 때 받았겠지. 날짜는 8월 11일."

"우리가 이곳에서 일어나기 전날이네."

그는 끄덕였다. 장을 본 것은 11일. 전화나 가스는 10일. 아무래도, 이 집은 그들이 오기 전까지 빈집이었던 게 아닐까—라는 그녀의 추측은 맞는 듯하다.

"그 외에는?"

"그뿐이야." 사에구사는 가볍게 손을 펼쳤다. "이렇게 되면 남은 것은 하나."

"뭡니까?"

히죽 웃고 소리를 내어 손가락을 올린 뒤 사에구사는 옷장을 가리켰다.

"여행용 가방이다."

16

총액 오천만 엔. 어제 그가 장보기에 쓴 이만 엔을 포함해서. 그것이 여행용 가방의 내용물이었다.

신권, 써서 낡은 지폐, 더러운 지폐, 셀로판테이프로 보수한 지폐. 제각각이지만 전부 일만 엔권으로, 백만 엔씩 다발로 만들어 고무 밴드로 묶어 놓았다.

세는 것은 큰일이었다. 적어도 사에구사에게는.

사에구사가 말했다. "아무래도 당신은 돈 계산이 직업이었던 것 같군."

그 말대로다. 그에게는 쉬운 일이었다.

지폐를 세는 동작을 손이 기억하고 있었다. 백만 엔 다발을 손에 들자마자, 손가락이 부드럽게 움직이기 시작했다. 일 센티미터 이상의 두께가 있는 다발을 세로로 들고 두세 번 펄럭여 깨끗한 부채 모양으로 펼칠 수 있었다.

"그런 느낌이 들어." 그가 동의했다. "몇 번이나 한 적이 있는 것 같은데. 감이 옵니다."

도울 수 없는 그녀는 두 사람 뒤에 조용히 앉아 있다 불쑥 말했다.

"그거, 진짜 돈일까."

그와 사에구사는 튕겨나듯이 그녀를 돌아보고 나서 얼굴을 마주 보았다.

지폐의 숨겨진 그림을 확인하거나 손의 감촉을 시험해 보거나 번호를 본다. 그와 사에구사가 아는 범위 내에서는 진짜라는 것을 의심하기에 충분한 증거는 발견할 수 없었다.

"뭐, 아마 진짜일 거야." 사에구사는 그녀에게 말했다. "잘도 그런 쪽으로 머리가 돌아가는데."

"문득 떠올라서 말해 보았을 뿐이에요. 죄송해요."

"사과할 건 없어." 그는 말했다. "어떤 일이든 있을 수 있으니까."

지폐 다발을 바닥 위에 늘어놓고 텅 빈 여행용 가방도 조사해 보았지만 그곳에서도 수확은 없었다. 이름도 기호도 흠집도 무엇 하나 없다. 이 여행용 가방은 신품이 아닌 듯하다는 것 외에 특별한 발견은 없다.

자신에 관해서는 하나 알게 되었다. 아무래도 금융 관계의 일을 하고 있었던 것 같다. 그 사실은 암벽에 박힌 최초의 하켄_{등반할 때 바위틈에 박는 쇠못}과 같이 믿음직스러웠다.

사에구사와 두 사람은 지폐를 원래대로 넣었다. 그는 양손을 들어 기지개를 켠 다음 무심코 머리를 두드렸다. 사에구사가 날카롭게 물었다.

"왜 그래? 두통이 나나?"

그는 눈을 크게 떴다. "네?"

"머리. 아픈 거야?"

그는 주저하면서 손을 내렸다. 그때 다시 그 영문을 알 수 없는 숫자와 기호가 눈에 들어왔다.

"아무것도 아닙니다."

"놀라게 하지 마. 당신도 저 여자처럼 되는 게 아닐까 해서 철렁했잖아."

그는 그녀의 얼굴을 보았다. 그녀는 여행용 가방 쪽으로 얼굴을 향하고 있었지만, 그의 시선을 느꼈는지 눈을 들었다.

그녀는 작은 목소리로 물었다. "사에구사 씨. 제 눈과 기억상실과 두통. 뭔가 관계가 있다고 생각하세요?"

사에구사는 어깨를 으쓱했지만 그래 봤자 그녀에게 통하지 않는다는 것을 알았는지 대답했다.

"몰라. 하지만 연관이 있다는 느낌은 들어. 게다가 나로서는 되도록 당신들이 건강한 상태로 있기를 바라니까."

"고마워요."

"천만에."

사에구사는 웃고 정중하게 머리를 숙였다. 머리를 들었을 때에는 진지한 표정으로 돌아와 있었다.

"어이, 아가씨, 당신 정말 병원에는 가지 않아도 될까?"

그녀는 입을 다물고 있다. 사에구사는 거듭 말했다.

"방법이 있어. 내가 시치미를 떼고 길가에 쓰러져 있던 당신을 발견했다고 하면서 데리고 가면 돼. 돈이라면 있고, 어때?"

그녀는 묵묵히 있다. 그는 그녀의 어깨를 가볍게 두드렸다.

"나도 그 편이 좋다고 생각해. 일이 해결되면 반드시 데리러 갈게."

잠시 후 그녀는 단호히 고개를 가로로 흔들었다.

"나는 괜찮으니까," 눈으로 사에구사를 찾으면서 말했다. "어젯밤의 약속을 지켜 주세요. 제가 당당하게 병원에 갈 수 있도록 빨리 우리 두 사람을 찾아 주세요. 그 편이……."

말을 꺼내다가 퍼뜩 삼킨다. 그와 사에구사는 잠깐 시선을 마주하고 그녀를 지켜보았다.

"저…… 제가 있으면 방해가 되나요?"

그는 다시 사에구사를 보았다. 그리고 거기에서 이상한 점을 발견했다.

사에구사의 눈가가 누그러져 있다. 웃는 것 같기도 우는 것 같기도 한—어쨌든, 밖으로 나오려는 솔직한 감정을 억누르고 있다는 것을 잘 알 수 있었다.

"당찬 아가씨군." 사에구사가 말했다. "그러면 처음 계약대로 하자. 이제 어떻게 할까?"

"다음 말입니까?"

"아니, 그건 좀 쉬고 나서 생각하자. 일단 점심밥이다. 배달이라도 시키지. 내 방에 메뉴가 산더미처럼 있어. 이사 왔을 때 우편함에 들어있더군. 혼자 살면 배달 따위 시키지 않으니까 추천할 만한 가게는 모르지만 종류는 다양해. 일식 양식 중식 뭐든 다."

그녀가 쿡쿡 웃었다. "맡길게요."

사에구사는 말한 대로 스무 장 정도의 메뉴를 가져왔다. 그것을 트럼프처럼 늘어놓고 그녀에게 한 장 뽑게 했다. 메밀국수 집이었다.

"딱 좋군. 당신들 이사 기념 메밀국수다_{일본에서는 새로 이사하면 메밀국수를 이웃에 인사로 돌림}."

웃는 사에구사에게 그는 말했다.

"이 건이 해결되어 여기서 나갈 수 있을 때 다시 먹을 수 있으면 좋겠는데."

"그렇군." 사에구사는 끄덕였다. "노력하자고."

사에구사가 가게에 전화했다. 대화를 듣고 있으니 아무래도 가게를 막 개업했는지 지리에 어두운 것 같다. "어쩔 수 없군." 사에구사는 이렇게 말하면서 길을 설명하고 있다.

"흠, 댁의 가게는 어딘가? 신오하시도리 길에 있나. 그렇다면 우리는 북쪽이야. 동네 이름은……."

번지를 말해도 감을 못 잡는다.

"길 이름? 잠시 기다려."

사에구사는 그에게 말했다. "어이, 당신들이 찾아낸 지도 복사본, 보여 주지 않겠어? 나도 아직은 이 주변을 잘 몰라."

지도는 주방 테이블 위에 있었다. 그는 그것을 들고 와서 사에구사에게 건넸다.

"길 이름은 신카이바시도리다. 대각선 건너편이 공원이야. 그래, 그래……."

가까스로 설명을 끝내고 수화기를 놓는다.

"아휴, 이 녀석이 있어서 다행이군……."

그때 사에구사의 얼굴에서 웃음이 사라졌다. 지도를 손에 든 채 멈춰 있다.

"무슨 일입니까?"

그의 질문에 사에구사는 입을 반쯤 벌린 얼굴을 들었다. 그리고 지도를 가리켰다.

"그게 왜요?"

"몰랐나?"

"뭘요?"

"나도 몰랐어. 방금 전까지."

사에구사의 목소리를 들은 그는 진지한 얼굴이 되었다. 그녀 옆에서 사에구사에게 다가갔다.

"이 녀석은 복사본이다."

"네, 그렇습니다."

"그런데 어디서 복사한 걸까."

"주거 지도죠?"

"그래. 그렇지만 지도에서 직접 복사한 게 아니야."

"무슨 말입니까?"

사에구사는 복사본을 좀더 그의 얼굴에 가까이 댔다.

"잘 봐. 지도 제일 밑에 희미하게 숫자가 찍혀 있어."

사에구사가 말한 대로 아래를 보고—그는 찾아냈다. 복잡한 지도 속 동네들에 뒤섞여 버릴 듯한 작은 숫자다. 전부—다섯 개.

366-12

12 부분에서 복사 화면이 끊겨 있다. 잘 보니 왼쪽 아래에도 희미

하게 'AM9'라는 문자가 찍혀 있다.

"팩시밀리야." 사에구사가 말했다. "이것은 누군가가 팩시밀리로 송신한 지도를 복사한 거야. 그래서 통신 기록이 함께 인쇄되어 찍혔군. 어이, 괜찮나? 알겠어? 팩시밀리."

"알 것 같……습니다."

사에구사는 지도를 탁 하고 손가락으로 튕겼다.

"이건 팩시밀리 번호야. 아마 발신자 쪽의."

17

'네버랜드'에서는 걸려 오는 전화에 전부 통신 기록을 하고 있다. 통화시간과 걸려 온 상대에 관한 간단한 정보―연령, 직업, 상대가 만일 이름을 밝히면 이름도―에는 소정의 기입란이 있어 나머지는 각 상담원이 필요에 따라 기록해 둔다. 에쓰코는 그것을 뒤져 6, 7, 8월분 중에서 미사오의 기록만 꺼내어 복사를 하고 네버랜드를 나왔다. 8월의 강한 햇빛에 거리는 모조리 시트처럼 바래 희부옇게 보인다.

에쓰코는 우선 근처 찻집에서 요시오에게 전화를 걸었다. 사정을 설명하자 부친은 바로 말했다.

"너 혼자 괜찮니? 내가 도와줄까?"

매력적인 제안이기는 했지만 에쓰코는 "괜찮아, 혼자서 해 볼게요"라고 대답했다. 요시오를 끌어내면 유카리를 봐 줄 사람이 없어진다.

"그보다 유카리를 부탁해요. 함께 여행이라도 할 생각이었지만 잠시만 참아 줘야겠어."

"할아버지와 놀고 있으니까 괜찮지, 응?"

"유카리 옆에 있어?"

"있어. 이야기를 듣고 있는데. 바꿔 줄까?"

전화를 받은 유카리는 뾰로통해져 있었다.

"엄마, 나도 같이 갈래."

"안 돼. 착한 아이는 집 지키고 있는 거야."

"나를 두고 가지 않으면 안 되는 위험한 일을 하는 거야?"

"그런 거 아니야. 안심해."

"있잖아 엄마, 지금 말이야, 이야기를 듣고 생각한 건데."

"뭘?"

"미사오 언니의 엄마에게 일기를 돌려준 건 실수였어."

에쓰코는 기가 막혔다. "너, 엿들었어?"

"아니. 계단 위에 앉아서 들었어."

"바보. 엄마 화낼 거야."

"나도 엄마가 혼자서 위험한 일 하면 화낼 거야."

"안 해. 약속할게. 곤란할 때에는 할아버지와 유카리에게 상담할게. 엄마는 미사오를 찾을 뿐이니까. 그렇게 큰일은 아니야. 알겠지?"

유카리는 "흐음" 하고 대답했다.

"엄마가 일하러 갔을 때하고 똑같아. 저녁때는 집에 돌아갈 테니까. 걱정할 것 없어."

알았어, 하고 툭 내뱉은 유카리는 한층 더 진지한 목소리를 냈다.

"엄마, 잘 들어."

"뭐야?"

"무슨 일이 있으면 휘파람을 불어. 어디에 있어도 날아가 줄게."

에쓰코는 웃으면서 전화를 끊었다. 마음속으로 살짝 뭉클했다.

'볼일이 있으면 휘파람을 불어'는 도시유키의 말버릇이었다. 옛날 영화의 대사를 흉내 낸 것 같다. 모처럼—정말로 모처럼의 휴가 때, 좋아하는 책을 들고 아무에게도 방해받지 않는 조용한 방에 틀어박혀 버리기 전에 에쓰코와 유카리에게 말했던 대사였다.

다음 전화는 일단 104에서 전화번호를 물어본 뒤에 걸어야 했다.

미사오가 다니던 사립 고등학교다. 야마노테 선 다바타 역 가까이에 있는 비교적 역사가 짧은 여학교였다.

―시시해. 쓰레기 집합소 같은 곳이야.

미사오는 그렇게 말했다. '쓰레기장'과 '낙오자 집합소'를 뒤섞은 듯한 그 말에는 웃으면 안 되겠다는 생각이 들 정도로 어두운 빛이 담겨 있었다.

유괴 사건 등을 경험한 요시오는 "학교처럼 방어가 튼튼한 곳은 없지"라고 한다. 에쓰코도 열 살 여자 아이의 어머니로서는 아무리 튼튼히 지켜 주어도 부족할 정도라고 생각한다. 그러나 이번은 달랐다. 조금 더 융통성 있게 대응해 주어도 좋을 것 같았다.

전화를 받은 사무국 여성은 처음부터 퉁명스러운데다, 덮어 놓고 이쪽을 의심했다. 아무리 저자세로 온화한 목소리를 내도 바위처럼 움직이지 않는다. 이쪽의 이름을 대고 미사오와의 관계를 설명하고 담임 선생과 이야기를 하고 싶다, 가능하면 만나고 싶다—는 용건을 전부 말할 때까지 두 번이나 끊길 뻔했다.

담임 선생과 미사오의 반 친구들이라면 그녀의 최근 생활 모습, 친구 관계에 관해서 뭔가 알 수 있을지도 모른다. 에쓰코는 간절히 부탁했다. 그러나 상대는 정말 쌀쌀맞았다.

"아무래도 여름방학이니까요. 선생님들도 휴가중이라 오신다고 해도 못 만납니다. 없으니까요."

그런 것이다. 에쓰코는 자신의 머리를 걷어차고 싶어졌다. 미사오의 친구들도 지금은 여름방학이다. 클럽 활동이나 보충 따위로 등교하는 학생이 있다고 해도 그중에 미사오의 친구가 있을지 어떨지 확실한 것은 없다.

어느 쪽이든 미사오의 학교 친구로부터 커다란 수확을 얻을 수 있을 가능성은 적다. 그 아이는 학교를 싫어했다—그렇게 생각한 에쓰코는 자신을 달래면서 이쪽은 포기하기로 했다. 전화를 끊고 자리로 돌아와 커피를 마신다.

자, 다음은 무엇부터 시작하면 될까.

유카리가 말한 대로 미사오의 일기가 없어서는 곤란하다. 단서다운 단서라면 그것밖에 없다. 그 외에는 에쓰코가 지금까지 미사오와 나눈 대화의 내용에 의지할 수밖에 없다.

그러나 미사오는, 네버랜드에서는 별다른 말을 하지 않았다. 아니. 사적인 이야기는 하지만 구체적인 지명이나 인명이 나오지 않으므로 종잡을 수 없다.

그녀는 언제나 '친구와 바다에 드라이브 갔을 때 말이야'라든지 '좀 아는 애가 있는데'라는 서론으로 이야기를 했다. 그것은 에쓰코와 직접 만났을 때도 마찬가지였다. 사람 이름을 말하지 않음으로써 미사오는 미사오대로 에쓰코에게 방어를 단단히 했을지도 모른다. 잇시키가 말한 대로 그 아이에게도 그 아이 나름의 방어가 분명 있었다.

기록을 되풀이해 읽으면서 에쓰코는 머리를 싸쥐고 싶어졌다. 이제 와서 이런 큰일을 알아차리다니 정말 어처구니가 없다.

정말 가까워졌다고 생각했지만, 나는 그 아이의 친구 이름조차 모른다. 한 번이라도 그 아이가 '어제 교코와 쇼핑을 갔는데'라든지 '아키라와 영화를 보러 갔어, 그런데' 같은 소리를 한 적은 없었다. 그 아이가 말하는 '사람 이름'은 연예인이나 스포츠 선수뿐이지 않았는가.

문득 생각이 들었다.

어쩌면 미사오에게는 구체적인 이름을 들 만한 친구가 없었던 게 아닐까? 전화로 이야기할 때, 에쓰코가 '그 친구, 이름은 뭐라고 해?'라고 물었으면 대답을 못 했을지도 모른다.

에쓰코의 가슴 안쪽에 묵직한 것이 얹혔다. 처음부터 이런데 어떻게 그 아이를 찾을 수 있다는 말인가.

그렇다고 이제 와서 요시코에게 부탁해 봐야 일기를 빌려 줄 리 없다. 어떤 종류의 협력도 바랄 수 없다. 자칫 잘못하면 네버랜드에

폐를 끼치는 일이 생길지도 모른다.

에쓰코는 백에서 수첩을 꺼내 미사오의 일기에 적힌 것을 생각해 내 써 보았다.

확실한 것은 8월 7일에 '레벨7까지 가 본다. 돌아올 수 없을까?'라는 메모. 그리고 처음으로 '레벨'이라는 단어나 나온 것은 7월 14일. '레벨1을 보았다'인지 뭐라고 적혀 있었던가……

그래, 같은 14일에 '신교지 씨♡'라고도 씌어 있었다. 그것도 의미 불명이다.

미사오와 처음 만난 날은 7월 10일. 수첩에서 확인해 보니 화요일이다. 그렇다면 14일은 토요일.

그날은 미사오와 만날 약속 따위 없었다. 기록을 보면 네버랜드에 전화는 걸지 않았다. 미사오가 우리 집에 연락한 기억도 없다.

그런데 이날 미사오는 에쓰코의 이름을 썼다. 게다가 하트까지 붙어 있다. 무슨 뜻일까? 이것과 '레벨1을 보았다'는 것에 뭔가 관계가 있을까.

점원에게 말을 하고 나서 가게 안 전화박스에 비치되어 있는 도쿄 23구내 가나다순 기업명 전화번호부를 가져와서 일단 '레벨'이라는 이름의 점포나 회사가 있는지 찾아보았다.

'레벨'이라는 가게 이름을 두 개 발견했다. 전화를 걸어 보니 한곳은 기타신주쿠의 커피숍이고, 다른 곳은 다카나와다이에 있는 비디오대여점이었다. 비디오뿐 아니라 패미컴 게임 소프트도 갖추고 있단다. 어느 가게도, '레벨' 뒤에 번호를 매기는 일은 없고 지점도 자매점도 없다고 한다.

'레벨7' '레벨3' '레벨1'이라는 이름에는 전혀 해당 사항이 없었다.

냉방 탓에 추워져서 에쓰코는 커피를 한 잔 더 주문했다.

'레벨'은 장소의 명칭이 아닌 것일까. 그러나 미사오는 분명히 '가 본다'라고 썼다…….

요시코에게 걸려온 전화에서는 '바샤미치의 레스토랑에서 아르바이트를 하고 있다'고 했다. 요코하마의 친구 집에 있다고.

같은 작업을 되풀이했다. 다시 한번 번호 안내에 걸어 이번에는 요코하마 시내에 '레벨'이라는 가게가 없는지 물어본다.

이번은 완전히 빗나갔다. '레벨'이나 그것과 비슷한 이름도 등록되어 있지 않다.

생각을 바꾸어 이번에는 헬로 다이얼에 건다. 바샤미치 주변에 등록되어 있는 레스토랑을 몽땅 가르쳐 달라고 부탁하자,

"아주 많습니다."

"괜찮아요. 가게 이름과 전화번호를 전부 가르쳐 주세요."

메모를 끝내고 수화기를 놓으니 가게 안쪽에서 점원이 말을 걸어왔다.

"손님, 죄송하지만, 긴 전화는 삼가 주십시오."

"어머나, 죄송합니다."

레스토랑 목록에는 스물 몇 건의 이름이 올라 있다. 하나씩 전화를 걸어 가이바라 미사오 같은 젊은 아이가 있는지 확인하는 작업은 오후부터 하자. 아직 오전 열한 시도 되지 않았다. 레스토랑 중에는 아직 열지 않은 가게도 있을 테니.

자리에 돌아가서 에쓰코는 차게 식어 버린 두 잔째 커피에 설탕을

수북이 넣었다. 문득 생각이 나 웨이트리스를 불러 클럽 샌드위치를 주문했다. 배고프지는 않지만 오늘 아침에 아무것도 먹지 않았고, 오래 전화를 차지해서 폐를 끼친 일도 있기 때문이다.

또한 통신 기록을 들춰 수첩 날짜와 대조해 기억을 더듬는다. 그러는 동안에 발견한 것이 있다.

미사오가 네버랜드에 전화를 걸어 오게 된 시기는 초봄부터다. 매우 변덕스럽게 전화를 걸었는데, 사흘이나 연속으로 거는가 하면 열흘이나 소식이 없었던 적도 있다. 그런 일은 에쓰코도 익숙했다. 그래서 7월 말을 마지막으로 당분간 연락이 없어도 그다지 마음에 걸리지 않았으니까.

그러나 일단 걸면 언제나 적어도 한 시간은 떠들었다. 평일 낮에 걸었을 때는 에쓰코가 '학교는 괜찮아?'라고 염려할 정도였다.

그러다가 7월 16일 월요일의 전화부터 통화 시간이 갑자기 짧아졌다.

16일, 이십 분. 25일, 십오 분. 그전까지의 반도 안 된다.

마지막이 7월 30일, 오후 일곱 시. "지금부터 아르바이트 같이 하는 친구랑 마시러 간다"고 했던 말이 에쓰코의 기억에 분명히 남아 있었다. 기록에도 분명히 나와 있다. 그렇기 때문일지도 모르지만 이때의 통화 시간은 고작 오 분이다.

미사오에게 어떤 심경의 변화라도 있었을까.

7월 10일에는 에쓰코와 직접 얼굴을 마주했다. 그래서 더 이상 지금까지처럼 전화로 길게 떠들지 않아도 만족했을지 모른다.

정말 그럴까? 친해지면 그런 대로 화제는 늘어난다. 적어도 나는 그렇게 된다고 에쓰코는 생각했다. 새로운 친구가 생겼다면.

에쓰코는 다시 한번 기록을 확인했다.

처음으로 일기에 '레벨'이라는 단어가 등장한 것은 7월 14일. 그리고 이틀 후인 16일부터 미사오의 전화는 갑자기 짧아지기 시작한다……

14일에는 '레벨1을 보았다'고 분명히 씌어 있었다. 그런데다 '신교지 씨♡'라는 수수께끼 같은 메모도 덧붙여져 있었다.

7월 14일에 미사오는 뭔가를 보았다. 어쩌면 에쓰코와도 관련이 있을 것이다. 그 이후 미사오는 뭔가에 정신이 팔려, 혹은 시간을 빼앗겨 네버랜드에 길게 전화를 할 수 없게 되었다?

지나친 생각일까.

에쓰코는 수첩을 옆에 놓고 통화 기록 사본을 끌어당겼다. 7월 14일 이전과 이후, 미사오와의 이야기 내용에 변화는 없는지 살폈다.

사본은 고작 열대여섯 장 정도밖에 없었다. 에쓰코는 몇 번이고 되풀이해 읽었다. 그러는 동안 샌드위치가 왔지만, 그 접시도 테이블 가에 밀어놓고 오로지 사본에만 집중했다.

'좀더 자세히 메모해 두었어야 했어.'

에쓰코는 후회했다.

미사오가 '부모와 잘 지내지 못한다'라든지 '학교가 재미없다'라는 말을 꺼내고 그것에 관해 두 사람이 이야기를 나눈 것에 대해서는 보고문 조로 잔뜩 씌어 있다. 그때는 그런 얘기가 중요하다고 생각했다. 그러나 그 외에 미사오의 일상 행동에 관해서 떠든 내용은 거의 쓰지 않았다. 잡담이니까 쓸 필요도 없다고 멋대로 생각했다.

그녀가 아르바이트 하는 곳의 이름조차 묻지 않았다.

―오호, 어떤 일을 하고 있어?

―간단해. 판매원 같은 거야.

―즐거워?

―응. 하지만 교칙으로는 아르바이트는 금지야. 그래서 집에도 비밀이니까, 좀 힘들어.

그뿐이었다. 정말 어째서 좀더 자세히 물어보지 않았을까.

한숨이 나왔다. 화가 나서 퍼석퍼석해진 샌드위치를 씹고 있으니, 좁은 통로를 사이에 둔 옆자리 젊은 여성 두 사람이 왁자지껄하게 떠들면서 자리에 앉았다. 대화의 자투리가 에쓰코의 귀에 들어왔다.

"정말 짜증나. 나름대로 마음에 드는 미용실은 찾기 힘들죠? 겨우 궁합이 맞는 가게가 생겼나 했더니 망해 버리고."

"그렇지만 부끄럽지 않아? 망할 정도로 솜씨 나쁜 미용실에서 머리를 했다니."

미용실.

그 힌미디가 에쓰코의 마음에 걸렸다. 미용실.

미사오는 헤어스타일에 상당히 까다로운 편이었다. 원래 '정상이 아닐 정도로 세세하게 정해져 있어서 아무도 안 지킨다'는 교칙으로는 파마는 금지겠지만 전혀 개의치 않고 에쓰코가 아는 범위 내에서도 두 번 파마를 했다.

가게 이름, 뭐더라. 미용실에 대해서는 미사오와 이야기한 기억이 있다…….

―내 머리 말이야, 다나카 미나코가 마음에 들어 한다는 미용실

에서 했어. 잡지에서 찾아서 갔어. 나, 그 사람이랑 닮았다는 말을 들은 적이 있거든.

에쓰코는 벌떡 일어나다가 나무 의자를 넘어뜨렸다.

전화를 건다. 신문사도 잡지사도 아닌 유카리에게.

"엄마, 무슨 일이야?"

"있지, 유카리 친구 중에 다나카 미나코의 왕팬이라는 오빠가 있던 아이, 누구였지?"

"아키짱. 제일 큰 오빠가 쫓아다니고 있어."

"그 아이에게 물어보면 다나카 미나코가 좋아하는 미용실 알 수 있을까?"

유카리는 잠시 생각하고 나서 기세 좋게 말했다.

"엄마, 거기 전화번호 가르쳐 줘. 유카리가 물어보고 다시 걸게."

오 분 후, 전화가 왔다. 에쓰코는 전화에 달려들었다.

"있잖아, 엄마, 두 군데래. 다른 잡지에 한 집씩 소개되었어."

유카리는 두 가게의 위치와 이름을 소리 내어 읽었고, 에쓰코는 메모를 했다.

"유카리, 고마워. 점심은 먹었어?"

"할아버지하고 팬케이크 굽고 있어."

"많이 먹어."

찻집을 뛰쳐나온 에쓰코는 도쿄 역으로 향했다. 하나는 하라주쿠, 하나는 시부야다. 일단 집에 돌아가 미사오의 사진을 갖고 나가자.

18

"여기 손님 중에 가이바라 미사오 씨라는 분의 소개로 와 봤는데요."

오후 두 시 반을 조금 지나 에쓰코는 시부야에 있는 미용실 로즈 살롱의 잘 닦인 바닥 위에 서서 그렇게 말했다.

하라주쿠 쪽은 허탕이었다. 여기서 반응이 없으면 미용사 쪽도 단서는 되지 않는다. 되도록 아무 일도 아닌 듯한 표정을 지으며 에쓰코는 가슴을 두근거리고 있었다.

접수하는 여자는 위로 누군가가 뛰어내려도 흐트러지지 않을 정도로 야무지게 로션으로 붙인 머리에 파우더 같은 것을 뿌렸다. 고객 카드를 조사하느라 고개를 숙이자 그것이 라메_{금은사처럼 금속 광택이 나는 실}처럼 빛났다.

"가이바라 미사오 님—아아, 네, 몇 번 오셨네요. 고등학생 아가씨죠?"

접수 아가씨는 미소를 지으며 대답했다. 순간 에쓰코에게 그녀의 머리에서 반짝이는 파우더가 후광처럼 보였다.

"담당 미용사 분이 누군지 아세요?"

미용사의 이름은 아미노 기리코. 흘끗 봐서는 무척 젊다. 스무 살 정도로 보인다. 그러나 이런 미용실에서 지명하는 손님이 있는 것을 보면 좀더 나이가 들었는지도 모른다.

"지명해 주셔서 감사합니다." 머리를 꾸벅 숙인다. 광택이 있는 검은 머리카락을 짧게 커트해 모양 좋은 귀를 드러내고 있다. 하얀 셔츠에 검은 베스트 조끼, 검은 팬츠. 베스트의 가슴에 은색 핀 같은 것을 고정시켜 악센트를 주고 있다. 소년 같은 가느다란 체형으로 발랄하게 보였다.

"가이바라 미사오 씨로부터 이야기를 듣고 왔습니다만."

그러자 기리코의 얼굴에 화색이 돌았다. "미사오짱이요? 기뻐라. 바로 요전에 왔었죠."

에쓰코는 무심코 펄쩍 뛰어오르고 싶어졌다. 이 사람은 미사오를 알고 있을 뿐 아니라, '미사오짱'이라고 불렀다!

에쓰코는 샴푸와 드라이를 부탁했다. 그러자 샴푸에는 담당 미용사가 있다며 기리코는 다른 손님 쪽으로 가 버렸다. 에쓰코는 어쩔 수 없이 젊은 남자 미용사가 머리를 감겨 주는 동안 어떻게 말을 꺼낼지 궁리했다.

가게 안에 흐르는 클래식 음악을 타고 미용사들과 손님의 대화가 들려온다. 기리코의 목소리도 잘 들린다. 때로는 손님과 소리를 맞춰 웃는다. 싹싹한 사람이라고 에쓰코는 생각했다.

머리를 수건으로 두르고 쑥스러워질 정도로 커다란 거울 앞에 앉혀진 에쓰코는 잠시 기다려야 했다. 잡지를 팔랑팔랑 넘기면서도 신경은 기리코 쪽에 가 있었다.

"기다리셨습니다."

경쾌하게 에쓰코의 뒤로 다가와 재빨리 수건을 제거하고 기리코는 말했다. 어깨에 닿을 정도의 길이인 에쓰코의 머리를 대충 확인

하고,

"커트는 안 하시겠어요? 드라이 세팅이라면 조금 다듬는 편이 예쁘게 되거든요."

에쓰코는 잠시 머뭇머뭇했다. 영화나 텔레비전에서 보면 형사나 탐정은—평범한 여대생이 탐정 놀이를 하는 것마저도—능숙하게 탐문을 한다. 본론에 들어가기 전에 '커트하시겠어요?' 같은 질문에 대답하는 장면은 본 적이 없다. 직접 해 보니 쉬운 게 없다.

"저어……. 그러네요, 부탁할까요."

에쓰코는 애매하게 웃었다. 기리코는 웃는 얼굴로 거울 속 에쓰코의 얼굴을 들여다보고 있다.

"—미사오는 어떤 식으로 했나요."

"요전에 스트레이트파마를 했어요. 곱슬머리라서. 요즘은 만나지 않으셨나 봐요?"

에쓰코는 큰맘 먹고 말했다. "미사오, 가출했어."

에쓰코의 머리를 매만지던 기리코의 손이 멈추었다. 그대로 거울에 비친 에쓰코를 쳐다보고 있다. 묻고 있는 표정이다. 그 얼굴에 에쓰코가 끄덕여 보였다.

작은 혀로 재빨리 입술을 핥고 기리코는 물었다. "정말이요? 언제죠?"

"사라진 지 오늘로 닷새째. 8월 8일 밤에 집을 나간 이후로."

"어머." 기리코는 손끝으로 자신의 앞머리를 쓸어 올렸다. "정말로 해 버렸구나."

"미사오가 가출을 암시하는 말을 한 적이 있었나요."

"네에……. 몇 번쯤. 집에 있어도 재미없다면서……."
"미사오가 어딜 갔는지 짚이는 데가 없으신지. 찾고 싶은데."

기리코는 에쓰코의 양쪽 어깨에 손을 내려놓고 목소리를 낮추었다. "고객님—신교지 씨였나요? 그 일로 저를 만나러 오셨어요?"

에쓰코는 끄덕였다.

기리코는 베스트의 가슴 주머니에 손을 넣고 거기서 시계를 꺼냈다. 좀 전에 핀처럼 보였던 은색의 물건은 시계의 일부였다.

"신교지 씨, 우선 드라이를 끝내죠. 커트는 빼고. 괜찮으세요?"
"네에. 하지만……."
"십 분 있으면 휴식 시간이에요. 그럼 천천히 이야기할 수 있을 거예요."

기리코가 안내해 준 장소는 로즈 살롱 바로 뒤쪽에 있는 케이크 가게였다. 가게 안에는 달콤한 바닐라 향기가 그득했다.

"미사오짱과도 이곳에 온 적이 있어요. 휴식 시간에."
"아미노 씨, 미사오와 친했군요."

기리코는 버지니아 슬림에 불을 붙이고 가볍게 웃었다.

"전 비교적 손님과 쉽게 친해지는 편이에요. 함께 놀러 가기도 하거든요. 점장은 좋아하지 않지만요. 장래에는 제 가게를 갖고 싶어서 지금부터 사전 공작을 한다고 할까. 독립 자금만 모아 봐야 사람이 따라오지 않으면 안 되니까요."

"갑자기 죄송한데. 나이는?"
"올해 스물넷이 됩니다."

야무지다는 생각이 들었다. 기리코가 드라이해 준 머리는 에쓰코의 얼굴을 돋보이게 해 주었다. 실력이 상당하다.

'신교지'라는 이름에도 이렇다 할 반응이 없는 것으로 보아 미사오는 기리코에게 네버랜드에 대해서 이야기하지 않았을 것이다. 말했다고 해도 에쓰코의 이름까지는 듣지 않은 듯하다. 그래서 에쓰코는 자신을 미사오의 친척이라고 설명했다. 거짓말은 내키지 않았지만 그 편이 지름길이다.

"닷새나 돌아오지 않다니 집에서는 정말 걱정이시겠네요."

미사오가 처음 로즈 살롱에 온 시기는, 올해 봄쯤이었다는 것. 왔을 때부터 기리코가 담당해서 계속 지명받았던 것. 가장 최근에 온 날짜는 8월 4일로, 그녀는 아주 밝게 행동했다는 것—기리코는 시원시원하게 말했다.

"가출 이야기를 한 건 언제쯤이었죠?"

"처음 왔을 때부터 그랬어요. 그 나이에는 누구나 생각하잖아요? 저도 그런 경험이 있으니까, 잘 알아요."

주문한 홍차와 레몬 머랭 파이가 왔다.

"미사오짱, 이걸 무척 좋아해요." 기리코가 말했다.

"8월 4일에 왔을 때는 어떤 이야기를 했습니까? 아무래도 미사오는 아르바이트를 했던 것 같은데."

"네에, 그건 들었어요. 어디였더라……. 신주쿠였던가. 아이스크림 가게에서 판매원을 한다고 했어요."

"가게 이름 기억나지 않아요?"

기리코는 미안한 듯이 어깨를 움츠렸다. "죄송해요."

"괜찮아요. 하루에 몇 명이나 사람들 이야기를 들으니까."

"미사오짱, 미인이죠? 저도 처음에 봤을 때 오랜만에 이런 미소녀를 봤다고 생각한걸요. 그러니까 그 아이스크림 가게의 간판 아가씨가 된 것 같아요."

눈에 선하다.

"요코하마에 간다는 말은 하지 않았나요? 바샤미치의 레스토랑에서 아르바이트를 한다는 정보가 있어서."

기리코는 눈을 휘둥그레 떴다. "아니요, 처음 들어요. 정말로 그런가요?"

"아직 확인하지 않았어요. 해외여행 자금을 모으려고, 친구와 함께 아르바이트하고 있다던데."

"4일에 왔을 때에는 그런 말은 하지 않았어요. '아이스크림 가게, 어때?'라고 물었더니 '무척 바쁘지만 재미있어'라고. 아르바이트를 바꾼다는 말은 한마디도." 기리코는 말하고, 기계적으로 머랭 파이를 입으로 가져갔다. "뭐, 가출이니까요. 행선지는 아무에게도 흘리지 않는 게 당연할지도 모르지만."

"그래도 '해외여행을 갈 생각이다' 쯤은 말할 수도 있잖아요?"

기리코는 끄덕인다. "네에. 저와도 자주 그런 이야기는 했으니까. 제게 처음으로 간 외국은 어디냐고 묻기도 하고. 미사오짱은 스페인에 가고 싶어 했어요. 사실은 올림픽 하기 전에 가고 싶은데 고등학생이니까 무리라고."

에쓰코는 질문의 방향을 바꾸었다. "미사오는 당신에게 친구 이야기를 한 적 있어요? 학교 친구나 남자친구 같은."

기리코는 고개를 저었다. "학교에 대해서는 거의 못 들었어요. 시시하다고 할 뿐이었으니까. 남자친구도—아까 말한 아이스크림가게에 멋진 남자 아이가 있다는 이야기는 했지만요, 이름까지는."

그리고 몇 시간 전에 에쓰코가 떠올렸던 것과 같은 말을 했다.

"미사오짱의 이야기는 언제나 추상적이에요. 아니, 이야기의 내용은 구체적이지만 뭐랄까……."

"이름이 나오지 않는다."

"네에, 맞아요! 자기가 직접 체험한 게 아니라, 텔레비전이나 라디오에서 얻은 정보를 그대로 말하는 느낌이에요. 의외로 아주 틀어박혀 생활하고 있는 게 아닐까 싶기도 하고. 저렇게 미인인데 의외이기도 하지만 그럴 수도 있죠. 우리 가게에 오는 고객을 보면서도 생각하지만 겉모습이 화려하고 아름답다고 해서, 시티 걸 같은 생활을 꼭 하는 건 아니거든요."

"더구나 미사오는 아직 고교생이니까."

에쓰코가 말하자 기리코는 아하하 하고 웃었다. "학생이냐 사회인이냐는 상관없어요. 지금은 모두 자유롭고 돈을 갖고 있으니까요. 지금은 젊은 여자애에게는 황금시대죠. 뭐든 할 수 있고 대개의 소망은 이루어지고."

그런 건가—하고 에쓰코는 생각했다. 유카리도 그렇게 될까. 시대가 그런 빛을 하고 있으니까 물들어 가는 것일까.

"미사오짱, 어떤 이야기를 했는지."

생각해 내려는지 기리코는 턱을 괴었다. 에쓰코는 말해 보았다.

"나와 이야기할 때는 장래에 스튜어디스가 되고 싶다고 했는데."

"미사오짱은 많은 것을 해 보고 싶어 했어요. 미용사도 좋네, 같은 소리도 하고."

거기서 기리코는 눈이 맑아졌다.

"맞아요, 4일에 왔을 때 이 시계를 살 거라고 했어요."

베스트의 주머니에서 아까의 시계를 내 보인다. 가슴 주머니에 장착해서 짧은 사슬로 늘어뜨리게 되어 있어 잘 보면 숫자판이 거꾸로다.

"재미있죠. 가슴에 늘어뜨린 채로 시간을 제대로 알 수 있도록 거꾸로 되어 있어요. 원래는 간호사들이 쓰는 시계 같지만 액세서리로 하기도 재미있고 편리하니까. 제가 가게에 있을 때는 언제나 달고 있거든요. 미사오짱이 마음에 들어 해서 어디서 샀는지 물었어요. 그래서 가게를 가르쳐 주었죠. 아르바이트 월급이 막 들어왔으니까 살 수 있다고 했어요."

젊은 여자 아이답다. 그러나 그것만으로는 단서가 되지 못한다.

"로즈 살롱에서 미사오와 친한 사람은 있을까요. 미용사 분이나 고객이나."

기리코는 생각에 잠겼다. "글쎄……. 미사오짱, 얌전한 편이니까 다른 사람에게 가볍게 말 거는 적도 없었고. 이쪽에서 적극적이지 않으면."

"그건 그렇지. 어딘가 겁이 많아서."

"네. 저는 성격이 이러니까 한번 함께 놀러 가자고 권한 적이 있지만요. 안 됐죠. 꽤 사이가 좋아졌다고 생각했는데 뭔가 이런, 벽이 있어요."

에쓰코도 새삼 느끼는 참이었다.

"다만 나이가 나이라서 그런 것뿐 아니라 뭔가 심각한 고민이 있을지도 모르죠."

"구체적으로 고민하는 게 있다고 이야기한 적, 있어?"

기리코는 고개를 흔든다. "전혀."

미사오는 에쓰코와 얼굴을 마주했을 때, '친구를 만드는 게 정말 서툴러'라고 털어놓았다. 그것이 유일하게 미사오가 본심을 내뱉었을 때였을지도 모른다. 그래도 신뢰 관계를 차근차근 구축해 가면 좀더 깊은 부분까지 털어놓게 되었을지도 모른다.

그러나 현실은 반대였다. 네버랜드에서 미사오의 통화 시간은 짧아졌다. 그리고 그것은 일기에 있던 '레벨'이라는 단어가 나타나기 시작하고부터······.

"아미노 씨, 미사오가 '레벨'이라고 말하는 것을 들은 적 없어요? '레벨' 뒤에 숫자가 붙거나 하는데. '레벨7'이라든지. 아무래도 장소를 가리키는 단어 같아."

기리코는 "기억에 없다"고 대답했다.

"디스코 클럽 이름인가. 미사오짱이 그런 곳에 다닐 것 같긴 않지만요."

헤어질 때 기리코는 집 전화번호를 가르쳐 주었다.

"도움이 될 일이 있으면 말해 주세요. 미사오짱, 빨리 찾으면 좋겠어요. 저도 신경 쓰고 있을게요."

고마워요, 하고 에쓰코는 말했다. 조금, 마음이 든든해졌다.

19

366-12.

남은 두 개의 번호는 각각 0에서 9까지 열 개씩 끼워 맞출 수 있다. 모두 합해서 백 가지 조합이다.

그와 사에구사는 분담해서 각자의 집 전화를 써서 일일이 걸어 보았다.

"팩시밀리용 번호라면 호출음이 나고 연결된 다음, 삐 하는 소리가 나. 그렇다면 틀림없어. 체크해 줘. 연결이 되어서 누군가 사람이 나왔을 때도, 그게 팩시밀리 번호가 아닌지, 일단 물어보는 거야. 자주는 없지만 한 전화 회선을 교대로 사용하는 일도 있으니까."

끈기를 요하는 작업이지만 그에게는 힘들지 않았다. 구체적으로 어떤 말을 할지는 만일을 위해서 사에구사가 종이에 적어 주었기 때문에 걱정할 것은 없었고 집중해야 하는 일이 생긴 것은 고마웠다. 게다가 커다란 단서가 될지도 모른다.

전화를 건다. 상대가 나온다. 이야기를 한다.

"죄송합니다. 거래처 팩시밀리 번호와 착각한 것 같습니다. 이 번호는 팩스가 아니지요?"

그 반복이었다. 그가 맡은 오십 개의 반 이상을 걸어도 사에구사가 말한 '삐' 하는 소리는 들려오지 않는다.

그녀는 그의 옆에서 계속 귀를 기울이고 있었다. 그가 스물일곱 번째 번호의 체크를 끝내고 전화를 끊은 뒤 작게 말했다.

"정말 팩스일까."

그는 다음 번호를 누르면서 대답했다. "해 볼 가치는 있어."

"그건 그렇지만……."

전화가 통했다. 이번에는 '이 번호는 현재 사용되고 있지 않습니다'라는 녹음이 들려온다. 그는 그 번호에 가위표를 하고 다음으로 넘어갔다.

"팩시밀리라는 단어의 의미는 바로 알았어. 당신도 그랬어?"

"응. 그런 것까지 기억에서 사라진 건 아니야. 어젯밤에도 그 이야기를 했지만, 일반적인 지식은 제대로 남아 있어."

다시 전화가 연결되었다. 이번에는 사람 목소리가 나왔다. 이것도 가위표다.

결국 오십 군데에 다 걸어서 그가 분담한 번호 중에는 팩시밀리 번호는 없다는 것을 알았다. 주르르 늘어선 가위표를 보고 있으니 문에서 노크 소리가 나고 사에구사가 얼굴을 내민다.

"어때?"

"이쪽은 전부 아니었습니다."

그러자 사에구사는 손바닥으로 통 하고 바지의 허벅지 쪽을 두드렸다.

"나한테는 딱 하나 있었어. 이거야. 와 봐. 확인해 보지."

희미하게 오른쪽 다리를 끌면서도 사에구사는 재빨리 706호실에 돌아간다. 그도 그녀의 손을 잡고 일어섰다.

"한 개뿐이었구나."

"그래. 하지만 발견되었어."

힘이 난 그와 대조적으로 그녀는 가볍게 고개를 갸웃하고 있다.

706호실에 들어가니 사에구사가 벽에 바싹 붙여놓은 책상 위에서, 먼지 방지용 커버를 벗기고 있었다.

"뭔지 알겠나?" 그에게 묻는다.

"압니다."

워드프로세서와 팩시밀리다. 접속 코드는 어수선했고 가끔 사용할 뿐 어지럽게 놓여 있다는 느낌이지만, 기계 자체는 비교적 새것이다.

"이걸로 그 번호에 보내 보는 거야."

"뭘 보냅니까?"

"그냥 보고 있어."

사에구사는 웃으며 그렇게 말하고, 책상 서랍 안을 휘젓고 있다. 머지않아, "있다" 하고 중얼거리고 한 장의 하얀 복사지 같은 종이를 꺼내어 그 위에 뭔가 적었다. 그 후 팩스의 전원을 넣고 송신 작업을 시작했다.

"잠시 기다려 봐." 그대로 팔짱을 끼고, 작은 소리를 내며 기계 속으로 빨려 들어가는 종이를 바라보고 있다.

하나밖에 없는 소파에 그녀를 앉히고 그는 벽에 기대고 있었다. 머지않아 송신이 끝나자 사에구사는 종이를 거두고, 다시 한번 "잠시 기다려. 바로 효과가 있을 거야"라고 말했다. 담배에 불을 붙이고 창가에 서서 피우고 있다.

사에구사가 무엇을 했는지 몰라서, 그도 사에구사의 말대로 하고 있을 수밖에 없었다. 멍하게 방 안을 둘러보았다.

706호실은 707호보다 약간 좁았다. 가로 폭이 좁은 것이다. 방의 배치는 똑같았고 식당 겸 주방과 그 안쪽에 방이 있어 침실 겸 거실로 쓸 수 있게 되어 있다. 베란다가 붙어 있지만 창문이 정면에만 있어서 채광은 별로 좋지 않다. 아침나절밖에 해가 들지 않는다.

어젯밤 이 집에서 잤을 때 그는 소파 베드에서 잤다. 매우 지쳤고 아침은 아침대로 멍하게 있었기 때문에 찬찬히 집의 내부를 관찰하는 것은 지금이 처음이나 마찬가지였다.

707호 못지않게 살풍경한 방이다. 주방에 놓인 가전 제품의 종류나 숫자도 비슷했다. 안쪽 방에는 침대, 자그마한 책장, 콤팩트한 오디오용 수납선반에는 휴대용 텔레비전과 테이프 덱. 방 가운데에 유리 테이블 하나와 소파 베드. 그 외에는 책상뿐.

"사에구사 씨, 언제쯤 여기로 이사 오셨습니까?"

물어보니 사에구사는 이쪽에 등을 돌린 채 대답했다. "한 달쯤 전에."

그렇다면 이사한 지 아직 얼마 되지 않아서 가구가 갖추어지지 않은 것은 아닌 모양이다. 그저 심플한 방을 좋아하는 걸까.

이 집 안에서 '저널리스트'라는 직업에 어울리는 느낌이 드는 물건은 워드프로세서와 팩시밀리뿐인 것 같다. 책장 안도 많이 비어 있다. 신문 축쇄판 몇 개쯤과 사전과 소설이 몇 권. 논픽션도 몇 개쯤 늘어서 있다. 야나기다 구니오, 사와키 고타로, 도우스 마사요……. 그런 저자 이름이 기억에 있다는 사실을 깨닫고 그는 현실이 한 걸음씩 아주 느릿하기는 하지만 자기 쪽으로 돌아오는 것을 느꼈다.

책장 안의 책은 이 집 주인의 지향이나 성격을 말해 준다고 할 정도로 특색이 있는 것은 아니었다. 딱 한 가지 약간 이상한 것은 대형 판 사진집 같은 것으로 'SFX 특수촬영의 기술과 실천'이라는 제목이 붙어 있다. 표지에는 우주공간에 떠 있는 정교하게 만들어진 매우 가벼워 보이는 로켓의―아니 일종의 전투기일까―사진이 나와 있다. 영화라는 것을 알았다.

그렇다고 해도 사에구사 다카오라는 저자의 책은 보이지 않는다. 역시 '자칭' 저널리스트인가―라고 생각하면서 그는 책장을 떠났다.

에어컨을 틀어 놓았지만 집 안 공기는 정체되어 있다. 사에구사도 그것을 느꼈는지 담배를 손에 든 채 창문을 열고 베란다로 나갔다. 알루미늄 새시의 문턱을 넘을 때 불편한 쪽의 다리가 약간 걸린다.

"우아, 오늘도 쨍쨍하게 비치는군."

그렇게 말하면서 사에구사가 베란다를 걷기 시작했을 때―

"위험해!"

그는 무의식중에 소리쳤다.

사에구사가 깜짝 놀라 멈춰 서서 이쪽을 돌아본다. 그녀가 놀라서 반쯤 일어나려 하고 있다.

"뭐야?"

"무슨 일이야?"

쏘아붙이듯이 질문 받았지만 그는 대답을 할 수 없었다.

머릿속을 다시 그 꿈의 비가 가로질러 간다. 과일이 머리 위에서 내려오는 환영 같은 광경. 냉장고 안에서 사과를 발견했을 때, 느닷없이 찾아왔던 경치가 머리의 안쪽에서 천이 뒤집히듯이 한 순간만 보인 뒤 다시 사라졌다.

"왜 그래?"

사에구사는 '위험해!'라는 말을 들었을 때 누구나 그렇게 하듯이 영문을 모르고 움직이지 않은 채 그 자리에 우뚝 서 있다.

"죄송합니다······. 왜 그런지—저도 모릅니다."

베란다에서 사에구사는 지그시 그를 지켜보고 있다. 그는 이마에 손을 대고 몇 번이고 눈을 깜빡여 보았다.

사에구사는 움직이지 않고 서 있다. 베란다에—아니, 베란다 끝에 설치된 소형 테이블 정도 크기의 사각 공간 위에.

그는 베란다로 다가갔다. 잘 보니 그 사각 공간은 두께 오 센티미터 정도의 금속제 뚜껑 모양으로, 그 위쪽에는 글자가 잔뜩 씌어 있었다.

'피난 사다리'라고 커다란 글자로 써 있고 그 아래에,

'이것은 긴급피난용 해치입니다. 화재 등의 경우 이곳에서 아래층으로 내려갈 수 있습니다. 이 뚜껑의 상부를 세게 아래로 차면 뚜껑이 떨어지고 동시에 사다리가 하강합니다. 비상시 이외에는 사용하지 말아 수십시오. 이 위에 물건을 놓지 말아 주십시오'라고 작은 글씨로 '세게 차다' 부분은 빨간 글씨로 강조하고 있다.

뚜렷한 염려를 얼굴에 드러낸 사에구사는 "왜 그래?" 하고 다시 한번 물었다.

그는 고개를 흔들고 방금 전 지나간 '꿈의 비'에 대해 설명했다. 사에구사는 진지한 얼굴로 듣다가는 "메르헨이군" 하고 웃으며 말했다.

그때 오디오 선반 위에 놓인 전화가 울리기 시작했다. 사에구사는

그의 옆을 지나 방으로 돌아가 서둘러 수화기를 들었다.

"네, 도쿄 통신시스템 서비스입니다"라고 또렷또렷한 목소리로 말한다. 무슨 일일까. 그는 무심코 그녀의 얼굴을 바라보았다. 그녀의 시력이 건재하다면 둘이서 의심스러운 듯한 얼굴로 마주 보았겠지만.

"네? 정말입니까?" 사에구사는 놀란 얼굴을 하고 있다. "정말 죄송합니다. 그쪽의 팩스 번호는? 네……. 네……. 어라, 번호는 맞습니다. 그쪽은 미요시 제작소가 아닙니까? 병원? 네? '사카키 클리닉'입니까. 장소는 신주쿠지요, 국번으로 봐서―아하, 그렇습니까, 아니, 정말 죄송합니다. 다시 한번 잘 조사해 보겠습니다."

전화를 끊고 이쪽을 향해 싱긋 웃었다.

"알았어. 그 지도를 팩스로 보낸 것은 사카키 클리닉이래."

"병원이군요?"

"어떤 병원일까."

"뭐, 잠깐 기다려. 그건 이제부터 조사할 거야. 우선은 104에 전화해서, 신주쿠에 있는 사카키 클리닉의 번호를 묻는다. 그리고 그곳에 당신이 전화를 걸어." 사에구사는 그를 손가락으로 가리켰다.

"내가 하면 목소리가 똑같으니까 곤란해. 그쪽에 방문하고 싶은데 어떻게 가면 되냐고 묻는 거야. 신주쿠라고, 알겠나?"

그는 그 지명을 머릿속에서 되새겼다. "알 것 같습니다."

사에구사는 책장에서 지도를 빼내어 도쿄 도都 전역의 도면에 전철 노선도가 겹쳐 있는 페이지를 펼쳐 보여 주었다.

"어디 근처야? 찾아서 가리켜 봐."

거의 바로, 그는 야마노테 선 원 위에 있는 JR 신주쿠 역의 위치를 가리킬 수 있었다. 비스듬하게 누운 물고기 같은 모양을 하고 있는 도쿄의 딱 배 부분이었다.

"지금 우리가 있는 곳은 이쪽. 야마노테 선의 원 밖, 신주쿠와는 반대쪽이군."

사에구사가 손을 움직여 하나하나 짚어 간다.

"네에, 압니다."

"도쿄의 지리를 알고 있는 듯한 느낌은 드나?"

그는 천천히 생각했다. "복도에 나가서 도쿄 타워를 봤을 때는 바로 알았습니다. 하지만……."

그때 문득 '다카다노바바'라는 단어가 떠올랐다. 입에 내어 보자 사에구사가 놀랐다.

"다카다노바바라면 신주쿠 바로 옆이다. 가 본 적이 있어?"

"……있을지도 모릅니다."

계속 가만히 있던 그녀가 말참견을 했다.

"사에구사 씨, 우리는 왠지 모르겠지만 도쿄 사람이 아니라는 느낌이 들어요. 그렇지 않아?"

첫 질문은 그를 향한 것이었다. 그는 사에구사에게 끄덕여 보았다.

"그러네요. 아까도 그녀와 이야기했지만, 일반적인 지식은 제대로 머릿속에 들어 있습니다. 그래서 가스 회사 사람과도 이야기했고 전화도 걸 수 있었습니다. 팩시밀리가 뭔지도 알고 있고. '클리닉'이라고 들으니 그게 병원 같은 의료기관이라는 것도 압니다. 그런데, 도쿄의 지리에 관해서는 희미한 지식밖에 없다는 건 기억을 잃기 전에도 그 정도밖에 몰랐던 게 아닐까 하는 생각이 드네요."

사에구사는 가볍게 양손을 펼쳐 보였다. "가능해. 타당한 해석이야. 지방에 살아도 도쿄 타워나 신주쿠나 하라주쿠 정도는 알고 있고. 그렇다는 것은 말이야, 거꾸로 당신들의 머릿속에 선명하게 남아 있는 지명을 검토해 가면 당신들이 살던 곳으로 이어진다는 말이군."

사에구사는 만족한 듯이 웃었다. "그러나 지금은 우선 사카키 클리닉으로 돌아가자. 전화를 걸 수 있겠나?"

"오케이. 하지만 가르쳐 주세요. 방금 어떻게 상대방이 전화를 걸게 했습니까?"

"이거야." 사에구사는 아까 송신한 종이를 보여 주었다. 크기가 제각각인 문자나 기호, 굵기나 농도가 가지각색인 줄이 지면을 빽빽이 채우고 있다.

"이 팩스를 달았을 때 업자가 사용한 테스트 패턴이다."

그리고 칸 밖에는 조금 커다란 문자로······.

'수리점검 후의 테스트 송신입니다. 수신되었으면 즉시 전화 주십시오. 도쿄 통신시스템 서비스 리스 업무부'

그 아래에 이 집 전화번호가 씌어 있다.

"과연."

"대개의 인간은." 사에구사는 웃었다. "책임감이 강하니까. 틀렸다는 걸 알면 제대로 알려 주거든."

104를 통해 사카키 클리닉의 전화번호는 바로 알 수 있다. 대표

번호라고 하니까 동네 병원같이 작은 곳은 아닐지도 모른다.

이번 전화는 여태까지와는 차원이 다르다. 그는 긴장해서 목이 칼칼해졌다. 어떤 상대가 받아, 어떤 사실이 튀어나올까 생각하니, 등이 땀으로 흠뻑 젖었다. 물이라도 마시면 조금은 진정될까 생각했지만, 주방 수도꼭지에서 따른 물은 미지근한데다 지독한 쇳내로 오히려 속이 안 좋아질 것 같았다.

"기운 내." 사에구사가 어깨를 두드렸다.

"깜짝 상자를 열 때 같은 기분입니다."

걸어 보니 호출음이 한 번 미처 울리기 전에 여자 목소리가 받았다. 가는 길을 물어보니 상세하게 가르쳐 준다. 사에구사는 전화기의 스피커폰 버튼을 눌러 목소리를 밖으로 나오게 한 뒤 옆에서 메모를 하고 있다.

어떤 병원인지 묻고 싶지만 물으면 이상하게 여길지 모른다. 감사를 표하고 전화를 끊으려 했을 때 상대가 질문했다.

"혹시 소개장은 있으신가요?"

그는 거짓말을 들은 듯한 기분이었다. "네?"

"외래환자 분은 소개장이 없으면 진찰하지 않습니다. 댁의 환자 분은 급환이십니까? 본인이세요?"

"아니—제가 아닙니다. 가족입니다."

그는 대답하고, 사에구사의 얼굴을 살폈다. 그대로 대충 말을 맞추라는 눈빛으로 끄덕이고 있다.

전화의 여자가 말을 잇는다. "혹시, 알코올 중독이십니까? 그렇다면 저희 쪽에서 다른 병원을 소개해 드릴 수도 있는데."

알코올 중독?

"여보세요? 듣고 계십니까?"

"아, 네, 죄송합니다."

"저, 알코올 중독이 아니고 소개장이 없으면 오셔도 헛걸음이 됩니다. 어떤 환자 분이신가요."

그가 선 채 꼼짝 못하고 있자, 사에구사가 전화를 바꾸려고 앞으로 나왔다. 그는 고개를 흔들어 거절하고는 입술을 적시고 나서 말했다.

"저어—저희도 잘 모릅니다."

"밤에 잠을 못 잔다든지, 회사나 학교에 못 가게 되었다든지?"

사에구사가 끄덕인다.

"아, 못 자는 것 같습니다."

상대방의 말에 맞추면서도 그는 두근두근하기 시작했다.

"아, 그렇구나. 불면이요. 다른 건? 구체적으로 무슨 말을 합니까? 사리에 맞지 않는 소리를 하나요?"

사에구사가 눈썹을 치켜 올리고 천천히 입술을 움직여 '매일 불안해서 견딜 수 없다, 스트레스에서 오는 노이로제가 아닐까 생각한다'라고 했다. 그는 사에구사에게 끄덕여 보이고 전화를 향해 그대로 말했다.

"매일 불안해서 견딜 수 없다고……. 스트레스로 인한 노이로제가 아닐까 합니다."

사에구사가 크게 끄덕인다.

스트레스. 노이로제. 점점 초점이 맞아 오는 듯 말의 의미가 떠올랐다. 당연한 결과로서 그에게도 사카키 클리닉이 어떤 병원인지 대충 짐작이 갔다. 목이 완전히 말라붙었다.

전화를 받은 여자는 안됐다는 듯이 말했다. "죄송합니다만, 저희 쪽에서는 봐 드릴 수 없습니다. 아는 병원이 전혀 없으세요?"

"네. 거기가 좋은 병원이라는 소문을 들어서 걸어 보았습니다."

"사는 곳은 어디죠? 도쿄 도내입니까?"

"그렇습니다. 신주쿠와는 반대쪽입니다만."

"그렇군. 고토 구라든지 에도가와 구라면 보쿠토 병원이 좋습니다. 그곳에는 정신과 구급 외래가 있으니까요. 문의해 보시는 게 어떻겠습니까?"

정중하게 감사의 말을 하고 수화기를 놓는다. 너무나 의외라서 손에 땀이 났다.

사에구사는 턱을 당기고 있다. "정신과인가."

"우리, 진찰받으러 가는 편이 좋을지도 모르겠어." 그녀가 중얼거렸다.

20

범퍼가 찌그러진 사에구사의 애차에 올라타고 여자가 가르쳐 준 길을 더듬어 사카키 클리닉을 향하는 동안에도 그는 차창으로 보이는 경치에 주의를 기울여 기억을 자극하는 것이 없는지 어떤지 신경을 쓰고 있었다.

고마쓰가와 램프에서 수도 고속도로로 들어가 곧장 서쪽으로 달린다. 사에구사는 버스 가이드처럼 군데군데 보충설명을 넣었다.

"이 악명도 높고 요금도 비싼 수도 고속에 관한 기억은 없나?"

"복사된 지도를 봤을 때는 바로 고마쓰가와 램프를 알았고, 그것이 수도 고속의 출입구 중 하나라는 것도 바로 머리에 떠올랐습니다."

"당신, 차 운전은 어떤가. 지금 나를 보니 어때? 해 본 기억은 있나?"

핸들. 클러치. 액셀. 브레이크. 백미러에 비치는 뒤 차. 추월차선. 창밖을 스쳐지나가는 다양한 표식.

"운전은 할 수 있었을 겁니다. 네에, 한 적이 있습니다. 제 차를 갖고 있었던 느낌이 듭니다."

그것은 확신에 가까웠다. 차에 탄다는 상황이, 이 기분 좋은 진동이 잠들어 있는 무언가를 흔들어 깨우기 시작한 것이다.

그가 느닷없이 말해 사에구사는 놀랐다. "노클러치다."

"뭐?"

"제 차 말입니다. 노클러치였어요. 당신이 맹렬히 클러치를 바꾸는 모습을 보고 생각이 났습니다."

"오토인가. 그건 여자나 타는 거야. 차종이나 차 색깔은 떠오르지 않나? 번호라면 더 좋고. 그것만 알면 바로 당신 신원을 파악할 수 있는데."

그는 머리에 손을 대고 의식을 집중했다. 그러나 자꾸 팔랑거려서 잡을 데가 없는 커튼의 바다를 헤엄치는 듯, 떨쳐도 떨쳐도 지독한 안개가 껴 있다.

떠올리려고 의식하면 안 되고 멋대로 떠오르는 채로 맡겨두는 편이 좋은가. 가구 틈으로 작은 핀을 떨어뜨려 버렸을 때와 같다. 손가락을 집어넣어 잡으려고 할수록 핀은 안으로 들어가 버린다.

"강이야." 갑자기 그녀가 말했다. 그는 창밖으로 눈길을 돌렸다.

그 말대로 차는 지금 폭이 좁은 강을 건너고 있다. 빈틈없이 콘크리트로 발라진 제방의 가장자리까지 빌딩이 늘어서 있어서 물은 회색 일색. 온통 칠이라도 한 듯이.

"어떻게 알았어?" 사에구사가 그녀에게 물었다.

"소리. 넓은 곳에 나간 듯한 느낌이 들었고. 게다가 바람이 습한걸."

"감이 좋군."

그는 다시 그녀의 과거를 생각했다. 예전에도 눈이 보이지 않았던 적이 있었는지 모른다.

아니면 단지 그녀의 순응성이 높은 것뿐일까?

"지금 건넌 것은 스미다가와 강이다. 기억이 나나?"

'스미다가와'라는 인식은 없다. 그러나 저것과 비슷한 광경을 본 적이 있다. 자꾸만 그런 느낌이 들었다.

"차 말고 다른 것을 타도 이 강을 건널 수 있죠?"

"물론이지. JR 소부 선에 타도 보여. 버스도 다니고. 다리가 많이 있으니까."

조금 더 가니 길은 심하게 정체됐다. 달리다 서고, 달리다 선다.

"맞지, 이러니까 악명 높다는 거야. 전혀 고속이 아니잖아? 하코자키에서 밑으로 내려가자. 되도록 여러 군데를 달리는 편이 자극이 될지도 모르고."

사에구사는 그렇게 말하고 시내를 달렸다. 신호 때마다 정차한다고는 해도 그 편이 더 쾌적하다. 그는 가만히 지나쳐 가는 길을 바라보았다.

"매우 막연하기는 하지만……."

"응?"

"좀더 녹음이 우거진 곳에 있었던 기억이 납니다."

"시골인가?"

"아니, 도시입니다. 다만 이런 식으로 아스팔트와 빌딩만 있는 경치가 아니라, 녹지나 가로수가 많았고. 게다가……."

머릿속에서 비치는 색조가 옅은 광경에 그는 힘껏 초점을 맞췄다.

"게다가, 뭐지?"

"길 건너편에 산이 보이는 듯한 느낌도 듭니다."

핸들에 손을 댄 채 사에구사는 불쑥 시선을 들어 룸미러 안의 그의 얼굴을 보았다.

"정말인가?"

"네. 당신은 어때?"

그녀는 멍하니 창밖을 바라보고 있었지만 이쪽으로 눈을 돌려, 가볍게 고개를 흔들었다.

"잘 모르겠어……. 나한테도 경치가 보인다면 몰라도."

사에구사는 앞으로 주위를 돌리고 신중하게 말했다. "요즘에는 지방. 지방이라고 해도 대도시의 풍경은 도쿄와 비슷하니까. 자연이 남아 있는 만큼, 여기보다 살기 괜찮은 정도야. 삿포로라든지, 모리오카, 니가타, 센다이……."

갑자기 한방 맞은 듯이 그는 펄쩍 뛰었다.

"센다이!"

"들은 기억이 나?"

사에구사가 돌아보다가 차가 덜커덩 흔들려 옆을 달리던 트럭과 부딪칠 뻔해서 허둥지둥 핸들을 꺾었다. 그 바람에 그녀가 균형을 무너뜨려 그에게 매달리는 것처럼 되었다.

"센다이?" 그녀는 반쯤 그에게 달라붙는 자세로 큰 소리를 지른다. "나도 기억해. 알겠어!"

속도를 줄이고 자세를 바로 하면서 사에구사는 커다랗게 숨을 내뱉었다.

"대히트군. 어쩌면 내일이라도 당신들을 신칸센에 태우게 될지도 모르겠네."

애써. 흥분을 식히고 그가 말했다. "그렇지만 그저 '센다이'만이라면 '도쿄'와 별 차이가 없습니다."

전방에 고층 빌딩이 몇 개쯤 보였다. 스모그에 둘러싸인 하늘을 향해 거인이 어깨를 서로 맞대듯이 우뚝 서 있다. 사에구사가 한 손을 그쪽으로 흔들어 보였다.

"신주쿠 부도심副都心의 고층 빌딩이야. 스미토모의 삼각 빌딩이라든지, 센터빌이라든지. 뒤쪽에 보이는 약간 땅딸막한 게 호텔 센추리 하얏트. 어때?"

"잘 모르겠습니다. 그렇지만 처음 보는 건 아닙니다. 기억에 있습니다."

"뭐, 어느 쪽이든 관광지 같은 거니까."

사에구사는 대시보드에 놓인 도로 지도에 눈길을 주었다.

"전화로는 오타키바시도리 길로 들어가라고 했지. 거기도 언제나 붐비는 길이지만 시간은 그렇게 걸리지 않아. 금방이야."

사카키 클리닉은 기타신주쿠 1초메, 오타키바시도리 길과 오쿠보도리 길의 교차로 바로 앞에서 왼쪽으로 꺾어 고불고불한 가느다란 길을 두 블록 정도 달린 곳에 있었다.

하얀 타일을 바른 사 층짜리 빌딩이다. 주사위를 두 개 놓고 그 위에 또 하나 얹은 듯한 모습이다. 위쪽 주사위의 한가운데에 시계가 붙어 있었고 그 때문에 작은 학교같이 보이기도 한다.

건물은 도로에서 조금 들어가서 세워져 있고 앞뜰 부분이 전용 주차장이다.

'당 병원에 내방하신 분 이외에는 차를 세우지 말아 주십시오'라는 커다란 팻말이 도로에서 잘 보이는 곳에 걸려 있다. 그리고 지금 그 주차장은 만차였다. 진료 시간인 것이다.

주위가 펜스 같은 것으로 둘러져 있지는 않았다. 양 옆에 있는 가정집 처마 끝이 클리닉과의 경계선 부분까지 튀어나와 있었다.

길에서 잠시 차를 세우고 있으니 바로 뒤에서 요란한 경적 소리가 들려왔다. 좁은데다 노상 주차가 많고 사람의 왕래도 적지 않은 길이다. 바로 막혀 버리는 것이다.

사에구사는 혀를 찼다. "일단 차를 세울 수 있는 곳을 찾지."

주위를 빙글빙글 돌아 결국 근처 가정집 옆에 사람 눈을 피하듯이 해서 차를 댔다. 엔진을 끄고 사에구사는 그녀에게 물었다.

"어떻게 할 거야? 같이 가?"

그는 재빨리 그녀의 얼굴을 보았다.

"데려가면 곤란한 일이라도?"

사에구사는 얼굴을 찌푸렸다. "병원 앞의 저 길 봤지? 좁고 차는 날아다니고 자전거도 가끔 달려. 우리도 주의해서 걷지 않으면 사고가 날지 몰라. 이 아가씨가 걸어다니는 건 위험이 너무 커."

그가 입을 열기 전에 그녀가 말했다. "여기서 기다릴게요."

"차 안에서?"

"네에. 두 분이 갔다 오세요."

문을 꼭 잠그고 그와 사에구사는 차에서 멀어졌다.

"주의해. 그리고 말을 하지 마. 뭔가 떠올라도, 그 클리닉이 당신이 잘 알고 있는 곳이라도 내가 묻기 전까지는 말하지 마."

"클리닉의 의사 선생이나 간호사가 제 얼굴을 보고 '어라, 신기한 일이네, 잘 돌아 왔어' 같은 소리를 해도 말입니까?"

사에구사는 시시하다는 듯 콧소리를 냈다. "그런 목가적인 결말이 기다려 주면 최고겠지만."

"그냥 말해 봤을 뿐입니다." 그는 웃었다. 속편한 표정을 하면 죽을 만큼 벌벌 떠는 걸 들키지 않을 수 있을까, 라고 생각하면서.

21

사카키 클리닉의 앞뜰은 깨끗하게 포장되어 있다. 차가 다섯 대 세워져 있는데 외제 차가 그중 세 대나 있었다.

"부자 전용 클리닉인가." 사에구사가 말한다.

정면 현관은 한쪽이 열리는 자동문으로, 그와 사에구사가 다가가자 소리도 내지 않고 스르륵 안쪽으로 열렸다. 들어간 곳은 아주 좁은 로비로 심플한 응접세트 하나와 왼쪽에 작은 접수 창이 있다. 정면에는 문이 있어, 아마도 환자는 그곳을 통해 안으로 들어가는 모양이다.

사에구사는 로비를 한차례 둘러보고 나서, 작은 접수 창을 살짝 노크했다. 불투명유리의 건너편에서 하얀 사람 그림자가 어른거리나 했더니 여성의 얼굴이 나온다.

"누구시죠?"

"죄송합니다. 아까 전화로 이쪽으로 오는 길을 물어본 사람인데."

사에구사가 의외일 정도로 정중한 목소리를 냈다. 이런 때를 위해 마음속 어딘가 깊은 곳에 넣어 둔 목소리일지도 모른다.

"전화로?" 접수 여성은 고개를 갸웃했다. 백의의 가슴께에 '안자이'라는 명찰이 보인다.

"네. 친절하게 가르쳐 주셨는데."

순간 '안자이'의 얼굴이 불쾌한 듯이 일그러졌다.

"어머, 어째……. 그러니까 환자 분을 데리고 오셨군요?"

"아니, 환자는 일단 집에 두고 왔습니다. 잠시 상담만이라도 할 수 없을까 해서……."

'안자이'는 관자놀이 주변을 새끼손가락으로 긁으면서 사에구사와 그의 얼굴을 올려다보았다.

"저희는 원칙적으로 소개장이 없는 분은 봐 드리지 않고 있습니다. 선생님이 한 분밖에 안 계셔서요. 대학병원 쪽에서도 환자가 들어오고. 전화를 받은 분은 그런 이야기를 설명하지 않았습니까?"

"네에, 들었습니다." 그가 불쑥 끼어들었다. 바보같이 우뚝 서 있어 봤자 쓸모가 없다고 생각한 것이다. 사에구사의 눈에 분개한 듯한 빛이 재빨리 스쳤지만 신경 쓰지 않기로 했다.

"그렇지만 와 보면 어떻게 되지 않을까 해서요. 길도 자세히 가르쳐 주셨고."

"곤란하네."

'안자이'는 휙 뒤를 돌아본다. 회전의자에 앉아 있는 사람 같다.

"오타 씨, 아까 전화로 문의를 받은 건 당신인가."

"네? 전화요?" 거친 어투의 대답이 돌아온다. '안자이'가 의자에서 일어나 안으로 가니 그만큼 시야가 열렸다.

접수 창은 허리를 약간 굽히지 않으면 들여다볼 수 없는 높이에 붙어 있다. 사에구사도 그도 비교적 장신이라서 얼굴을 가까이 들이밀 듯 안의 상황을 살펴야 했다.

사무실은 밖에서 보기보다 훨씬 넓고 안쪽이 깊은 듯했다. 중앙에 책상이 네 개. 전화가 두 대. 벽에는 캐비닛이 주르르 설치되어 있다. 방 반대쪽에는 빨강 파랑 노랑의 삼색 파일이 밖에서 봐서는 알 수 없는 정돈 방법에 따라 벽을 빽빽이 채우고 있었다.

파일 선반 옆에 오프화이트 색 팩시밀리가 설치되어 있다.

사람은 셋인 것 같다. '오타'와 정장 차림의 젊은 남성이 한 사람. 그는 책상을 보고 있어 이쪽에 등을 돌리고 있다. 그와 지금 '오타'씨라고 불린, 역시 백의를 입은 여성이다. '안자이'의 뒤에 가려 얼굴이 보이지 않는다. 두 사람이 소곤소곤하고 빠른 말투로 대화를 나누고 있다.

그러자 정장을 입은 남자가 일어나 이쪽을 신경 쓰면서 백의의 여성들에게 말했다.

"그러면, 저는 실례하겠습니다. 사카키 선생님께 잘 전해 주십시오. 입하되면 바로 팬비탄을 가져오겠습니다."

'안자이'가 잠시 어깨 너머로 돌아보고 젊은 남자에게 끄덕인다.

"수고했어."

"제약 회사 프로퍼군." 사에구사가 목소리를 낮춰 말했다.

"프로퍼?"

"판촉원이야. 영업 말이지."

정장 남자는 일단 두 사람의 시야에서 사라져 바로 로비의 문으로 나갔다. 커다란 서류가방을 늘어뜨리고 이쪽에는 눈길도 주지 않고 자동문을 지나 앞뜰로 나가, 두 대의 외제 차에 끼인 듯이 세워 놓은 하얀 국산 차에 올라 한 번에 시동을 걸고는 조급하게 달려간다. 차체 옆에 씌어 있는 회사명이 흘끗 보였다. '야베 제약 도쿄서 영업소'.

드디어 '안자이'가 돌아왔다. 순간 그녀의 뒤에 있던 '오타'라는 여성의 얼굴이 보였다. 동그란 얼굴에 안경, 그러나 '안자이'보다는 젊은 여성이다. 불룩하게 볼을 부풀리고 있다.

'안자이'도 눈은 화나 있지만 얼굴만은 어떻게든 웃음을 지으려고 노력하고 있었다.

"죄송합니다."

"결국 안 됩니까. 사카키 선생에게 진료받을 수 없을까요."

사에구사가 실망한 목소리를 낸다. 실수 없이 의사의 이름을 대고 있다.

"네, 그렇습니다. 죄송합니다. 선생님은 어디서?"

"지인이 예전에 진료받은 적이 있습니다."

"여기서?"

"아니, 대학병원 쪽이었습니다."

"그렇군요……. 그쪽으로 가 보시는 편이 빠를 것 같네요."

"그렇습니까. 안타깝지만 어쩔 수 없군."

죄송하다고 다시 한번 말하고 '안자이'는 접수 창문을 닫았다. 쾅 하는 느낌이었다.

둘이서 앞뜰에 나오자, 사에구사가 입술을 한쪽만 움직여서 재빨리 말했다.

"멈춰 서서 이제부터 어떻게 할지 모르겠다는 연기를 해 줘."

그는 끄덕였다. "무엇을 하고 싶은 겁니까?"

"여기에 세워져 있는 차번호를 적는 거지."

사에구사가 그러는 동안 그는 클리닉의 입구에 등을 돌리고, 양손을 바지의 주머니에 쑤셔 넣은 채 어깨를 축 늘어뜨리고 있었다.

"문전박대를 당했네. 다른 데도 이럴까."

"꼭 그렇다고는 할 수 없어. 좋아, 끝났다."

사에구사는 써 넣은 메모를 가슴께의 재킷 주머니에 넣고, 매우 안타깝다는 동작으로, 사카키 클리닉의 건물을 돌아보았다.

"접수의 여자 두 사람은 당신의 지인은 아닌 듯하군."

"저도 기억이 안 납니다."

"그렇게 간단히 될 거라고는 생각하지 않았지만. 분명히 방법은 있을 거야."

"어떻게 하려구요."

"일단, 교통운수국에 가서 적당한 창구에서 상세 등록사항 증명서 신청 용지에 이 차의 번호를 기입하고, 건당 칠백 엔의 수수료를 지불하면 소유자의 주소 성명을 알 수 있어. 가만, 교통운수국이 뭔지 알아?"

"압니다. 이제부터는 우리가 특별히 질문하지 않은 한 알고 있다고 생각해 주시면 될 겁니다."

"그거 잘됐네. 이 다섯 대 중에는 '사카키'라는 선생 본인의 차가 섞여 있을 가능성도 높고, 그렇지 않고 클리닉에 근무하는 다른 인간의 차든 환자의 차든 상관없어. 어쨌든 정보가 되니까."

그는 여름의 햇빛을 반사하는 차체에 눈길을 주었다.

"번거로운 것 같기도 하지만."

"그 외에도 방법은 있어. 이웃에도 지금 물어보자. 뭔가 알 수 있을지도 몰라."

"저 '오타'라는 여성은요?" 그는 클리닉 건물을 돌아보았다. "잘만 하면 내부 일을 이것저것 물어서 알아낼 수 있을지도 모르……."

그가 입을 다물어서 사에구사가 얼굴을 휙 돌렸다.

"왜 그래?"

"사층 창문에서 누군가가 이쪽을 보고 있었습니다."

그는 아직 그 창문에서 눈을 떼지 못하고 있었다. 사층에 네 개 있는 창 중 가장 왼쪽 끝이다. 셔터처럼 빈틈없는 블라인드가 내려져 있다. 그러나 방금 전 그 블라인드의 중간이 약간 브이 자로 벌어졌고 거기서 사람 얼굴이 보였다.

"잘못 본 게 아닌가?"

"아뇨. 확실히 봤습니다. 이쪽이 알아차리자마자 동시에 휙 사라져 버렸어요. 하지만 확실히 봤습니다."

사에구사도 창문을 올려다보고 눈부신 듯이 눈을 가늘게 뜬다. 사층의 창유리에 마침 햇빛이 들어가고 있는 것이다.

"입원 환자일지도 몰라."

"낮부터 그렇게 블라인드를 내리고?"

"일광 공포증이 아닐까?"

"그런 말도 안 되는."

"농담이야. 이제 가지. 언제까지나 꾸물꾸물하고 있으면 이상하게 생각할 거야."

사에구사에게 재촉받아 걸으면서 그는 다시 한번 사카키 클리닉의 하얀 건물을 올려다보았다.

―입원 환자일지도 몰라.

"왜 그래?"

퍼뜩 제정신으로 돌아오니 사에구사가 들여다보고 있다. 그는 이마의 땀을 훔쳤다.

"아니, 아무것도 아닙니다."

22

"거기 사카키 클리닉이지요? 오타 씨, 계십니까?"

수화기를 꼭 쥐고 그녀는 조금 긴장된 어조로 말했다. 보이지 않는 눈이 버튼 쪽을 쳐다보고 있다.

그와 그녀는 사카키 클리닉 근처에 있는 전화 부스 안에 있었다. 주유소 옆이라 주위가 시끄럽고 그가 문에 발을 걸고 있어서 잡음이 들어온다. 그녀는 수화기를 귀에 꼭 눌러 대고 있었다.

"상대가 나오면 적당한 곳에서 내가 받을 테니까."

그녀는 끄덕였다. "친절한 사람이었지? 속이는 것 같아서 미안하네."

"어쩔 수 없어. 우리 일이 우선이니까."

잠시 후 '오타'가 받은 모양이다. 그녀는 등을 굽히고 매우 죄송한 듯 말하기 시작했다.

"오타 씨 되시나요. 저는 하시구치라고 합니다."

'하시구치'는 도로 건너편에 있는 철물점 이름이었다. 하시구치 상점이다.

그는 '오타'라는 여성과 직접 이야기를 하고 싶었다. 그러려면 지금이 좋다. 기회가 있다.

그래서 우선 자기들이 교통운수국에 가도 별수 없다고 하며 사에구사와 헤어졌다. 사에구사는 두 사람과 따로 행동하기를 꺼렸지만, 택시로 돌아가겠노라 약속하고, "그녀가 지쳐서요"라고 말하자 마지못해 혼자서 갔다.

그리고 단둘이 되고 나서 그녀에게 사정을 이야기해 함께 계획을 다듬었다. 전부 사에구사에게 맡기지 말고 이쪽에서 할 수 있는 것은 해 두어야 한다는 그의 주장에 그녀도 동의했다.

"전화한 것은, 저어, 사과하고 싶어서……. 아까, 저희 오빠가 두 사람, 그쪽을 찾아뵈었지요? 갑자기 가도 진찰받지 못하는 걸 아는데 쳐들어가서……. 오빠들 말로는 오타 씨가 야단맞게 되었다고 해서요. 정말로 죄송했습니다."

사에구사와 그를 그녀의 오빠로 만들고, 가공의 아버지가 스트레스에서 오는 노이로제로 괴로워한다는 연극을 꾸며 어떻게든 '오타' 양에게 다가갈 수 없을까―라는 작전이었다.

"네, 네, 그렇습니다. 오빠들은 정말로 고집불통이어서요. 폐를 끼쳤습니다. 제가 계속 말렸지만―제 눈이 보이지 않아서 오빠들이 두고 가 버리는 바람에 혼자서는 쫓아갈 수 없었어요."

'오타' 양이 뭔가 말하고 그녀는 맞장구를 치고 있다.

"그렇습니다. 저희는 이럴 때 어떤 병원에 가면 좋을지 전혀 모르고……. 네? 네에, 아버지가 근무하는 회사가 계약한 병원이 있기는 하지만, 본인이 꺼려서―네에, 사람들의 이목을 염려하고 있습니다."

여기서 그가 전화를 바꾸었다.

"여보세요? 아, 아까는 실례했습니다. 폐를 끼칠 생각은 없었지만, 달리 방법도 없고, 어떻게 해서든 사카키 선생님께 진찰받고 싶어서……."

가는 길을 가르쳐 줄 때의 태도로 보아 근본적으로 친절한 여성일 것이다. 그래서 이야기를 잘하면 만나 줄지도 모른다고 생각했다.

그리고 그 감은 정확했다. '오타' 양은 일이 끝난 후 시간을 내 준다고 했다. 장소를 지정받았다. 신주쿠 역 동쪽 출구 근처에 있는 숯불 로스팅 커피 전문점이라고 한다. 그럼 여섯 시에, 라는 약속을 얻어내고 전화를 끊자, 그는 그녀의 어깨를 안고 가볍게 흔들었다.

"잘됐어. 고마워."

"꺼림칙한데."

"어째서 이런 일을 하는지 그 이유를 잊지 마."

그러나 지금 기분은 나쁘지 않았다. 자신의 발로 서서 걷는다는 실감이 솟아올랐다.

그러나 이제 겨우 네 시가 되었을 뿐이다. 시간을 죽이지 않으면 안 된다.

"어떻게 하지? 어떻게 하고 싶어?"

그녀는 생각하고 있다. 둘이서 전화 부스에 들어가 있으니 눈에 띌 것이다. 주유소의 직원이 한 사람, 이쪽을 바라보고 있다. 주로 그녀 쪽을 쳐다보고 있다. '쳇, 놀고 있네' 하는 얼굴이다. 만일 그가 교대해 준다고 하면 기꺼이 뛰어 들어올 것이다.

"뭐든 상관없어. 돈은 있어?"라고 그녀가 물었다.

사에구사라는 남자는 저래 봬도 꽤 고지식한 듯, 여행용 가방의 돈에는 손을 대려 하지 않았다. 생활비나 행동 자금은 자신이 낸다고 했고 실제로도 그렇게 하고 있다. 그리고 아까 헤어질 때에는 일만 엔 지폐가 몇 장 들어간 얇은 카드 지갑 받았다.

―도쿄에서는 돈이 없으면 아무것도 할 수 없으니까 말이야.

그래서 '오타' 양과 만나는 것을 고려해도 군자금은 충분하다.

"나, 영화를 보고 싶어." 그녀가 말했다. "보이진 않지만 보고 싶어. 밝고 즐거운 게 좋아. 뭐든 상관없어. 골라 줄래?"

"알았어."

"하지만 일본 영화로 해 줘."

"왜?"

"등장인물 속에서 마음에 드는 이름을 찾는 거야. 오타 씨라는 사람을 만나는데 이름이 없으면 안 되잖아. 응, 오빠?"

'오타'는 시간을 엄수하는 사람이었다. 민소매 폴로셔츠에 체크스커트. 천으로 된 커다란 백을 어깨에 늘어뜨리고 한 손에 든 손수건을 빈번히 코끝에 대면서 다가왔다. 약간 뚱뚱해서 땀을 많이 흘리는 체질일 것이다.

"오히려 제가 죄송해요."

두 사람의 앞에 앉아서 입을 열자마자 그렇게 말했다.

"제가 힘이 될 수 있는 일이 있을 것 같지는 않지만, 아버님께 좋을 만한 병원은 두세 곳 알고 있어요. 이것도 무슨 인연이니까 가르쳐 드릴게요."

정말 심성이 좋은 여성이다. 잘 보니 그렇게 젊지도 않다. 삼십 대—중반일까. 쇼트커트 머리와 화장기 없는 볼에 윤기가 흘러 젊어 보이는 것이다.

"다시 말씀드리지만 저는 오타 아케미입니다."

그와 그녀는 하시구치 노리오, 히데미라는 이름을 댔다. 아까 본 영화에 등장한 커플의 이름이다.

그는 긴장해서 아케미를 불러낸 것을 후회하기 시작했다. 부친이 노이로제라서—라고 말을 꺼냈기 때문에 그 거짓말을 그럴싸한 얼굴로 끝까지 밀고 나가야 한다. 그러나 그도 그녀도, 그것을 위해 밑준비 같은 것을 할 생각은 미처 못 했다.

그러나 아케미는 두 사람의 '부친'의 증상에 관해서는 거의 질문하지 않았다.

"저는 그냥 사무원이라 병에 대해서는 모르니까"라고 말하고 그 대신 이곳저곳 병원의 이름을 대면서 비용은 어느 정도 들고 병원에 따라 치료 방법이 다르다는 등의 현실적인 설명을 해 주었다.

"아버님은 물론 건강보험에 가입되어 있으시죠?"

"네? 아, 네."

"그렇다면 입원했다고 해도 드는 돈은 다른 때와 같은 정도입니다. 특실이 있는 병원 같은 데만 가지 않으면 그렇게 걱정할 일은 없어요. 하지만 아까 전화에서는 아버님이 회사에서 지정한 병원에서는 진찰받고 싶지 않다고 하신 것 같은데 다른 병원이라면 괜찮다는 생각이신가요?"

"그렇……다고 생각합니다."

가공의 부친상을 유지해 가기는 꽤 힘들었다.

"그렇군요……. 아니, 이른바 노이로제 환자 분 중에 옆에서 봐도 꽤 이상할 만큼, 가족은 의사에게 진찰받기를 권하지만 본인이 완고하게 '그럴 필요 없어!'라고 우기는 케이스도 있거든요. 그런 사람은 억지로 입원시키면 도리어 역효과가 나는 경우도 있어요. 가족이 곁에 있고 따뜻하게 지켜보는 가운데 통원 치료하는 편이 좋죠."

"그렇군요."

"네, 미국 같은 곳에서는 그렇지 않지만 일본에서는 아직 정신과 의사에게 진찰받는다는 사실만으로도 벌써 엄청나게 부끄러운 일처럼 여기는 사람들이 많아요. 사회에서 낙오되어 버렸다고 생각하는 건지. 그거야 뭐, 요즘 사회에 마음의 병을 앓은 후에 나은 사람을 제대로 받아들여 줄 수 있는 도량도 설비도 없다는 게 나쁘지만요. 그러면 안 되죠. 아무리 건강한 사람이라도 일생에 한 번은 병에 걸리잖아요? 그와 마찬가지로 마음도 아플 수 있고, 그게 유난히 특별한 일은 아니니까요."

"네에."

거듭 개탄하는 아케미에게 그는 애매하게 동의했다.

"사카키 선생님은 좋은 선생님이시죠." 이번은 하시구치 히데미가 된 그녀가 말했다.

"네에, 그야 물론." 아케미는 몸을 앞으로 내밀었다. 어쩌다 테이블 위의 커피잔에 팔꿈치가 부딪혀 호박색 액체가 튀었다. 아케미는 커피에 손도 대지 않았다.

"가족처럼 친절하게 환자 분을 진찰해 주는 정말로 훌륭한 선생님이시죠. 치료가 끝나고 나서도 취직 뒷바라지나 사는 곳 걱정까지 해 주시니까."

열심히 그렇게 말한 뒤 아케미는 쑥스러운 듯 눈을 깔았다.

"덕분에 너무 많은 환자 분을 봐 드릴 수 없어서 오늘처럼 문전박대당하시기도 해요. 죄송합니다."

"아니, 괜찮습니다. 상관없습니다."

"그 대신, 예를 들어 다른 좋은 병원이 있는가, 그런 문의라면 얼마든지 대답해 드립니다. 그러니까 저도 이렇게 여기 나온 거죠. 사카키 선생님도 그런 쪽으로 할 수 있는 게 있다면 환자 분의 힘이 되어 주라고 언제나 말씀하십니다. 선생님을 냉정하다고 오해하지 말아 주세요."

"알고 있습니다."

연기를 하고 있다는 긴장감 속에서, 그는 문득 아케미에 대해 따뜻한 무언가를 느꼈다. 이 사람, 사카키라는 의사를 연모하는 게 아닐까.

"젊은 선생님이십니까?" 그녀가 물었다. 아케미는 끄덕인다.

"아직 서른여덟이시니까요."

"대학 병원에서도 환자가 온다고 하셨죠?" 이번에는 그가 묻는다.

"네에. 일주일에 이틀은 그쪽에서도 환자를 보세요."

"클리닉도 있고 양쪽으로 힘드시겠군요."

"그렇죠. 하지만 자기 클리닉을 가지는 게 꿈이었다니 어쩔 수 없는 거고……."

아케미는 끝부분에서 어쩐지 말을 흐렸다. "어쩔 수 없다"는 말투에도 그는 뭔가 걸리는 것을 느꼈다.

"사카키 클리닉에 입원 환자는 없습니까?"

"원칙적으로는 모두 통원입니다. 그렇지만 가끔 예외적으로 환자분을 맡는 경우도 있어요."

"지금은? 아니, 저기 낮에 찾아갔을 때 사층 창문으로 누군가 보였거든요."

"사층?" 아케미는 고개를 갸웃한다. "아, 맞아. 있어요. 젊은 여자애가. 지난주 주말에 급환으로 들어왔어요. 선생님 아는 분의 따님인 것 같은데. 이런 경우는 특례입니다."

변명하는 듯한 말투였다.

"그런 일도 있겠지요. 그러면 사카키 클리닉에는 간호사 분도 있습니까?"

이번에야말로 아케미는 조금 의심스럽다는 얼굴을 했다.

"왜 그런 것을 알고 싶어 하시죠?"

"아니, 오늘 보니까 간호사 분이 전혀 없는 것 같아서요. 정신과란 간호사가 없고, 다른, 카운슬러 같은 사람이 있나 했습니다."

아케미는 웃음을 터뜨렸다. "그렇지 않아요. 간호사도 다 있습니다. 우리 병원에는 무서운 사람이 있어요. 사카키 선생님의 감시역."

"감시 역?"

아케미는 살짝 혀를 내밀었다. "어머나, 말이 지나쳤네. 뭐, 베테랑 간호사님이라는 의미예요."

이야기를 돌리기 위해 아케미는 손을 뻗어 컵을 들어 올렸다. 끝

낼 때인가, 라는 생각이 들었다.

"이것저것 감사합니다. 가르쳐 주신 병원으로 가 보겠습니다. 하지만 마지막으로 한 가지만. 오타 씨, 전화에서는 알코올 중독 환자라면 다른 병원을 소개해 줄 수도 있다고 말씀하셨죠? 그건 무슨 말입니까?"

"아, 그거. 말씀드린 대로예요."

"좋은 병원이 있습니까?"

"정말로 좋은지 어떤지 모르지만, 다른 병원에서는 별로 좋아하지 않는 중증 알코올 의존증 환자도 받아 주는 병원입니다. 함께 생활하는 가족에게도 힘든 병이니까, 일단 입원시키고 싶을 때에 받아 주는 곳이 있으면 좋잖아요?"

아케미의 말에 지금까지는 없던 가시 같은 게 느껴져서 그는 입을 다물었다. 그러자 아케미는 조금 목소리를 낮추고 말을 이었다.

"다만, 뭐, 별로 추천할 수는 없어요. 사카키 선생님은 그곳으로 환자 분들을 보내는 걸 꺼리는 것 같아서요. 하지만 오늘 이렇게 새 환자에 관한 문의가 있을 때에는 일단 묻기로 되어 있거든요. 그렇지 않으면 제가 안자이 씨에게 야단맞아요."

'안자이'란 그 접수에 있던 여성이다.

"어째서 오타 씨가 야단맞습니까?"

약간 주저한 뒤 아케미는 쓴웃음을 지으며 대답했다.

"안자이 씨도 아까 말한 간호사와 마찬가지로 감시 역이니까요. 큰선생님 쪽에서 온 사람이죠."

"큰선생님?"

"네에. 사카키 선생님 사모님의 아버님. 그 큰선생님이 원장을 하는 병원이 알코올 중독 환자를 기꺼이 받아 주는 병원이에요."

계속 듣고 있던 그녀가 오랜만에 입을 열었다.

"오타 씨는 그 큰선생님을 좋아하지 않은 것 같네요."

아케미는 웃었다. "네에. 좋아하지 않습니다. 기분 나쁘거든요. 아니, 멋진 신사같이 보이긴 해요. 하지만 눈빛이. 여자를 좋아하는 것 같고 여러 가지 소문도 들었고. 뭐 저 같은 뚱보에게는 눈길도 주지 않으니까 안심이지만."

뭐야, 그런 거였어 하고 그는 마음속에서 쓴웃음을 지었다. 정신과 클리닉이라고 해도 안에 있는 인간에게는 단순한 직장이다. 여러 가지 일이 있어도 이상하지는 않다.

그런데 아케미는 앞으로 몸을 조금 내밀고는 목소리를 낮추어 이렇게 계속했다.

"이름을 말하면 당신들도 알지 몰라."

"그 큰선생님 말입니까?"

"네에. 벌써 작년 이야기지만, 대단한 사건에 휘말린 사람이니까."

"어떤 사건?"

아케미는 생각에 잠긴 듯 넉넉히 시간을 두고 나서 말했다.

"살인 사건이요."

그는 거의 동요하지 않았지만 그녀는 움찔한 것 같았다.

"기억나지 않아요? '사이와이 산장 사건'. 그 범인이 큰선생님 아들이었어. 그렇기는 해도 혈연관계는 아니지만."

네, 정말입니까? 라는 반응을 기대하고 있었을 것이다. 아케미는 눈을 빛내고 있다. 그러나 그는 '사이와이 산장 사건'이 어떤 사건인지 몰랐고, 흘끗 곁눈으로 살펴보니 그녀도 마찬가지 같다.

"그…… 그런 대사건이었습니까?"

그가 묻자 아케미는 눈에 띄게 실망했다.

"어머, 당신들 몰라? 대소동이 난 사건이야. 엄청났으니까. 그런 대사건을 모르다니, 이상하네."

그는 당황했다. 꾀를 내는 사에구사가 없으니 혼자서 헤쳐 나가지 않으면 안 된다.

그러자 그녀가 말했다. "집에서는 제가 이런 상태니까 신문도 받지 않고 텔레비전 같은 것도 별로 보지 않아요. 저와 이야기가 맞아야 하니까요. 그렇지 않으면 오히려 가족끼리 화제가 엇갈린다고 해서."

이번은 아케미가 몹시 당황할 차례였다. 통통한 손을 끊임없이 얼굴 앞에서 흔들며,

"어머, 그랬구나. 그러네. 좋은 가족이야. 나는 이 나이까지 아직 혼자 살잖아요? 텔레비전만 계속 봐요."

그는 테이블 밑에서 가볍게 그녀의 손등을 두드려, 고맙다는 뜻을 전했다. 그러고는 물었다.

"그 '사이와이 산장 사건'에 대해 가르쳐 주시겠습니까."

아케미는 다시 힘을 내어 고쳐 앉으며 등을 쭉 폈다.

"살해당한 사람은, 우리 큰선생님이 아는 사람 두 분, 한쪽 분의 부인, 다른 한쪽 분의 따님. 이름은 잊어버렸는데……."

"네 사람?" 그는 놀랐다. "그렇게 여러 사람들이 한 번에?"

"네에. 범인—큰선생님 아들은 말이죠, 다카시라는 아이인데, 왠지 양아치처럼 되어 버렸거든요. 야쿠자와도 사귀었는지 권총을 들고 있었어. 그것으로 쏴 죽인 거죠."

순간 그는 숨을 멈추었다. 권총?

그녀가 무릎걸음으로 다가가듯이 아케미 쪽으로 몸을 내민다.

"대체 왜? 왜 그런 짓을?"

아케미는 머리를 쓸어 올려 긁었다. "원래 난폭한 아이였던 것 같아요. 큰선생님도 애를 먹었다고 하고."

"그렇지만 그냥 난폭하다고 해서 부친의 아는 사람과 그 가족을 네 명이나 쏴 죽이지는 않잖아요?"

아케미는 얼굴을 일그러뜨렸다.

"아무래도 다카시라는 애는 쏴 죽인 따님을 건드릴 심산이었던 것 같아요. 전혀 상대를 해 주지 않은 모양이지만. 그래서……."

"지독해." 그녀가 눈을 내리깐다.

"네에. 정말로 지독한 이야기죠. 아무리 혈연관계가 아닌 아들 일이라 해도, 큰선생님이 텔레비전 인터뷰에서 무릎을 꿇고 사죄를 했으니까. 하지만 뭐 그걸로 세간의 동정을 받아서 오히려 잘된 일일 수도 있겠지만. 원래 다카시라는 애는 선생님과 함께 산 것도 아니고요. 집을 뛰쳐나가 어디로 갔는지도 모르던 아이였어."

"그런 일이 있었어요?"

아케미는 천연덕스럽게 말했다. "큰선생님, 세 번 결혼했으니까. 다카시라는 애는 두 번째 부인이 데려온 아이예요. 부인 쪽은 큰선생과 결혼해서 일 년쯤 뒤에 돌아가셨고. 지금 부인이 들어왔다는 거지. 복잡해요, 어쨌든. 첩도 둔 것 같고."

아케미의 얼굴에서 시선을 돌려 그는 생각하고 있었다.

그 팩스를 발신한 사카키 클리닉의 관계자가 그런 참담한 사건과 관련이 있었다. 그것도 권총이 사용된 살인 사건이다.

우리 두 사람과도 관계가 있는 일이라면? 만일, 그렇다면……

그는 날카롭게 얼굴을 들었다. "저어."

"네?"

"그 사건, 어디서 일어났습니까? 사이와이 산장은 어디에 있었습니까?"

아케미는 바로 대답했다. 현 이름을 말하고, "그곳에 있는 가타도라는 곳이에요. 큰선생님 병원도 같은 동네에 있어요. 사이와이 산장이 있는 곳은 병원보다도 훨씬 바다 쪽 별장지이지만."

"거기, 센다이에서 멉니까?"

"어디? 센다이?" 아케미는 눈을 휘둥그레 떴다. "어째서 센다이가 나와?"

그와 그녀의 기억 속에 간신히 남아 있는 지명이다. 그는 힘을 냈다.

"가르쳐 주시면 좋겠습니다. 부탁드립니다."

아케미는 그의 기세에 눌린 듯 테이블에서 약간 몸을 빼고 그들의 얼굴을 둘러보면서 대답했다.

"뭐, 차라면 괜찮겠지. 도로가 통하니까."

"딱 하나만 더요."

"뭐예요?"

"그 사건, 언제 일어났습니까?"

아케미는 이제 엉거주춤한 자세가 되어 있다. 눈을 깜빡거리면서 대답했다.

"작년 크리스마스이브."

그의 머릿속에, 첫날 아침 눈뜨기 직전에 꾸던 꿈의 기억이 되살아났다.

―오늘은 크리스마스이브니까.

23

팰리스 신카이바시에 돌아왔을 때는 이미 밤이 되어 있었다. 건물 앞에서 택시를 내리자 로비에 있던 사에구사가 뛰어 나왔다.

"대체 어떻게 된 거야? 뭘 했어? 무슨 일 있었나, 응?"

안색이 진짜 변해 있었기 때문에 그는 조금 의외라고 생각했다. 여행용 가방 안의 돈을 목적으로 권총을 앞세워 맺은 고용 계약인데, 사에구사의 낭패한 모습에 너무나 다정한 느낌이 있었기 때문이다. 무심코 "죄송합니다"라고 말해 버렸다.

"사과할 건 없어. 그래도 걱정했잖아."

"걱정 끼친 만큼의 성과는 있었습니다."

그는 사에구사를 쳐다보며 물었다.

"사이와이 산장 사건이라는 것을 아십니까?"

몇 초 동안 사에구사는 우뚝 선 채 그를 응시하고 있었다. 입에서 말이 나오기 전에 울대뼈가 꿈틀 움직였다.

"어떻게 그 사건을 알고 있지? 혹시 기억이 돌아왔나?"

그는 두 번째 질문에는 고개를 흔들었다.

"이야기하면 길어집니다."

"안으로 들어가지." 사에구사는 문 쪽을 턱으로 가리켰다. "너무 놀라게 하지 말아 줘. 나도 사카키 클리닉에 세워져 있던 차를 조사해서 그중에 사건 관계자의 차가 있다는 것을 알고 놀란 참이거든."

706호실 테이블 위에는 신문이나 잡지를 오려 낸 기사들이 잔뜩 어질러져 있었다. 전부 사이와이 산장 사건에 관한 것뿐이다.

사에구사는 우선 그와 그녀의 보고를 듣고 싶어 했다. 그가 설명을 하는 사이에 연거푸 쇼트호프를 피우고 있다.

다 듣고 나자 "그런데 잘도 그런 짓을 할 기분이 들었군" 하고 나직이 말했다.

"오타 아케미라는 사람이 친절한 것 같아서."

"그리고 나한테만 맡겨 두면 어쩐지 불안하니까, 라는 이유인가."

속이 뜨끔해서 그는 대답을 할 수 없었다.

"뭐, 괜찮아. 대신 하나만 말해 줘. 당신들 둘 다 오타 아케미에게 이야기를 들었을 때 직관적으로 사이와이 산장 사건은 본인들과 관계가 있을지도 모른다고 생각했나?"

그녀가 눈을 휘둥그레 뜨고 그가 있는 쪽을 올려다보았다. 그는 끄덕였다.

"네에, 그렇게 생각했습니다. 권총이 있고, 좀처럼 손에 넣을 수 있는 게 아니니까. 흔히 뒹굴고 있는 칼 따위와는 차원이 다르잖습니까."

사에구사는 두 사람을 지그시 바라보고는 불을 막 붙인 장초를 기세 좋게 눌러 껐다.

"알았어. 그러면 이번엔 내 차례군" 하고 의자를 당긴다.

"사카키 클리닉 앞뜰에 세워져 있는 차는 다섯 대, 그중 한 대는 야베 제약 거였지. 내가 번호를 조사한 차는 네 대. 이것이 그 소유주다."

사에구사는 그와 그녀에게 발급받은 상세 등록사항 증명서를 보이며 소유자의 주소 성명란을 손가락으로 가리켰다.

"네 대 중, 한 대 있던 국산 차의 소유주는 안자이 유코. 그 접수에 있던 여자일 거야. 아무래도 자기 차로 통근하는 것 같아. 나머지 세 대는 전부 외제 차였지? 제일 안쪽에 하얀 벤츠가 있었고. 그 소유주가 무라시타 다케조. 가타도 우애병원이라는, 규모 면에서는 일본에서도 유수의 정신과 전문병원 원장이다."

깜짝 놀란 듯 얼굴을 들어 그녀가 말했다. "그 사람이 오타 씨가 말하던 '큰선생님'일까."

사에구사는 끄덕였다. "그렇게 봐도 틀림없을 거다. 사카키 클리닉 원장인 사카키 다쓰히코는 무라시타 다케조의 사위니까. 벤츠 옆에 있던 실버그레이 폰티악이 사카키의 차야. 그리고 세 번째가……."

사에구사는 세 번째 등록증을 가리켰다.

"포르셰야. 다케조의 장남인 무라시타 가즈키 차지. 아무래도 오늘 우리가 방문한 사카키 클리닉에서 무라시타 일가가 가족 회의라도 했던 모양이군."

사에구사는 어질러 놓여 있는 오래된 기사들 아래에서 메모를 꺼냈다.

"사이와이 산장 사건의 본론에 들어가기 전에 무라시타 가의 가족 구성을 설명해 두지. 이것을 모르면 감이 잡히지 않을 테니."

메모에는 간단한 가계도가 그려져 있었다.

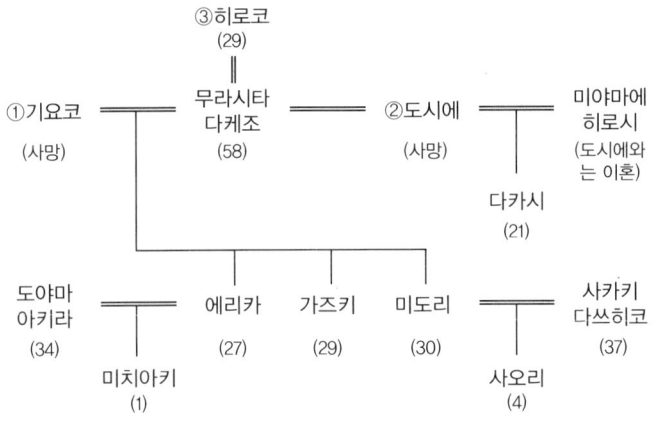

"괄호에 적힌 것은 사건 당시의 나이. 부인 세 사람의 이름 앞에

있는 숫자는 다케조와 결혼한 순서야."

그림을 보니 그도 오타 아케미가 '큰선생님은 기분이 나빠서'라고 말한 이유를 납득할 수 있었다. 이혼과 재혼을 되풀이하고 현재는 자기 딸보다 어린 여자를 아내로 삼고 있는 남자다.

그녀에게도 무라시타 가의 가족 관계를 되도록 알기 쉽게 들려주었다. 몇 번쯤 되물었지만 이해는 한 것 같았다.

"무라시타 다케조는 아까도 말했듯이 가타도 우애병원이라는 큰 병원을 경영하고 있어. 본인도 정신과 의사로 직접 환자를 진찰도 하고 있다. 딸 둘은 의사가 아니지만 둘 다 정신과 의사와 결혼했지. 장녀 미도리의 남편이 사카키 클리닉의 사카키 다쓰히코, 차녀 에리카의 남편인 도야마 아키라는 가타도 우애병원의 부원장이다. 여기까지는 됐지?"

"네, 알겠습니다."

"다음으로 장남인 가즈키로군. 그도 의사는 되지 않았어. 도쿄에 살고 사건 때 보도된 걸로 보면 술집을 경영하는 듯해."

"미도리, 가즈키, 에리카 세 사람은 모두 첫 부인인 기요코와의 사이에서 태어난 자식이죠? 두 번째 부인인 도시에와 지금 부인인 히로코와의 사이에는 아이는 태어나지 않았다."

"그렇지. 다음은 사이와이 산장 사건의 범인, 문제의 미야마에 다카시의 등장이다."

사에구사는 몇 장쯤 뭉쳐 스테이플러로 고정시킨 기사를 꺼냈다. 잡지 특집기사 같다. 페이지를 비스듬하게 가로질러 '〈사이와이 산장 사건〉 흉악범의 과거에 무엇이 있었나'라는 헤드라인이 크게 나와 있다.

"원래 도시에와 다케조가 알게 된 계기를 만든 사람이 다카시였어. 그는 열여섯 살 때—즉, 지금으로부터 육 년 전이지—다니던 고등학교의 교사를 때려 정학 처분을 받았지. 그 후에도 폭력적인 행동이 그치지 않아서 생각다 못한 도시에가 당시 등교거부아나 가정 폭력을 휘두르는 아이를 적극적으로 받아들여 치료하던 가타도 우애병원에 상담하러 갔어. 다카시는 입원했고 모친인 도시에가 문병을 오거나 향후 일을 상담하러 다니다가 원장인 다케조와 친밀해졌다—는 거지. 당시 다케조의 첫 아내인 기요코는 이미 죽은 상태였고, 미야마에 도시에도 남편과 잘되지 않았던 것 같아. 다카시 일이라든지 뭐 원인은 여러 가지 있었겠지. 그러니까 도시에가 남편과 헤어져서 다케조와 재혼하는 데에도 이렇다 할 장애는 없었어. 미도리, 가즈키, 에리카 세 사람은 이미 성인이었고.

가타도 우애병원은 육 년 전에 이미 일본에서도 손꼽히는 큰 병원이었다. 총 입원 환자 수가 팔백여 명이라고 하니까. 대단하지? 그런 원장의 결혼이니까 재혼이기는 해도 도시에와의 결혼 피로연은 성대했어. 도쿄의 호텔에서 식을 올렸는데 국회의원들이 줄줄이 출석했다고 해."

"그래도 병원 의사잖아요?" 그녀가 눈을 깜빡거린다.

"뭐. 그렇기는 하지만 무라시타 다케조라는 남자는 의사라기보다는 오히려 실업가야. 한때는 도쿄에서도 호텔 경영에 손을 댄 적이 있어. 표면에 드러난 건 아니었지만 말이지.

지금도 다케조는 도쿄에 집을 갖고 있어. 가타도에 터전을 굳히면서 도쿄 진출도 포기하지 않았지."

사에구사는 또 다른 오래된 기사를 집어 들었다.

"그의 출신지는……"이라고 말하고, 두 사람을 휙 둘러보고는 말했다. "이건 나중에 나오는 이야기에 관련된 거니까 기억해 둬. 다케조의 출신지는 미야기 현 쇼토 군이라는 곳이야. 집은 농가이고 차남. 어릴 때부터 수재로 이른바 가족들의 기대의 별이었겠지. 의대에도 한 번에 붙었어. 물론 국가고시도.

면허 취득 후에는 사 년 정도 대학의 의국에서 일했지만, 스물일곱 살 때에 첫 부인인 기요코와 맞선을 보고 결혼하고 이 년 후 그녀의 친정이 있는 가타도 읍으로 옮겨. 위치적으로 어느 근처에 있는가 하면……." 사에구사는 간토 지방의 지도를 끄집어냈다.

"보소 반도 북동쪽이다. 이것 봐, 등고선이 바다 가까이까지 생긴 곳이 있지? 이곳에 '가타도'라는 역이 있어. 기후는 좋고 바다도 아름답고, 분명 매력적인 곳이야."

사에구사는 지도를 덮고 이야기를 계속했다.

"성은 바꾸지 않고 '무라시타'를 그대로 사용한 다케조에게 이 결혼은 실직적으로 데릴사위로 들어간 거나 마찬가지였던 것 같아. 기요코의 부친은 가타도 읍에서 작은 내과의원을 열고 있었지. 환자가 다섯 명만 와도 대기실이 가득 차는 동네 병원이야. 하지만 이 검소한 의원이 후일 가타도 우애병원의 모체가 되었지. 모두 무라시타 다케조의 능력 하나로."

사에구사의 목소리를 들으면서 그는 근처에 있던 오려낸 기사를 손에 들어 보았다. 사진 잡지에서 스크랩한 듯, 커다란 흑백 사진이 실려 있었다.

 몸집이 작고 날씬한, 어딘가 여성적인 몸매의 남자가 찍혀 있다. 머리카락 숱은 상당히 적었고 가는 목 주위는 피부가 꺼칠해 보인다. 어딘가 호텔 같은 곳에서 나오는 모습을 찍은 것이다. 뒤에 도어맨의 모습이 보인다. 그 날씬한 모습과 비교하면 가운데에 있는 남자는 어쩔 수 없이 초라해 보였다.

 그 가운데의 남자가 무라시타 다케조였던 것이다.

 머리 안쪽에서, 뭔가가—새까맣게 어두운 심상이 갑자기 떠올랐다가 사라졌다. 그는 느꼈다. 이 남자와 만난 적이 있다. 어딘가에서 만난 적이 있다.

 사진에서 눈을 뗄 수가 없었다.

 "그냥 한번 보면 그렇게 거물로는 보이지 않지?" 사에구사가 말한다. "하지만 무라시타 다케조는 가타도 읍 사람들에게는 입지전적인 인물이야. 개인이 출세한 방법도 훌륭하지만 가타도에 대한 공헌도도 훌륭하다는 거지.

 농업 이외에는 이렇다 할 산업이 없는 가타도 읍에 우애병원 같은 커다란 시설은 도깨비 방망이 같은 거니까. 병원을 중심으로 식료품이나 일용품의 수요가 생긴다. 입원 환자를 병문안하러 오는 사람들을 위해서 여관도 필요하고 택시도 쓸지 몰라. 자가용으로 오는 사람들을 위해서는 주차장이나 주유소가 필요하고. 물론 우애병원 자체도 여러 형태로 일손을 필요로 하고, 고용을 기대해서 사람이 모이면 오락시설이나 술집도 장사가 되지. 그렇게 읍 전체에 활기가 생기면 은행도 지점을 두게 돼. 도로 건설 유치도 되고 역도 지을 수 있지. 그렇게 되면 부동산도 움직이기 시작한다. 가치가 올라가. 좋은 일뿐이라는 말이야. 발전하지 않는다는 게 거짓말이고, 현실적으로도 발전해 왔다. 아까부터 '읍'이라고 하지만 실질적으로는 이미 가타도 시라고 해도 될 정도의 인구를 거느리고 있어. 이게 전부 무라시타 다케조의 덕이라는 말씀이지."

"그리고 읍이 풍요롭게 되면 무라시타 가도 더더욱 번영한다?"

"그렇지. 제대로 피드백하고 있군. 현재의 무라시타 일족은 병원 외에도 부동산 회사나 주차장, 호텔, 레스토랑 따위를 경영하고 있어. 작은 재벌이야. 읍의 의회 선거에서 보수파·혁신파가 격돌한다. 그러나 어느 진영도 선거 자금은 다카조에게 받고 있고—그런 거지."

사에구사는 쓴웃음을 지었다.

"무라시타 가 저택과 가타도 우애병원의 웅대한 건물은 가타도 읍의 가장 높은 곳에 세워져 있어. 읍의 서쪽에서, 하계를 내려다보고 있지. 해도 그곳에서 져. 실제로 가 본 적도 있지만 뭔가 상징적인 느낌이 들어서, 나는."

"가타도 읍에 간 적이 있습니까?"

"있고말고. 나는 저널리스트 나부랭이라고 했잖아? 이 사이와이 산장 사건 때는 저널리스트라는 이름이 붙은 패거리는 전부 바닥을 파내듯이 끌려 나갔어. 모두 뛰어다녔지."

멍하게 벽 쪽에 눈길을 주고 있던 그녀가 사에구사의 목소리가 들려오는 쪽으로 얼굴을 돌렸다.

"무라시타 가가 그런 유력한 집안이라면, 사이와이 산장 사건은 엄청난 스캔들이었겠네요? 혈연관계는 아니라고는 해도, 무라시타 다케조의 자식이 일으킨 살인 사건이니까."

"맞아." 사에구사는 말했다. "그러나 다케조라는 남자는 실로 훌륭했어. 의붓아들이 일으킨 사건에 정면으로 부딪쳤다. 결코 달아나지 않았어. 기자회견도 했고 텔레비전에도 나갔지. '자식의 일이라고는 해도 책임은 자신에게 있다'고 확실히 말하고 꿇어앉아 고개까지 숙였어. 물론 피해자 유족에게는 그 이상 없을 정도로 깊이 사과했고 금전적으로도 지나칠 정도의 배상을 했다."

사에구사가 무라시타 다케조라는 남자를 묘하게 편들고 있다는 느낌이 들었다. 누군가 특정 인물을 가리켜, '훌륭했다'라는 직설적인 단어를 쓰는 것은 어쩐지 어울리지 않았다.

"의외로 연기였을지도 모르지"라고 말해 보자, 사에구사는 힘주어 고개를 가로저었다.

"다케조는 그런 약삭빠른 짓을 할 수 있는 남자가 아니야. 그는 정말로 다카시를 염려했어."

"혈연관계도 아닌데?"

"아니니까 더더욱 그랬지." 사에구사가 강조한다. "다케조의 태도가 단호했기 때문에 실제 무라시타 일가에 대한 비난은 의외일 정도로 약했어. 사건의 잔학함을 고려하면 믿을 수 없을 정도였지. 그러나 무엇보다도 다케조는 다카시를 사랑했을 거라고 생각해. 마음의 빚도 있었을지 모르고."

이번은 '사랑했을'이다. 사에구사의 말이라고는 생각할 수 없다.

"마음의 빚?"

"그래. 도시에는 다케조와 결혼한 지 일 년 뒤에 자동차 사고로 죽었어. 짧은 결혼생활이었지. 그때 다카시는 열일곱 살이었고 모친의 죽음과 동시에 집을 뛰쳐나갔다. 생모를 잃은 후, 의붓 가족과 계속 살아갈 자신이 없었을지도 몰라. 다카시를 그런 식으로 몰아넣은 것을 다케조는 계속 후회했던 것 같아. 그렇기 때문에 사이와이 산장 사건 후에도 곧바로 뚜렷한 태도를 취할 수 있었을 거야."

사에구사의 목소리를 들으면서 그는 기사 몇 개와 사진을 훑어보았다. 다케조가 무릎 꿇고 절하는 장면을 찍은 것도 있다. 정수리의 옅은 머리카락이 바닥에 붙어 있다.

"원래 다케조와 도시에의 재혼은 원만하지 않았어. 다카시가 날뛰고 있었거든. 일 년 사이에 그는 두 번이나 상해 사건을 일으켰어. 두 번 다 다케조가 손을 써서 합의했지. 그렇지 않았으면 다카시는 훨씬 전에 소년원에 갔을 거야."

그런 의붓아들을 진심으로 사랑할 수 있을까—하고 그는 생각했다.

"다케조는 다케조대로 어떻게든 다카시와 나름의 부자관계를 만들고 싶다고 생각했을 거야. 그러나 그것도 도시에가 죽는 바람에 불가능해졌어. 일단 뛰쳐나간 후에 다카시는 거의 무라시타 가에 가까이 오지 않았어. 일 년에 한 번 모친의 기일에 가타도 읍에 있는 묘에 꽃을 들고 올 뿐, 의붓아버지도, 혈연관계가 아닌 형제자매들도 만나지 않고 또 어딘가로 가 버린다. 그렇게 살고 있었어. 그래도 다케조는 어떻게 할 수 있다는 희망을 버리지 않았던 듯 몇 번이나 다카시를 찾았어. 흥신소까지 고용했지. 나로서는 다케조가 열심히

했다고 생각해. 다카시 건으로 다케조를 탓하는 것은 불쌍해."

그녀가 의견을 구하려는 듯이 그에게 얼굴을 향했다. 그는 무라시타 다케조의 사진에서 눈을 들고 사에구사를 보았다.

"왜 그래?" 사에구사가 묻는다.

"저는 무라시타 다케조라는 사람을 만난 적이 있어요."

그녀가 작게 숨을 삼키고 손을 더듬어 그의 팔꿈치를 찾아 그곳에 손바닥을 얹는다. 따스한 온기가 전해져 왔다.

"확실해?"

"네, 아마도."

사에구사는 쇼트호프 담배갑으로 손을 뻗어 서둘러 불을 붙였다. 두세 번 연기를 내뿜고 나서 말했다.

"실은 그럴 수도 있지 않을까, 나도 짐작하고 있었어. 그 사카키 클리닉이 사이와이 산장 사건의 무라시타 가와 관계가 있다는 걸 알았을 때부터 말이야."

그녀의 손을 한 번 꼭 쥐고, 그리고 놓고 나서 그는 말했다.

"사건 자체에 관해서 이야기해 주십시오."

사에구사는 또 다른 기사를 집어 들었다.

"사건이 일어난 것은 작년 크리스마스이브다"라고 그전보다 낮은 목소리로 시작했다.

"사이와이 산장이란 재작년쯤부터 시작한, 가타도 읍 개발 사업 중 하나야. 가타도 읍은 면적이 넓은데다 동서로 가늘고 길어. 그래서 읍의 동쪽 끝은 바다를 마주하고 있지. 그렇다고는 해도 산에서 갑자기 바다에 떨어지듯 급한 경사지라서 해수욕은 무리야. 파도도 거칠고. 그래서 옛날부터 관광지로서의 이용가치는 없다고 여겼지.

그러나 요즘에는 해변의 레저는 꼭 해수욕만 있는 건 아니야. 가타도 읍도 전체적으로 여력이 붙어서 드디어 그 주변까지 머리가 돌아가게 됐겠지. 도쿄에서 당일치기 가능한 거리에 있는, 사람 손이 닿지 않은 황폐하지 않은 땅. 게다가 경치까지 좋아.

다만 이 재개발 사업에는 무라시타 다케조가 관여하지 않았어. 토지도 산림도 전부 개인 사유지로, 지주가 도쿄의 업자와 계약해서 시작한 일이었지. 그들은 우선 지형의 고저를 그대로 이용한 골프장을 만들었어. 바닷바람에 강한 잔디를 심고, 외국의 권위 있는 설계자에게 맡긴 특별 코스로 클럽하우스에도 돈을 들였어. 그렇게 하고 다음은 산뜻한 리조트호텔, 야간 경기 설비를 겸비한 테니스 코트, 천장을 개폐할 수 있어서 일 년 내내 쾌적하게 쓸 수 있는 실내 풀 같이 판에 박은 시설을 갖추었지. 그 후 마침내 별장지를 잘라 팔기 시작했어. 사이와이 산장은 그렇게 만들어져 팔려고 내놓은 초기 물건 중 하나였다."

사에구사는 그에게 얇은 팸플릿을 건네주었다. '기후 온난 경치 좋은 땅 가타도에서 리조트를 해 보지 않겠습니까'라고 찍혀 있다.

"제1기로 분양된 것은 열두 채로, 한 달 정도 사이에 다 팔렸어. 작년 9월의 일이야. 도쿄에서 가깝고 분명 물건으로서는 좋은 거니까 당연하지만. 문제의 사이와이 산장은 그 열두 채 중 하나로 바다와 가장 가까운 위치에 있었어. 뒤뜰에서 울타리 하나 넘어서 한동안 걸으면 눈앞이 캄캄해질 것 같은 절벽이 기다리고 있지. 그런 의미에서 어린아이가 있는 경우에는 위험하지만 대신 경치는 제일 좋앉으니까." 그는 팸플릿을 뒤적여 보았다. 사에구사의 말대로 바다와 산으로 둘러싸인 녹색 토지에 푸른 하늘이 보인다.

"사이와이 산장을 산 것은 미요시 가즈오와 오가타 히데미쓰라는 두 남자였어. 공동 구입이야. 그들은 어린 시절부터 친구이자 동급생으로, 계속 친하게 지내 왔어. 둘 다 미야기 현 쇼토 군 출신이었지. 누군가와 똑같지 않은가?"

아까 사에구사가 기억해 두라고 말했던 것이다.

"무라시타 다케조."

"그래. 미요시 씨도 오가타 씨도 다케조를 알고 있었지. 초 · 중등학교 시절에 책상을 나란히 하고 보냈을 테니까. 하지만 고등학교 · 대학교는 따로따로였고 어른이 되고부터는 별로 소식을 알 기회가 없었다. 어쨌든 다케조는 고향을 떠나 버렸으니까. 둘 다 사이와이 산장을 샀을 때, 향토의 유력자 중에 무라시타 다케조라는 인물이 있다는 사실을 알고 비로소 몇십 년 전의 오랜 친구와 재회할 기회가 왔음을 알았지. 완전히 우연이었어."

그 우연이 결과적으로는 비극의 원인이 되었다.

"그들은 재회를 기뻐했어. 다케조는 가족을 데리고 별장에 올 때에는 꼭 자기 집에도 들르라고 두 사람에게 권했지. 그리고 미요시 가와 오가타 가가 작년 크리스마스에 처음으로 사이와이 산장을 이용하러 왔을 때 그들을 집에 초대한 거지. 미요시 가와 오가타 가는 둘 다 그 초대를 받아들였고."

사에구사는 말하고 한숨을 내쉬었다.

"작년 12월 23일이다."

이야기가 점점, 마음이 무거워지는 내용이 담겨 있는 모양이다. 사에구사는 잠시 쉬듯 시간을 두고 나서 계속했다.

"미요시 씨는 딸을 하나 데리고 왔어. 그는 홀아비로 딸 두 사람을 남자 손 하나로 키웠다. 함께 온 아이는 작은 딸로 이름은 유키에, 스무 살이었지.

오가타 씨 쪽은 부인을 데리고 왔지. 이쿠코라는 이름으로 당시 쉰 살. 그들 사이에는 아들이 하나 있었지만 함께 오지는 않았고.

무라시타 가에 초대받은 것은 이 네 사람이었어. 그리고 마침 같은 때에 다카시도 가타도 읍에 돌아와 있었다. 처음에 이야기했지? 다카시는 모친의 기일에 성묘하러 온다고. 그게 12월 23일이었던 거야."

그다음부터는 신문에서 읽은 내용을 고스란히 베낀 것이지만, 이라고 서론을 꺼내고 사에구사는 말을 이었다.

"무라시타 가의 보리사菩提寺조상 대대로 위패를 안치하여 명복을 비는 절도 묘도 무라시타 저택에서 산을 조금 올라간 곳에 있어. 다카시는 그곳에 갔다가 내려올 때 의붓아버지 집에 도착한 낯선 방문객을 발견했지. 게다가 한 사람은 젊고 귀여운 여자 아이야. 실제로 미요시 유키에는 아름다운 아가씨였다. 무심코 사람을 돌아보게 하는 미인이었지.

다카시는 즉시 유키에를 점찍었어. 원래 부친과는 잘 지내지 못했으니까 그의 집에 온 손님 딸이라는 것 따위 상관하지 않았지. 어떻게 유키에에게 접근하지 못할까 하고 다카시는 그날 드물게 무라시타 가에 얼굴을 내밀어서 가족을 놀라게 했어."

여기까지 들으면, 저녁때 오타 아케미가 이야기해 준 것과 맞추어 보아 사이와이 산장 사건이 어떠한 경과로 발생했는지 그도 상상할 수 있었다.

"다카시는 유키에를 손에 넣으려고 결과적으로 부친의 얼굴에 먹칠을 하는 짓이라도 했습니까?"

그가 묻자 사에구사는 무뚝뚝하게 끄덕였다.

"사건 후 경찰 취조 때, 무라시타 다케조는 제일 먼저 그 건을 말했다고 해. 다카시는 집에 있는 사람들이 안 보는 틈을 타 유키에를 꾀어내려고 했다더군. 그녀가 무서워하면서 큰 소리를 지르는 바람에 실패로 끝났지만."

"그러면 다음 날의 사이와이 산장 사건은 분풀이라는 겁니까?"

"크리스마스이브 심야 영시쯤의 일이었어." 사에구사는 구석 쪽이 약간 노래지기 시작한 기사를 들어 올려 얼굴을 가렸다.

"경찰은 다카시가 총을 든 것은 그저 협박할 작정이었을 것이다―라고 했어. 처음에는 말이지. 그로서는 유키에만 몰래 끌어낼 수 있으면 그것으로 되었을 테지. 하지만 미요시 씨나 오가타 부부에게 들켰고 의외일 정도로 심하게 저항해서 쏘는 지경이 되어 버렸다―고 해."

그는 재빨리 말했다. "하지만 다카시는 사이와이 산장의 전화선을 잘랐어요. 그렇지 않습니까?"

사에구사는 눈을 휘둥그레 떴다. "어떻게 알았어?"

"꿈에서 봤습니다."

―전화선이 잘려 있다.

"또 하나. 다카시가 사용한 권총은 우리 집에 감춰져 있던 것과 비슷하지 않습니까? 아니, 똑같을지도 몰라."

사에구사는 훌쩍 일어나 안쪽 방으로 들어간다.

"어떻게 된 거야? 무슨 말을 하고 싶어?"

그에게 몸을 가까이 대듯이 해서 그녀가 속삭였다. 권총을 손에 든 사에구사가 되돌아왔다.

"이 녀석은 밀조된 거야."

그렇게 말하면서 오른손으로 가볍게 두드리는 시늉을 하니 마치 상자 뚜껑이라도 열리듯 쉽게 탄창이 주르륵 밖으로 빠져나왔다.

총알은 들어 있지 않았다. 여섯 개의 구멍이 이빨 빠진 짐승의 입처럼 보였다.

"지금은 장전하지 않았어. 그러나 당신들에게서 맡았을 때는 분명 여섯 발이 채워져 있었지?"

"네, 그랬습니다."

사에구사는 바지 뒷주머니에 손을 넣고 유쾌한 게임이라도 시작하듯 갑자기 웃는 얼굴이 되었다. 주머니에서 손을 꺼내자 그곳에 총알이 들려 있었다.

그는 오싹했다. 언제 들고 나갔을까?

"총알은 내가 맡았을 텐데."

"그런 딱딱한 소리 하지 마시고."

한 발, 한 발, 확인하듯 장전해 간다. 가만히 지켜보는 그의 눈에 탄창의 구멍을 채워 가는 그 작업은 돌이킬 수 없는 파멸로 향하는 키워드를 찾기 위한 낱말 맞히기 퍼즐을 푸는 것처럼 보였다.

손가락을 움직이며 사에구사는 말했다.

"나도 이 총이 미야마에 다카시가 살인에 쓴 총인지 어떤지는 판단할 수 없어. 그럴지도 모르고 그렇지 않을지도 몰라. 다카시가 사용한 총은 구경이 45구경에 탄도가 약간 왼쪽으로 쏠리는 경향이 있는 상당히 위험한 총이라는 것밖에 몰라. 아마 밀조 권총일 거야. 모델로서는 실제로 경찰관이 쓰고 있는—이랄까 휴대하고 있는 경찰 권총, '뉴난부'와 비슷한 타입이 아닐까 추정되고 있지."

사에구사는 탄창을 원래대로 되돌렸다. 덫이 닫히는 것 같은 소리가 났다.

"추측밖에 할 수 없는 이유는 네 사람을 사살하는 데에 쓴 권총 자체가 행방불명되었기 때문이야. 다카시가 사귀던 패거리—주로 도쿄에서지만—중에는 분명 폭력단 조직원으로 필리핀 쪽에서 만든 권총을 국내에 들여오는 일을 하던 자가 있었어. 하지만 그 선을 추궁해도 다카시가 어떤 총을 손에 넣었는지 확정할 수는 없었어."

"다카시는 어떻게 됐습니까? 체포되지 않았습니까?"

사에구사는 바로 대답하지는 않고 천천히 시선을 올려 그를 쳐다보았다. 그도 사에구사를 쳐다보았다.

일 초 일 초, 호흡하는 것조차 답답한 시간이 흘렀다. 바로 옆에 있는 그녀의 숨결이 아득한 저편에서 들려오는 듯 느껴졌다.

사에구사는 권총의 총구를 이쪽으로 돌려 양손으로 두르듯이 해서 떠받쳤다.

"여기 이 거리에서 당신을 쏘면,"

한쪽 눈을 감고 조준을 하면서 말한다.

"당신은 뒤의 벽으로 날려간다. 등에는 커피잔 정도의 커다란 구멍이 뚫리지."

"무슨 소리야?"

그녀의 목소리가 약간 허둥거렸다. 말끝이 갈라져 있었다.

자신의 팔꿈치 위에서 천천히 그녀의 손을 치우고 그는 말했다.

"행방불명이 된 것은 다카시의 권총뿐만이 아니오. 다카시 본인도 그렇지 않습니까? 즉, 사이와이 산장 사건의 범인은 아직 체포되지 않았다."

그녀는 두 손으로 입을 막았다.

"미야마에 다카시가 제 이름입니까?" 그가 말했다. "도망 도중 어떤 사고로 기억을 잃어버렸다. 그리고 의붓아버지인 무라시타 다케조나 그의 사위인 사카키 다쓰히코가 숨겨 주고 있다―그런 게 아닐까요?"

사에구사는 천천히 입 끝을 일그러뜨리며 웃었다.

"그렇게 앞질러 가지 마."

사에구사는 갑자기 흥미를 잃은 듯이 팔을 내리고는 등을 휙하니 돌렸다.

그때 안쪽 방에서 전화가 울리기 시작했다. 호출음이 한 번, 두 번 울리고 멈춘다. 대신 뭔가 슈슈 하고 문지르는 소리가 희미하게 들려온다.

사에구사가 선언하듯이 확실히 말했다.

"미야마에 다카시는 죽었다."

"죽었다……."

"사이와이 산장에서 달아나는 도중 절벽에서 떨어졌어. 한밤중이라서 길을 잘못 들었겠지. 새벽녘이 되어 산속을 뒤지던 무리가 절벽 위에서 시체를 발견했지만, 깎아지른 절벽의 아래인데다 반쯤 바닷속에 잠겨 있고, 반쯤 바위에 얹혀 있는 듯한 모습을 하고 있었다고 한다. 어떻게 끌어올릴까 허둥거리는 사이에 시체는 파도에 휩쓸려 간 모양이야. 그래서 다카시의 시체도 권총도 지금 어디에 있는지 알 수 없다는 거지."

그녀가 전율하듯이 긴 한숨을 내쉬고 의자의 등에 기댄다.

그러나 그는 사에구사의 말을 들으면서도 안쪽 방에서 들려오는 소리에 주의를 빼앗기고 있었다. 저것은 뭘까? 저, 지직 하는…….

팩스다.

그의 표정을 읽었는지, 사에구사가 말했다.

"사카키 클리닉이 사이와이 산장 사건과 관계가 있다는 것을 알았을 때, 나는 그 사건에 관해 쓰인 것을 전부 다시 읽어 보았어. 그뿐 아니라 나보다 사건에 관해 더 자세히 아는 인간에게 물어보기도 했고."

지직거리는 소리가 멈추었다.

"아까, 일부러 말하지 않았던 게 있어. 네 사람이 사살당한 것은 한밤중이고, 게다가 주위에는 인기척이 없었다. 그런데 경찰이 바로 움직인 까닭은 네 사람이 사살당한 바로 뒤에, 사이와이 산장에 찾아온 인간이 있어서 시체를 발견했기 때문이야."

"대체……." 그녀가 중얼거리고, 목소리를 잃은 듯 입을 다물어 버린다.

사에구사는 일어나 안쪽 방으로 걸어간다.

"늦게 와서 목숨을 구한 것은 두 사람. 미요시 가즈오의 장녀와, 오가타 부부의 외동아들이다. 그들 두 사람은 미리 짜고 몰래 찾아와서 부모들이나 여동생을 놀라게 할 계획을 세우고 있었던 거야."

소리가 나며 그의 머릿속 페이지가 넘어 갔다.

―깜짝 놀라게 하자. 산타클로스처럼.

―분명 화내지는 않을 거야. 오늘은 크리스마스이브니까.

사에구사는 수신된 팩스를 손에 들고 되돌아왔다.

"그 두 사람은 갑자기 가족 전원을 잃었다. 둘 다 아직 젊고, 어쨌든 지독한 사건이야. 충격도 크고. 언론은 무척 떠들썩거렸지만, 경찰이나 두 사람 주변 사람들은 그들이 보도 전쟁의 재료가 되지 않도록 힘껏 노력해서 막아 냈어. 그래서 그 유족 두 사람은 이름도 공표되지 않았고 사진도 실리지 않았지. 두 사람은 기자회견도 하지 않았어. 그래서 그 두 사람의 얼굴을 아는 사람은 고향에밖에 없다."

지금까지와 완전히 다른 식은땀이 그의 등을 미끄러져 떨어졌다.

"그러나 나의 오래된 친구 중에 두 사람의 사진을 갖고 있는 사람이 있었어. 지금 그것을 팩스로 받았다."

내밀어진 하얀 용지에 얼굴 사진이 늘어서 있다. 분명히 그와 그녀의 얼굴이었다.

"처음 뵙겠습니다." 사에구사가 말했다.

24

 기치조지의 집에 돌아간 에쓰코는 옷도 갈아입지 않고 그대로 거실 의자에 주저앉아 헬로 다이얼에서 조사한 '바샤미치의 레스토랑'으로 전화를 걸었다.

 "아니요, 그런 여자애는 우리 집에서 아르바이트하고 있지 않아요"라는 대답을 들으면 리스트의 번호를 하나씩 가위표로 지워 간다. 개중에는,

 "네, 여름방학 동안만 여자 아이가 일하고 있습니다"라는 가게도 있어 가슴을 두근두근 하면서 그 여자를 바꿔 달라고 하지만, 전부 미사오와는 다른 목소리가 들려왔다.

 단순 작업이지만 새로운 번호에 걸 때마다 긴장하기 때문에 심장이 너무나 피곤해졌다. 열다섯 건 정도 걸고 나니 목이 바싹 말라 버려, 냉장고 앞에 선 채 우유팩에 입을 대고 마시고 다시 전화 옆으로 돌아왔다. 유카리가 보고 있었으면, '엄마는 차암, 나한테는 그런 버릇없는 짓을 하면 안 된다고 한 주제에'라며 화냈을 것이다.

 리스트의 전화번호를 전부 다 걸어 보아도, 가이바라 미사오는 발견되지 않았다.

 ─신교지 씨……구해

 그 전화 목소리가 귓가에 되살아났다. 떠올릴 때마다 절박함은 늘어갔고, 비통한 울림을 띤 듯이 느껴졌다. 그것이 단순한 착각이나 지나친 생각이면 좋겠다고 바라면서도 에쓰코는 떨렸다.

밤 여덟 시가 지났을 때 겨우 유카리를 데리러 갔다.

"엄마, 어땠어?"라고 하며 뛰어나온다. 요시오도 걱정스러운 얼굴로 현관까지 맞으러 나와 주었다.

오늘 일을 보고하고 지금 현재는 이렇다 할 단서가 발견되지 않았다―고 이야기하는 사이, 유카리가 어쩐지 안절부절못하고 있다. 처음에는 빨리 집에 돌아가고 싶은 걸까 했는데, 곧 딸의 작은 입술 끝이 실룩실룩하는 것을 깨달았다. 뭔가 감추는 일이 있을 때의 버릇이다.

"유카리, 무슨 일 있어?"

물어보니, 유카리는 요시오를 올려다보며 싱긋 웃는다.

"이제 괜찮겠지, 할아버지?"

열 살짜리 여자 아이가 싱글벙글 웃음 뒤에 감추는 일이라고 해 봐야 몰래 군것질을 했다든지 준비물을 잊어서 복도에 서 있었던 일이라든지 공원 구석에 버려진 고양이를 골판지 상자에 숨겨 주고 있다든지, 그런 종류일 것이다. 요시오의 괜찮다는 대답에 유카리가 보여 준 것은······.

"이거······ 미사오의 일기잖아."

유카리는 의기양양하게 웃고 있다. 다만 그 눈 속에 살짝 이쪽 기분을 살피는 빛도 보인다.

"어떻게 가져왔어?"

에쓰코의 질문에 한번 헛기침을 하고 나서 요시오가 대답했다.

"유카리와 둘이서 가이바라 씨 댁에 사과하러 갔어."

에쓰코는 잠시 말이 나오지 않았다.

"언제? 왜?"

"엄마한테 전화를 받은 다음에 바로. 위치는 내가 가르쳐 줬어." 유카리는 말하고, "너무 한 거야?"라고 덧붙였다.

"아니, 그, 네가 가이바라 씨의 어머니와 싸웠다고 하니까." 요시오는 무심코 목덜미에 손을 댔다. 이것도 또한 부친이 겸연쩍을 때 하는 동작임을 에쓰코는 알고 있다.

"이쪽에서 정중하게 나갔기 때문일 수도 있고, 내가 할아버지니까 그럴지도 모르지만, 그렇게 흥분하지 않고 이야기를 해 주었어. 응접실에도 들여보내 주었고."

"그래서……." 에쓰코는 기가 막혔다. "일기, 가져와 버린 거야?"

유카리는 에헤헤 하고 웃는다. "너무 심했어?"

"부추긴 건 나다"라는 요시오. "응접실에 커다란 책장이 있어서, 그곳에 아무렇게나 쑤셔 넣어 놨더라고."

"그래서 그 아줌마도 잃어버린 거 몰라. 괜찮아, 엄마."

"처음부터 그럴 작정으로 간 거야?" 에쓰코는 두 사람의 얼굴을 번갈아 가며 보았다. "그렇지?"

"지금은 비상사태야, 에쓰코."

에쓰코는 입술을 일자로 꾹 다물었다. "어휴, 정말……."

요시오는 목덜미를 북북 긁고 있다. 유카리는 다리를 꼬고 있다.

"정말……" 하고 되풀이하고, 에쓰코는 무의식중에 웃음을 터뜨렸다. "정말 좋아."

유카리를 재우고 나서, 에쓰코는 차분하게 시간을 들여 미사오의 일기를 다시 읽어 보았다. 8월 7일에서 시작해 날짜가 이른 쪽으로 돌아간다.

그 '레벨'이라는 단어가 나온 부분에는 특별히 신경을 곤두세워 다시 봤지만, 낮에 검토해 보았을 때 이상의 발견은 없었다. '신교지 씨♡'에 관해서도 마찬가지다. 다른 날짜에, 하트가 표시되어 있는 곳도 없고, 에쓰코에게 하트 표시를 붙이는 데 대한 설명 같은 것도 씌어 있지 않다.

에쓰코 자신은 일기를 쓰는 습관은 없다. 나름대로 로맨틱했던 처녀 시절에도 자신의 심정을 토로하는 문장을 적는 일은 어딘가 저항감이 있었다. 쓰면 거짓말이 된다—그렇게 생각했기 때문일지도 모른다.

아무래도 미사오 역시 마찬가지였던 모양이다. 그녀는 이 깨끗한 일기장에 토막 같은 메모밖에 남기지 않았다. 아무것도 기록하지 않은 깃이 열흘 이상 이어지고 있는 부분도 많다. 이것은 뒤를 쉽게 쫓을 수 있는 발자취가 아니라 급커브나 세게 브레이크를 밟은 곳에만 남는 타이어의 스키드마크이다.

그렇기 때문에 미사오가 일부러 한 줄을 할애해서, '신교지 씨♡'라고 쓴 부분이 마음에 걸렸다.

하트는 극히 상식적으로 생각한다면 연애나 연인의 의미일 것이다. 그러니까 여성인 에쓰코의 이름 뒤에 그려진 것이 우선 이상하다. 에쓰코와 얼굴을 보고 '좋은 사람이었다' '좋아졌다'는 감정을 표현하고 싶었다고 해도, '♡'를 그리는 것은 좀 어색하다.

그러면 이 '신교지 씨'는 에쓰코를 가리키는 게 아니라 누군가 같은 성씨의 다른 사람에 대한 것일까? 그러나 그렇게도 생각하기 힘들다. 제법 드문 성씨다. 미사오 주변에 매우 근접한 시기에 '신교지'라는 성을 가진 사람이 둘이나 나타날 가능성은 무한히 제로에 가깝다.

에쓰코는 일기장을 넘기며 유카리가 무척 싫어하는 당근을 접시 끝으로 밀어 낼 때처럼 이 메모를 머리의 한 구석으로 쫓아 버렸다. '레벨'이라고 하는 단어도 마찬가지로 지금은 보류해 두자.

아미노 기리코가 적절히 말한 것처럼 미사오는 '의외로 아주 틀어박힌 생활'을 하고 있는 듯이 보인다. 외출에 대한 기록이 아주 적기 때문이다. 어머니인 가이바라 요시코의 말대로 이따금 밤에 놀러 다녔다면 조금 더 그런 단어가 나와도 될 텐데.

거기서 문득 떠올렸다. 미사오 자신이 말하던 '가스빼기' 때, 그녀는 어디에 갔던 것일까. 시부야니 신주쿠니, 젊은이들이 모이는 거리에 단골 가게라도 있었던 걸까. 그렇다면 한 번이나 두 번은 그 가게의 이름이 나오지 않을까?

그것을 기대하고 팔랑팔랑 페이지를 넘기는 동안 새로운 사실을 하나 발견했다.

7월 4일이다. 그저 느닷없이 '삼주기'라고 씌어 있다.

즉, 누군가 미사오의 가까운 사람이 재작년 그날에 죽었다는 뜻이다. 친척일까? 미사오의 나이를 생각하면 할아버지 할머니나 큰아버지 큰어머니일 가능성이 높다. 그녀는 그 인물과 그 사람의 기일을 일기에 기록할 정도로 가까운 관계였다…….

에쓰코는 머리를 흔들고 다음 페이지로 넘어갔다. 이것만으로는 아무것도 안 된다. 앞으로 나아가자.

그러나 1월 1일까지 다 읽어도 이렇다 할 발견은 없었다. 다만 일기장 앞쪽에, 두세 장 주소록으로 쓸 수 있는 페이지가 붙어 있다. 넘겨 보니 아주 새것이고 아무것도 씌어 있지 않지만, 제일 첫 페이지의 칸 밖에 연필로 휘갈겨 놓았다. '仏蘭珈'. 그리고 그 아래에 열 자리의 전화번호. '브랑코'라고 읽을 것이다. 재치 있는 작명이다. 어딘가 들은 듯한 기억이 있는데……하다가 퍼뜩 떠올랐다.

헬로 다이얼에서 가르쳐 준 '바샤미치의 레스토랑' 중에 '브랑코'라는 가게가 있었다. 그때는 귀로 들었을 뿐이기 때문에 가타카나로 써 놓았다.

전화번호가 똑같다!

에쓰코는 서둘러 수화기를 들었다. 버튼을 누르며 재빨리 생각했다. 리스트를 체크했을 때, '브랑코'라는 레스토랑에도 한 번 전화를 걸었다. 가이바라 미사오라는 이름의 여자 아이는 일하지 않았다. 미사오와 외모가 비슷한 여자 아이도 없었다. 그러면 그 외에 어떤 가능성이 있을까?

돈 많은 회사원이 아니니까 미식가를 가장해서 먹으러 간 것은 아니다. 누군가와 만날 약속을 했다 해도 미사오의 집이 있는 도쿄의 히가시나카노에서 갑자기 요코하마의 바샤미치라니, 너무 멀다.

발신음이 두 번 울렸다. "네, 브랑코입니다." 남자 목소리가 대답한다.

"여보세요? 저, 저녁에 한번 전화를 드려서 점장님과 통화한 신교지라고 하는데요."

다시 한번 점장님을 바꿔 주지 않겠냐고 부탁하자 전화는 대기 상태가 되고 비발디의 '사계' 멜로디가 흘러나왔다. 기다리는 동안에도 에쓰코는 필사적으로 생각했다. 미사오와 '브랑코'를 연결할 수 있는 것은 무엇이 있을까?

—바샤미치의 레스토랑에서 친구와 함께 아르바이트하고 있어.

가이바라 가에 걸려온 그 전화는 거짓말이다. 그것은 확신한다. 미사오의 부모를 속이기 위해 미사오를 숨기고 있는 누군가가, 무언가가 한 거짓말이다.

그러나 거짓말의 내용까지 완전히 조작일까? '친구와 함께 바샤미치의 레스토랑에서—'라고 하는 대목까지 전부 만들어 낸 말일까?

점장이 겨우 전화를 받았을 때 에쓰코는 물고 늘어질 듯한 기세로 말했다.

"죄송합니다. 정말로 죄송합니다만, 다시 한번 조사해 주실 수 없 겠습니까? 거기에서 아르바이트 점원 모집을 한 것은 사실이지요?"

점장의 목소리는 곤혹스런 기색이었다. 조금 전에 거신 분이죠? 라고 확인한 뒤, "말씀드렸잖습니까? 가이바라 씨라는 사람은 일하고 있지 않습니다. 게다가 저희는 아르바이트는 고용하지 않습니다. 4월에 모집한 것은 정사원입니다. 연수도 받게 했고, 기숙사도 있을 정도니까요."

"네에, 그건 알겠습니다. 가르쳐 주십사 하는 것은 모집할 때 '가이바라 미사오'라는 여자 아이가 방문했는지 여부입니다. 지원자 이력서를 보관하고 계시지 않나요? 복사 정도 해놓지 않습니까?"

"어째서 그런 걸 알고 싶어 합니까? 가출한 따님을 찾고 있다고 하셨는데……."

"그렇습니다. 부탁드립니다. 어떻게 해서든 알고 싶습니다. 단서입니다. 의심스러워하시는 것은 당연합니다만, 저, 수상한 사람은 아닙니다. 이쪽 전화번호도 말씀드릴 테니, 수신자 부담 전화로 다시 걸어 보셔도 됩니다."

에쓰코가 전화번호를 말하자 점장은 그럼 다시 걸겠다고 했다. 일 분도 지나지 않아 벨이 울린다. 수신자 부담은 아니었다.

"네, 신교지입니다!"

점장은 한숨을 쉬었다.

"알겠습니다. 잠시 기다리세요. 조사해 보겠습니다."

다시 '사계'를 들으면서 에쓰코는 참을성 있게 기다렸다.

"말씀하신 대로입니다. 4월 3일에 가이바라 미사오라는 학생이 면접을 받으러 왔습니다."

점장의 목소리가 들려왔을 때 에쓰코는 무의식중에 눈을 감았다. 초봄이라면 미사오가 고등학교를 그만두고 싶다고 내뱉었던 때다. 기숙사가 있는 취직자리가 끌렸다고 해도 이상할 것은 없다.

"그렇지만 아직 고등학생인지라. 외모는 좀더 연상으로 보였지만요. 그래서 거절했습니다."

"그때, 그 아이는 혼자 왔던가요? 친구와 함께가 아니었나요? 거기까지는 모르십니까?"

기도하는 심정이었다.

이제 지쳤는지 점장은 말했다. "함께였습니다. 역시 고등학생이었습니다. 둘을 나란히 세워 놓고 반쯤 설교해서 돌려보냈으니까 기억하고 있습니다."

그 '친구'의 이름은 구노 모모코, 열일곱 살. 미사오와는 다른 학교지만 사는 곳은 나카노 구다. 그녀의 전화번호를 받고, "언제 꼭 사례하러 찾아뵙겠습니다. 감사했습니다!"라고 소리치고 에쓰코는 전화기의 후크를 눌렀다.

25

시곗바늘은 열한 시를 넘었지만 구노 가의 전화에는 바로 응답이 있었다. 허스키한 목소리라서 모친일 거라 생각했지만, 수화기의 저편에 있는 사람은 모모코 본인이었다. 청소년이 있는 가정에서는 밤 열 시 이후의 전화는 부모가 받아서는 안 된다는 불문율이 있는지도 모른다.

모모코는 에쓰코의 이야기 내용을 바로 이해했다. 목소리만 듣고 있으면, 네버랜드의 동료와 이야기하는 게 아닌지 착각할 정도로 어른스러운 느낌이다.

"그래서 미사오 지금 어디에 있는지 몰라?"

"응. 모모코, 짐작 가는 곳 없을까."

"우리 집에 오진 않았어. 요즘은 '패덕'에도 얼굴도 비추지 않고."

"패덕이라니?"

"나하고 미사오가 가끔 가던 게임센터야. 신주쿠에 있어. 철야 영업이고 우린 거기 점장이랑 아는 사이거든. 싸게 놀게 해 줘."

"미사오가 '가스빼기'할 때는 거기서 너와 함께 있었던 거구나."

모모코는 웃었고, 멀리에서 찰칵 하는 소리가 났다. 라이터일 것이다.

"미사오, 당신한테도 '가스빼기' 말했어? 그 녀석 엄마, 무서우니까."

"요즘 미사오와 언제 만났어?"

무언가를 중얼중얼하면서 모모코는 생각하고 있다. "꽤 전이야. 6월—응? 잠깐 있어 봐, 7월이었다. 그래그래, 7월 중순 이후의 토요일이었던 거 같아. 새벽 일찍—그렇지, 다섯 시쯤이었나. 패덕에 훌쩍 왔어. 나야 주말에는 언제나 그곳에 있으니까."

"중순 이후의 토요일이라니, 21일인가."

"그런가? 응, 그러네."

"미시오가 그런 시간에 패덕에 가는 거 드문 일이야?"

"그때뿐이었어. 게다가 상태가 이상했고."

"어떤 식으로?"

"취한 것같이 흐리멍덩한 눈인데, 하지만 몹시 명랑하더라고. 이상한 소리를 했어. '나, 나를 찾다가 발견했으니까 이곳에 올 수 있었어'라고."

"그거, 정말?"

이상한 대사가 아닌가. 나를 찾다가 발견했다.

"정말이야. 내 남자친구—남자친구가 패덕의 점장인데, 밴드를 하면서 곡을 만들고 있단 말이야. 그래서 미사오의 그 말투가 재미 있다며 가사를 썼거든. 틀릴 리가 없어."

수화기를 든 채 에쓰코는 벽을 째려보며 생각했다.

"미사오, 그 외에는 무슨 말을 했지?"

"자세한 건 몰라. 잊어버렸어. 단지 미사오, 어쩐지 하얘져 있었어. 약이라도 한 게 아닐까 생각했지."

약. 그러니까 '드러그'란 말인가. 시너나 톨루엔도 들어가는 걸까.

"미사오, 그런 데 손을 댔어?"

"내가 아는 한 그렇게 바보는 아니야." 모모코는 단호히 말한다. "게다가 말이야, 그런 건 미용에도 나쁘고."

"모모코가 아는 한 최근의 미사오에게 뭔가 변한 건 없을까. 아무리 작은 거라도 좋아. 가르쳐 주지 않겠어?"

"그런 막연한 질문에는 대답할 수가 없지만……. 나, 머리 안 좋거든."

"입는 것이 변했다든지 취미가 생겼다든지. 그래, 미사오, 아르바이트하고 있었지?"

아아, 그건, 하면서 모모코의 목소리가 커졌다.

"가게 같은 곳이야. 시급이 좋고, 식사 일회 제공이래."

"어딘지 알아?"

"팔러 고마쓰라는 가게야. 신주코 고마 극장 바로 옆. 거기 광장이 있잖아? 그 앞에 핑크색 차양이 나와 있어."

에쓰코는 무의식중에 무릎을 쳤다. "고마워!"

"가출했다면 미사오, 팔러 고마쓰에도 가지 않았을까."

"아마 그럴 거야. 나, 내일 가 볼게. 미사오가 그 가게에서 친한 친구라도 사귀었나."

거기서 문득 모모코가 침묵했다. "잠시 기다려" 하고 빠른 말투로 말하더니 수화기를 손으로 덮은 것 같다. 부스럭부스럭 하는 소리가 나고, 그로부터 우물거리는 목소리가 들려왔다. 그러자 모모코가 갑자기 고함쳤다.

"시끄럽다고 하잖아! 나중에 할 거야!"

에쓰코는 깜짝 놀랐다. 모모코가 평소의 목소리가 되어 돌아왔다.

"미안해. 할망구가 시끄러워서."

"할망구라니, 어머니?"

"그래." 바로 대답하고 화제를 원래대로 돌렸다. "미사오는 말이야, 남자친구가 생겼다고 했어. 팔러 고마쓰의 아르바이트 동료인데 대학생이라든가. 이름, 뭐라고 했더라. 잊어버렸지만."

"하지만 그런 사람이 있었던 것은 분명하지? 다행이야. 가서 물어볼게. 그 외에는 없을까. 그렇지……."

거기서 가이바라 가에 걸려온 거짓 전화의 내용을 말해 보았다.

"예를 들어 해외여행하고 싶으니까 돈을 저축하기 위해 아르바이트를 하고 있다. 그런 비슷한 이야기한 적은?"

"여행은 가고 싶어 했지만, 그 때문에 아르바이트했는지 어떤지까지는 몰라. 다만 시급이 좋으니까 돈이 모인다고 한 거에 비해서는 씀씀이가 째째하던데. 그걸 보면 뭔가 목적이 있었을지도 몰라. 물어본 적은 없지만. 미사오, 하드보일드니까."

"하드보일드?"

"응. 자기에 대해선 말하지 않아. 그 애랑은 중학교 때부터 친구지만, 미사오에 대해서 모르는 게 많거든. 어릴 때는 어땠을지 모르겠지만. 뭐, 이쿠에 사건이 있어서 그런지, 그 애가 그런 완전히 삶은 달걀이 된 것은."

"이쿠에 사건이라니?"

이번에는 모모코가 놀랐다. "그거, 몰라? 미사오, 쇼지 이쿠에 사건, 말 안 했어? 네버랜드의 신교지 씨지? 미사오는 당신을 매우 의지가 되는 언니라고 했으니까, 틀림없이 말했을 거라 생각했지."

"아니, 들은 적 없어. 가르쳐 줄래?"

모모코는 주저하고 있다. "미사오가 이야기하지 않은 걸 내가 말한다는 게 어떨지……."

그 한마디로 에쓰코의 마음속 저울은 모모코 쪽으로 크게 기울었다. 말은 거칠고 아직 어린애 주제에 담배도 뻐끔뻐끔 피우고 있지만 이 아이에게는 성실한 면이 있다.

"미사오에게는 내가 사과할게. 지금은 그 애를 찾기 위해서 아무리 작은 거라도 정보가 필요해. 부탁이야."

다시 한번 라이터를 찰칵 울리고 후우 하고 연기를 내뱉는 기척을 내고 난 모모코는 말했다.

"좋아, 말해 줄게."

쇼지 이쿠에란 미사오와 모모코의 반 친구라고 한다. 삼학년으로 진급할 때 반을 바꾸는데 그때 처음으로 같은 반이 되었다.

"성적이 좋고 귀여운 아이였지만 나는 좋아하지 않았어. 여왕님인 양해서."

이쿠에에게는 남자친구가 있었다. 남자친구와 이쿠에와는 계속 같은 반으로, 일학년 때부터 유명한 '베스트 커플'이었다고 한다.

그런데 삼학년 신학기가 시작하고 바로 이쿠에의 남자친구는 미사오와 사이가 좋아져 버렸다.

"이쪽에서 봐도 좋은 분위기였어. 남자친구가 미사오에게 반해 버린 것 같아. 왜냐하면 미사오, 미인이잖아? 약간 외모가 괜찮은 애는 얼마든지 있지만, 미사오는 그 이상이었으니까."

두 사람이 친밀하게 되면 당연히 이쿠에는 재미가 없다. 지독하게 질투하면서,

"마치 남편을 빼앗긴 것 같은 소동이었어. 나, 이쿠에가 미사오에게 마구 화풀이할 때 몇 번이나 말린 적이 있거든. 이쿠에는 '도둑고양이!' 같은 말을 큰 소리로 외치면서 덤볐어."

순간 에쓰코는 긴장이 풀리며 이상한 느낌을 받았다. 여학생끼리의 관계 속에, '도둑고양이'라든지 '빼앗기다' 같은 단어가 등장하는 중학교 생활이란 어떤 것일까. 국어나 수학을 배우면서 멜로드라마를 찍고 있다는 말인가.

"미사오는 상당히 곤란해하고는 있었지만 남자친구를 좋아하는 것 같았고 헤어질 생각도 없는 것 같았어. 왜냐하면 어쩔 수 없잖아. 미사오가 빼앗은 게 아니라 남자 쪽이 기울어진 거니까. 뭐, 남자애는 바람 같은 거지만. 우리는 모두 그땐 어린애였으니까, 이상하게 고지식했거든. 한번 커플이 되면 그것은 절대로! 라고 멋대로 생각했어."

이번에야말로 에쓰코는 쓴 웃음을 지었다. 연애 사건이 있었을 당시, 관계자 전원은 열네댓 살이었다. 그리고 지금, 당시를 '어린애였

다'고 회상하는 모모코는 열일곱 살이다.

"웃지 마. 비웃음 당할 일이 아니야." 모모코가 말을 이었다. "왜냐하면 이 싸움은 결말이 나지 않아서 마지막에 이쿠에가 자살해 버렸거든."

에쓰코는 숨을 삼켰다.

"자살?"

"그래. 자기 집 맨션 옥상에서 투신해서. 기나긴 유서가 있었던 것 같아. 우리는 못 읽었고 어떤 게 씌어 있었는지는 모르지만, 아무래도 무척이나 미사오를 탓한 것 같아. '사랑에 배신당해 외톨이로 살아갈 수 없습니다' 같은 소리가 있었대. 과장이지."

과장은커녕 과격이라고 해도 되는 반응이 아닌가. 중학생의 유사 연애가 어떻게 굴러가면 죽니 사니 하는 결과를 부르는 걸까. '사랑'도 '배신'도 아직 제대로 엮을 수조차 없는 나이가 아닌가.

"대체⋯⋯. 이쿠에는 어떤 애였어?"

"나도 몰라. 아직 수수께끼야. 뭐, 죽은 사람을 너무 나쁘게 말하고 싶지는 않지만, 이상하게 프라이드가 높았어. 그러니까 실연을 견딜 수 없었던 게 아닐까. 진학 때문에도 고민했던 것 같아. 그래서 미사오는 기가 막히게 됐지. 분풀이하듯 죽어 버리고는 전부 네가 나쁘다는 식이 되어 버렸잖아. 그때부터야. 미사오가 겁이 무척 많아지고 친구에게서 떨어져 나가게 된 건. 전에는 그런 일 없었어. 반의 아이돌이었으니까."

에쓰코의 머리에 '나, 친구를 만드는 거 정말 서툴러'라는 말이 기억났다. 그때 미사오의 단정한 얼굴을 보면서 어째서 이 아이는 이렇게 흠칫흠칫하는 걸까 했다. 너무나 이상했다.

다시 일어설 수가 없겠지. 면허를 따고 처음 차를 운전했더니 갑자기 누가 부딪쳐 왔고, 게다가 상대가 마음대로 죽어 버린 거나 마찬가지다. 논리적으로 말하면 이쪽은 나쁘지 않지만, 나쁘다고 생각하지 않아도, 미안하다 제 탓입니다라는 얼굴을 하지 않고는 살아갈 수 없게 되었다.

미사오의 등에는 그런 무거운 짐이 실려 있었던 것인가. 그렇게 생각하자 에쓰코는 한 번도 만난 적이 없고 지금은 죽어 버린 쇼지 이쿠에라는 아이가 미웠다. 그래, 어린애잖아. 정말로 외톨이가 되고, 정말로 살아갈 수 없는 경험을 한 적 따위가 없는 어린애잖아.

"나, 지금 생각하면," 모모코는 말한다. "이쿠에가 죽은 건 발작이 아니었을까 싶어. 일종의 히스테리 말이야. 있지, 아이들은 자기 생각대로 되지 않으면 '으앙' 하면서 짜증내잖아? 그거야. 하지만 그 당시에는 '아이의 순수한 마음이 가여워' 같은 소리를 하는 바보가 학부모회 안에도 있었고. 미사오, 불쌍했어."

에쓰코는 눈을 감았다.

"얼굴이 예쁘고 못났고 그런 건 노력해도 어떻게 할 수 없잖아? 사람을 좋아하게 되는 것도 그런 거야. 그렇게 논리로 해명할 수 없는 부분도 있다, 노력만으로 해결할 수 없는 것도 있다는 걸 이쿠에는 인정할 수 없었겠지. 그러니까 미사오가 너무너무 미워서 그렇게 미사오의 장래까지 끌어안고 죽어 버린 걸 거야. 나, 이쿠에와 한 번 더 만난다면—비록 유령이라도 말이야—말해 주고 싶은 게 잔뜩 있어. 죽어 버리면 이미 이쪽의 패배지. 죽은 사람의 승리잖아? 이겨

놓고 달아나는 건 비겁하다고."

잠시 동안 에쓰코는 말없이 수화기를 움켜쥐고 있었다.

"여보세요? 듣고 있어?"

"으응······. 듣고 있어. 저기, 이쿠에가 죽은 게 7월 4일 아냐?"

"응? 글쎄. 7월쯤이었는데, 날짜까지는 기억 안 나."

미사오의 일기에 있었던 '삼주기'라는 단어는 쇼지 이쿠에를 위한 것이었다. 미사오는 잊지 않았다. 잊을 수 없었다. 이쿠에는 저승길의 대가로 미사오에게 칼자국을 낸 게 아니라 화상을 입혔던 것이다. 그 상처가 흉터가 되어 남아 미사오를 괴롭히도록······.

"정말 고마워, 이야기를 들을 수 있어서 다행이야." 에쓰코가 말했다.

"미사오, 신교지 씨 혼자서 찾아? 걔네 가족들은?"

에쓰코는 순간적으로 거짓말을 했다. "역시 걱정하고 있어. 그러니까 나도 돕는 거지."

"그렇구나. 내가 할 수 있는 게 있으면 가르쳐 줘. 그런데 나 머리가 나빠서 별로 도움이 안 될 거 같아."

"모모코는 전혀 머리 나쁘지 않아."

"뭐? 성적 불량으로 고등학교에서 쫓겨났어, 나."

"단지 공부가 맞지 않을 뿐이야. 머리가 좋고 나쁜 건 학교에서는 몰라."

"흐음······. 그런가. 그런 말 처음 들었어."

그렇게 말하고 모모코는 처음으로 열일곱 살짜리답게 간지러운 웃음 소리를 냈다.

"미사오가 말이야, 당신은 아주 깜짝 놀랄 말을 하는 사람이라고 했어. 지금까지 다른 사람이 해 주지 않았던 말을 해 준다고."

그 말은 에쓰코의 마음에 스며들었다.

"그건 내가 너희에게 책임이 없어서 그럴 거야. 그냥 친구, 그냥 아는 사람이니까, 아마도."

"그런가."

"그래. 그러니까 아무리 잔소리만 한다고 생각해도 어머니를 '할망구'라고 부르면 안 돼. 알겠어?"

모모코는 웃었다. "생각해 볼게. 미사오는 신교지 씨는 어떤 사람일까, 나와 만날 때 외의 신교지 씨는 어떤 얼굴을 하고 있을까, 아이에게 고함도 칠까, 그런 말을 했어."

"고함도 치고말고. 엉덩이도 때리고."

"미사오는 있잖아, 자신이 타인에게 어떻게 보이는지 엄청 신경 쓰는 애야. 무리도 아니지만. 그래서 타인을 알고 싶어 하는 버릇도 있고. 하지만 본인에게 직접 달라붙어서 알려고 하는 게 아니라, 뭔가 그, 우회적으로 속을 떠본다고 할까⋯⋯."

거기서 모모코는 "아!" 하고 목소리를 높였다.

"왜 그래?"

"참, 신교지 씨. 애인 있어?"

에쓰코는 입이 딱 벌어졌다. "뭐어?"

"남편이 죽었다고는 미사오한테 들었어. 그렇지만 애인은? 지금 사귀는 사람 있어?"

"어째서 그런 걸 알고 싶어 해?"

모모코는 당황했다. "이상한 뜻은 없어. 미사오가 말이야, 신교지 씨에게 숨겨 놓은 애인이 있는 것 같다고 말한 적이 있어."

에쓰코는 짚이는 데가 없다. 도시유키가 죽고 나서 남성과 어깨를 나란히 하고 거리를 걸은 적조차 없다.

"애인 같은 거 없어."

"정말? 그럼 어떻게 된 일이지."

그때 에쓰코는 '신교지 씨♡'라는 메모를 떠올렸다. 그것은 '신교지 씨의 애인'이라는 의미였던 걸까. 에쓰코의 애인을 자칭하는 남자와 만나기라도 한 걸까.

"미사오는 신교지 씨가 행복하게 되면 좋겠다고 했어. 하지만 애인이 없다면, 경솔한 말이네. 그 앤 무슨 오해를 한 거지?"

그날 밤 에쓰코는 꿈을 꾸었다. 미사오의 꿈이었다.

그녀는 에쓰코와 나란히 걷고 있다. 그러나 갈림길에 다다라, 그녀는 에쓰코에게 "바이바이" 하고 손을 흔든다. 에쓰코는 헤어지고 싶지 않았지만 미사오는 점점 멀어져서 그녀의 등이 안개에 가려 보이지 않게 된다.

미사오는 혼자가 아니다. 그녀의 조금 앞에 누군가가 걷고 있다. 에쓰코는 그 '누군가'가 위험한 존재라는 것을 아는데, 그 말을 해 주고 싶은데, 목소리가 나오지 않는다. 움직일 수도 없다.

그리고 시계 소리가 들린다. 바늘이 시간을 새기는 가차 없는 소리가. 그 시계는 숫자판이 거꾸로 되어 있고 초침이 빨갛다. 피처럼 빨갛다. 시계를 손에 넣어 시간을 되감을 수 있다면 에쓰코는 미사오를 따라잡을 수 있는데 어디에 있는지 알 수 없다…….

26

그 시계는 지금 가이바라 미사오의 손 안에 있었다.

그녀가 격리되어 있는 이 방에는 시간을 알 도리가 없다. 아미노 기리코가 가르쳐 준 팬시 가게에서 산 이 시계가 없으면 낮과 밤을 대충 구별할 수 있을 뿐이다.

지금 거꾸로 된 숫자판의 시계는 오전 영시 이십 분을 가리키고 있다. 미사오는 그것을 확인하고 나서 시계를 침대 옆 테이블 위에 살짝 되돌려 놓았다.

몸이 무겁다. 뇌가 있어야 할 곳에 톱밥이라도 가득 차 있는 듯 머리가 돌아가지 않는다.

그 가게—'라 판사'에서 이곳으로 끌려와서 어느 정도의 나날이 흘렀을까. 사흘? 나흘? 미사오가 기억하고 있는 한, 그 '모험'에서 돌아온 것은 8월 11일 밤이었다. 열 시경……. 아니, 좀더 늦은 시간이었다—.

돌아와서 처음으로 눈에 들어온 것은 무라시타 가즈키의 얼굴이었다. 라 판사의 점장인 주제에 언제나 술에 취해 가게의 구석에 눌러 앉아 있다. 그러나 그날 밤은 정신이 말짱했다.

─나, 돌아왔어.

─그래, 모두 돌아왔어.

─레벨7까지 가면 더 이상 돌아오지 않아도 된다고 했잖아.

─너는 레벨7에는 가지 않았어.

─왜? 나, 말했잖아? 레벨7까지 가고 싶었어. 그렇게 해 주지 않은 거야? 속였어?

미사오는 자신의 오른 팔뚝을 보이고 가즈키에게 말했다.

─이봐, 여기 레벨7이라고 씌어 있는데. 나를 속인 거지?

그러자 가즈키는 말했다. 퇴색한 듯한 옅은 눈 속에 희미하게 부러운 듯한 그늘을 보이면서.

─정말로 레벨7까지 가면 돌아올 수 있는 인간 따위 없어. 돌아오지 않아도 되는 게 아니라, 돌아올 수 없어. 레벨7까지 가면 폐인이 될 뿐이야…….

그리고 미사오가 돌아왔을 때는 휘청휘청했다. 그래서 라 판사 안에 있는 가즈키의 방에서 쉬었고─곯아떨어졌고─목이 말라서 잠에서 깨어─그리고…….

비명을 들었다. 무서운 목소리였다. 갈라지고 새된 여자 목소리.

─그만해, 그만해, 뭐 하는 거야! 부탁이야, 그만해 그만해 그만해.

거기서 툭 끊어졌다. 그와 동시에 방의 조명이 갑자기 어두워지고 잠시 후 불이 깜빡거리면서 원래대로 돌아왔다.

미사오는 패닉에 빠져 방을 나가려고 일어섰다. 그러나 문은 잠겨 있었다. 너무나 무서워서 미쳐 버릴 것처럼 되어 주먹으로 문을 두드리고 있으니, 그곳에 가즈키가 왔다.

아니, 가즈키 혼자가 아니다. 또 한 사람, 가즈키보다 조금 연상의 남자가 있었다. 미사오를 보자 입가가 딱딱하게 굳어졌다. 남자는 가즈키를 때릴 듯한 기세로—

—멍청아! 어째서 이곳에 사람을 들였어! 약속이 다르잖아!

가즈키는 갑자기 미사오를 껴안듯 부둥켜안고 고함쳤다.

—네가 뭔데 명령을 해! 이 아이는 특별해. 내 애인이니까.

미사오는 가즈키로부터 떨어지고 싶었다. 이 남자에게 '애인'이라고 불릴 이유는 없다. 이런 남자 좋아하지 않아. 싫어, 정말 싫어, 놔—.

그렇게 몸싸움을 벌이는 동안에 정신을 잃고 말았던 것이다. 그리고 정신이 드니 이 방에 있었다.

미사오의 방과 비슷한 넓이의 방이다. 벽도 바닥도 새하얗다. 커튼도 하얀색. 침대도 하얗고, 베개에 얼굴을 대어 보니 약 냄새가 난다.

병실이라는 것을 바로 알아차렸다.

베개에 의지해 일어나 보니 머리가 조금 아팠다. 전체가 아픈 것이 아니라 머리의 오른쪽, 귀 뒤쪽 주변. 거기가 안쪽에서 바늘로 콕콕 찌르는 느낌이었다.

침대 옆에는 작은 테이블이 있고, 그 위에 미사오의 백이 놓여 있다. 안을 열어 보니 잃어버린 것은 없었다. 정신을 잃었을 때와 다른 것은 복장뿐이었다. 빨간 원피스에서 전부 하얀 파자마로 바뀌어 있었다.

그때는 무엇이 어떻게 되었는지 알 수 없어서 일단은 다시 가즈키의 얼굴을 찾아보았다. "무라시타 씨" 하고 불러도 보았다. 힘이 들어가지 않아서 목소리를 내는 것만으로도 지독하게 지쳐 버리는 느낌이 들었다.

몇 번쯤 불렀지만 아무도 나타나지 않는다. 대답도 없다. 병실에 있는 간호사 호출용 벨도 보이지 않는다. 미사오는 침대에서 내려오려고 했다.

그때 자신의 왼팔이 움직이지 않는 것을 알아차렸다.

정확히 말하면, 완전히 움직이지 않는 것은 아니다. 그러나 저린 듯 마비된 것 같아 재빨리 움직일 수 없었다. 팔꿈치 근처를 꼬집어 보아도 아픔이 바로 느껴지지 않는다. 피부가 코끼리처럼 두꺼워져서 감각이 둔해진 것 같았다.

그 발견은 또다시 미사오를 부들부들 떨게 만들었다. 대체 어떻게 된 일이지? 나는 어떻게 되어 버린 것일까? 이 저릿함이 몸 전체로 퍼져나가서 결국 움직일 수 없게 되는 것일까?

미사오는 파자마 소매를 걷어 올려 팔을 드러내어 다친 곳이라도 있는지 살펴보았다. 이상은 없다. 그러나 오른팔에 씌어 있던 숫자는 지워졌다.

─보험을 할 때 만일 의사가 진찰해야 할 경우가 생기면 바로 지정된 병원으로 옮기도록 써 놨어.

가즈키가 설명해 주었던 그 숫자다.

침대에서 미끄러져 떨어져 바닥에 주저앉았을 때, 문에서 조심스러운 노크 소리가 났다. 그리고 의식을 잃기 직전에 본 남자의 얼굴이 보였다.

가즈키는 아니다. 또 다른 남자다. 백의를 입고 있고, 가슴에 말쑥하게 맨 넥타이 매듭이 보인다. 백의의 옷자락에서 나와 있는 두 발은 검푸른색 바지에 둘러싸여 있다.

눈을 떴구나, 하고 그 남자는 말했다. 그리고 어딘가 몸 상태가 나쁜지 물었다. 나는 의사니까 안심하라고도 했다. 낮고 좋은 목소리였다.

남자는 미사오를 침대 위에 눕히고, 맥을 짚고 눈꺼풀을 뒤집어 눈 안을 들여다보았다. 미사오는 얌전히 누워 있었지만,

"당신이 정말로 의사인지 어떤지 증거를 보여 줘"라고 말해서 남자를 놀라게 했다.

"나는 거짓말 따위 하지 않아."

"믿을 수 없어. 증거를 보여 줘."

남자는 양팔을 축 늘어뜨리고 곤란한 표정으로 미사오를 쳐다보고 있었다. 오른손 새끼손가락으로 입가를 긁으면서, "난처한데" 하고 웃었다.

"의사 면허증에는 얼굴 사진이 안 붙어 있으니까 보여 줘도 소용없고……."

미사오는 고집스레 입을 다물고 남자의 얼굴을 응시했다. 이런 상황에 빠지면 누구든 그렇겠지만, 몸을 지켜야 한다는 본능이 작용해서 극단적으로 의심이 깊어져 있었다.

"알았어. 그러면 잠시 기다려."

남자는 그렇게 말하고 등을 획 돌리고 방을 나갔다. 문을 열고 닫고 그리고 찰칵 하는 소리가 났다. 잠가 버린 것이다. 미사오는 다시

무서워졌다.

잠시 있다가 남자는 방으로 되돌아왔다. 손에 자그마한 액자를 들고 있었다.

"대기실에 걸려 있는 졸업 증명서다."

미사오는 액자 안의 상장을 보았다. 유명한 사립 의과대학의 것이다. 남자의 이름은 사카키 다쓰히코. 그다지 고생하지 않고 입학·졸업했다고 하면, 상장의 날짜로 보아 마흔 살 안팎일 것이다.

"이런 것은 증거가 되지 않는다고 하면 그만이지만, 이것 말고는 아무것도 없어. 위조한 것도 훔친 것도 아니야."

"뭐, 됐어." 미사오는 그것을 남자에게 돌려주었다. "사카키 선생님이라 부르면 돼요?"

"그래. 너는 가이바라 미사오다. 그렇지?"

미사오는 끄덕였다. "선생님은 의사야?"

"심리학자라고 하면 더 알기 쉬울까."

미사오가 당황하자 의사는 살짝 미소 지었다. 왼쪽 어금니 부분에 의치의 보철이 빛나고 있었다.

"아니면 뇌와 마음의 의사라고 설명할까. 그것이 지금 너에게 필요하니까. 이곳은 내 클리닉이고 너는 입원 환자야."

"내가 입원하고 있어?"

"그럴 필요가 있다고 내가 판단했어."

"왜요?"

"그 이유는 네가 가장 잘 알고 있을 텐데."

사카키 의사의 말을 듣고 미사오는 고개를 숙였다. 침대 옆에는 스툴이 있었지만 의사는 앉으려고 하지 않고 선 채로 이쪽을 내려다보고 있다. 미사오와 자신의 역학 관계를 나타내기 위해 그렇게 한 것이라면 성공했다.

사카키 의사가 말하는 게 뭔지 미사오는 알고 있었다. '모험'의 일이다.

"아주 위험한 짓이야." 의사는 타이르는 듯이 말했다. "가즈키 군이 어떻게 구워삶았는지 모르겠지만 위험한 일이었어. 알고 있지?"

"무라시타 씨는 위험하지 않다고 했는데."

"그는 거짓말쟁이야."

단언이다. 미사오는 더 이상 대답할 말을 잃었다.

"선생님은 무라시타 씨의 친구?"

"아니, 그는 내 아내의 동생이다. 친척이야. 부끄러운 이야기지만."

미사오는 다시 입을 다물었다. 무엇을 물을까. 어떻게 질문하지. 어디서부터 이야기할까.

그리고 고개를 숙인 채 중얼거렸다.

"나, 터무니없는 짓을 했다는 생각이 지금은 들어."

그렇다면 이야기가 통하겠다는 듯이 의사는 스툴을 끌어당겨 앉았다. 신음하듯 한숨을 쉬더니 얼굴을 든다.

"너는 잠시 동안 입원해서 약을 완전히 몸에서 내 보내지 않으면 안 돼. 휴식도 취할 필요가 있고. 알겠지?"

미사오는 선선히 끄덕였다.

"내가 할 수 있는 모든 처치를 할 테니 괜찮아, 너는 완전히 예전으로 돌아갈 수 있어. 다만 마음에 걸리는 건 네 가족이야. 가즈키 군의 이야기로는 걱정해 주는 부모가 아니라고 했다던데, 정말인가?"

"모르겠어. 그런데—선생님, 오늘 며칠이야?"

"8월 12일. 일요일이다. 지금은 오후 두 시가 됐어."

미사오는 창문 쪽에 눈길을 주었다. 하얀 블라인드로 꼭 닫혀 있다. 바깥의 햇빛을 보는 것조차 불가능하다.

"나, 8일 밤에 집을 빠져나왔어. 오늘로 나흘째거든. 우리 집에서도 슬슬 내가 돌아오지 않아서 시끄러워졌을지 몰라. 하지만 엄마 성격으로 봐서, 경찰에게 연락하지는 않을 거야."

"어떻게 하고 싶어?" 의사는 긴 다리를 꼬았다. 얇은 스타킹 같은 양말과 바지의 경계선에서 놀랄 정도로 하얀 피부가 흘끗 보인다. 이 선생은 레저라든지 스포츠를 즐길 시간도 없을 정도로 바쁜 건가, 하고 미사오는 생각했다. 그러고 보니 안색도 좀 파리하다. 피곤하다고 온몸으로 말하는 느낌이다.

"집에 연락해서 사정을 말할까?"

"그 말은 전부 알리겠다는 뜻?"

의사는 턱을 가볍게 끄덕인다. 미사오는 고개를 흔들었다.

"그건 싫어."

"혼날 테니까."

"응, 하지만 혼나는 건 상관없어. 다만 엉뚱한 쪽으로 화를 내니까 그게 싫은 거지."

미사오가 어째서 그런 '모험'을 할 생각이 들었는지 아무리 설명

해도 부모는 이해해 주지 않을 것이다. 이해해 준다면 고막이 찢어질 정도로 고함을 친다 해도 상관없다. 그러나 그들은 단지 미사오가 상식을 벗어난 짓을 한 사실만으로도 화를 내며 발광할 것이다.

"그럼 거짓말할 거야?"

미사오는 사카키 의사의 얼굴을 지그시 바라보았다. 이 말을 하고 나면 두 번 다시 그의 반짝이는 의치를 볼 수는 없겠군, 하고 생각하면서.

"선생님도 진실을 모르게 하는 편이 좋잖아요?"

의사는 침묵했다. 마른 입술이 일직선으로 꼭 다물어져 있다.

"그렇죠? 그 '모험', 법률적으로도 안 되는 거죠?"

"당연하지."

"나, 라 판사에서도 선생님과 만났어요."

"그래."

"그때, 비명을 들었어. 그거 뭐지?"

의사는 가만히 있다.

"내가 모르는 편이 좋은 거야?"

의사는 끄덕인다.

"비명을 지른 사람도 선생님이 구해줬어? 나처럼."

아까보다도 좀더 시간을 두고 다시 한번 끄덕인다.

미사오는 아주 약간 웃어 보였다. "그러면, 나, 거짓말할게요. 전화를 걸게 해 줘. 잘 변명할 테니까."

의사는 승낙했다.

"그렇지만 전화는 밤에 쓰지 않겠어? 낮이라면……."

"여기에 있는 다른 사람들에게 들키니까?"

미사오가 앞질러 말해도 의사는 표정을 바꾸지 않았다.

"맞아."

"알았어." 미사오는 진지한 얼굴로 돌아갔다. "선생님?"

"뭐니?"

"나, 왼손이 이상해. 저려."

사카키 의사의 눈이 휘둥그레졌다. "왜 진작 말 안 했니."

미사오에게서 증상을 자세히 물어보고 왼손바닥을 만지거나 꼭 쥐거나 백의 호주머니에 질러놓은 볼펜을 잡게 해 보거나—사카키 의사는 이것저것 시키며 미간에 주름을 새기고 생각에 빠져 있었다.

"좀더 자세히 검사를 해 보지 않으면 뭐라고도 할 수 없어. 내일부터 시작하자. 오늘은 기사가 오지 않아서 엑스레이도 찍을 수 없거든."

의사가 가 버리자 미사오는 혼자 남았다. 다시 문을 잠그는 소리가 났고 다가가서 문을 흔들어 보았지만 꿈쩍도 하지 않는다. 격리된 것 같았다.

그래도 비교적 기분은 냉정했다. 직감—지독히 낙관적인 직감일지도 모르지만—으로 보아 사카키 의사는 나쁜 인간은 아니라는 느낌이 든다. '모험'의 뒤처리를 제대로 해 줄 것이다.

8일 심야에 '모험'을 시작해 백지의 인간이 되어 헤매던 사흘간은 별로 뚜렷이 기억하고 있지 않다. 깨어나 버리면 그렇게 된다고 가즈키가 말했다.

알고 있는 것은 자신이 다시 '가이바라 미사오'라는 인간으로 돌아오기로 했다는 것.

'모험'을 하는 동안에는 처음 약속한 대로 가즈키는 쭉 함께 있어 주었다. 둘이서 온갖 장소에 가서 여러 가지를 했다. 무섭다는 생각은 들지 않았고 힘든 일도 없었다. '모험'이 언제나 그렇다면 '시험해 보고 싶다'는 인간이 제법 있어도 이상할 것은 없다.

그러나 그런 인간은 모두 자신이 싫은 것이다.

12일 오후는 침대에 누워서 보냈다. 왼손의 마비는 사라지지 않았지만 두통은 가셨고 기분도 나쁘지 않다. 딱 한 번 창문으로 다가가 블라인드의 틈새로 바깥을 내다보았다. 고작 오 센티미터 정도밖에 벌어지지 않아서 별다른 것은 보이지 않았다. 콘크리트로 포장된 주차장 같은 것을 보았을 뿐이다. 바깥 공기를 마시고 싶어서 창을 열려고 했지만 아무 데도 열쇠가 없었다. 손잡이도 없다. 핸들도 없다. 붙박이창이었다. 게다가 재질은 유리가 아니라 강화 플라스틱 같은 것이었다. 깨지지도 않을 것이다.

아홉 시경이 되어 사카키 의사보다 나이 들어 보이는 몸집 작은 간호사가 식사를 들고 와 주었다. 병원식이라기보다는 가정요리 같은 느낌이었다. 공복이었기 때문에 미사오는 전부 먹어치웠다.

간호사가 쟁반을 가지러 왔을 때 지루하니까 잡지라도 주지 않겠냐고 부탁해 보았다.

"자극적인 것은 실컷 체험했죠? 이번에는 좀 지루하게 있으세요."
내뱉듯이 말했다.

"저……. 그러면 당신은 어째서 내가 여기에 있는지 아는 거야?"
간호사는 그 질문에는 대답하지 않았다. 창문의 블라인드를 확인하고 공기 조절 스위치를 살짝 만지고는 말했다.

"쓸데없는 말은 하지 말고 입 다물고 있어요. 그렇지 않으면 나갈 수 없게 되니까."

차가운 목소리, 차가운 눈이었다. 환자를 대한다기보다 죄수를 다루는 듯한 태도다. 그녀가 가 버리자 미사오는 마음이 놓였다.

열 시경 다시 사카키 의사와 간호사가 와서 방에서 나오게 해 주었다. 작은 엘리베이터로 일층으로 내려갔다. 그래서 자기가 있는 방이 사층에 있다는 것도 알았다.

집에 전화 걸 때는 사카키 의사의 진찰실에서 했다. 전에 면접을 받으러 간 적이 있는 요코하마의 레스토랑에서 일하고 있다고 거짓말을 했다. 가게 이름은 말하지 않았는데 어머니는 선선히 믿어 주었다. 뭐, 미사오의 말뿐 아니라 간호사가 미사오의 친구 어머니가 되어 꾸며낸 이야기를 덧붙인 탓도 있겠지만.

다시 사층으로 돌아갈 때 사무실 문이 반쯤 열려 있어 안을 볼 수가 있었다. 깔끔하게 정돈된 책상이나 캐비닛, 선명한 색의 수많은 파일. 그 모습은 미사오를 안심시켰다. 단골 의원 사무실처럼 어디에나 있는 평범한 광경이었기 때문이다.

의사는 방까지 따라왔다. 그가 돌아갈 때 미사오는 과감하게, "문은 잠그지 말아 줘"라고 부탁해 보았다.

"내가 도망갈 리 없잖아? 여기 창문도 열리지 않고 만일 화재라도 나면 어떻게 할까 생각하니 잠이 오지 않아."

"그렇게는 안 돼."

"왜?"

"이유는 없어. 위험하다는 것뿐이야."

"내가 위험하다는 말이야? 아니면 누군가 위험한 사람이 밖에서 들어온다는 말이야?"

꾹 입술을 깨물고 나서, 의사는 대답했다.

"후자야."

"그럼 선생님, 열쇠를 두고 가. 부탁해. 여벌 열쇠 있잖아? 쓰지 않을 테니까. 응? 마음만이라도 안심하고 싶어."

의사는 조금 고민하다가 결국 주머니에서 꺼낸 열쇠고리에서 하나를 빼 내어 건네주었다.

"감춰 두는 거야, 알겠지? 다른 사람에게 발각되지 않도록."

미사오는 열쇠를 베개 밑에 넣고 잤다. 눕자마자 쑥 끌려가듯이 잠들어 버렸다.

그러나 그 평화로운 잠은 바로 중단되어 버렸다. 문 밖에서 사람이 말다툼하는 듯한 목소리가 났기 때문이다.

담요 밑에서 상황을 살피고 있자니 병실의 문이 갑자기 열렸다. 불이 켜지고 미사오의 눈이 보이지 않게 되었다.

"이거냐."

사카키 의사도, 간호사도, 무라시타 가즈키도 아닌 목소리가 그렇게 말했다.

문 앞에 몸집이 작은 남자가 한 사람, 양 다리에 힘을 주고 서 있다. 미사오의 아버지보다 연상으로 보인다. 눈이 날카롭고 입가가 성급한 느낌으로 꼭 다물어져 있다. 정장 차림이지만 상의 앞은 벌어져 있어 커다란 버클이 달린 벨트가 보였다.

사카키 의사는 이 남자 바로 뒤에서 남자의 팔을 잡고 있었다. 다투고 있던 것은 이 두 사람이었던 모양이다. 미사오는 상반신을 일으켰다.

"선생님, 그만하십시오."

사카키 의사는 목소리가 거칠었다. 두 눈이 굳어 있었다.

"아무 짓도 하지 않아. 얼굴을 보려는 것뿐이다." 사카키 의사에게 '선생님'이라고 불린 남자는 말했다. "미인이잖아, 응?"

그 남자를 보고 있으니, 미사오는 이 년쯤 전의 불쾌한 경험이 떠올랐다. 아버지의 상사가 집에 와서 밤중까지 마셨을 때의 일이다.

처음부터 징그러운 느낌의 상사였다. 미사오는 인사도 하는 둥 마는 둥 방에 틀어박혀 있었다.

그러나 화장실에 내려갔을 때 운 나쁘게 그와 얼굴을 마주쳐 버렸다. 상대는 마침 화장실에서 나온 참이었는데, 걸음도 불안할 정도로 취해 있었고 바지의 앞 지퍼가 반쯤 열려 있었다. 미사오는 얼굴을 돌렸다.

그러자 그 상사는 술 냄새나는 숨을 내뱉으면서 다가왔다. 미사오는 달아나려고 하다가 오히려 벽 쪽으로 몰렸다. 아버지의 상사는 미사오에게 달라붙어 침으로 번쩍이는 입가를 미사오의 볼에 대려는 듯이 가까이 해서 탁한 목소리로 말했다.

—귀엽군. 가이바라의 딸치고는 지나친 작품인데.

그러고는 갑자기 미사오의 가슴을 움켜쥐었다. 뿌리치려고 했지만 엄청난 힘으로 잡혀서 움직이기가 불가능했다. 목소리도 나오지 않는다.

―아저씨가 싫어? 응? 그런 소리 하는 게 아니야. 아저씨는 대단해. 대단하다고. 효도를 해 봐.

그렇게 말하고 미사오의 허벅지에 다리를 비벼댔다.

이번에는 목소리가 나왔다. 비명을 질러 부모가 복도를 뛰어와도 여전히 소리 지르고 있었다. 아버지의 상사는 재빨리 미사오로부터 떨어져 뛰어온 두 사람에게 말했다.

―아, 너무 마셔서 어지럽군. 따님에게 부딪쳐 버렸네.

그러나 응접실로 돌아가기 전에 값을 매기는 듯한 눈으로 미사오를 훑어보는 것을 잊지 않았다.

그때의 일을 떠올리자 당장에라도 구역질이 날 것 같았다. 그리고 지금 문 근처에 서 있는 남자도 그때의 상사와 동류라는 것을 순간적으로 느꼈다. 여자를 보면 바로 머릿속에서 알몸으로 만들어 버리는 남자다.

'선생님'이라 불린 남자는 미사오를 지그시 관찰했다. 신통찮은 용모에 비열한 느낌의 눈매가 딱이었다. 만일 이 녀석과 자지 않으면 죽여 버린다고 하면, 혀를 깨물어 잘라 버리겠다고 미사오는 생각했다.

"뭐, 잘하고 있군. 다쓰히코, 이 아이는 네 타입이잖아?"

'선생님'이라 불린 남자는 양아치 같은 소리를 했다.

"치료 따위 할 거 없어. 방해만 안 되면 돼."

그렇게 말하고 점점 침대로 다가온다. 그 뒤에 달라붙듯이 해서 그 간호사가 스르르 따라왔다. 그녀의 손에는 은색 쟁반. 주사기와 작은 앰풀이 놓여 있다.

미사오는 달아나려고 했다. 그러나 한발 늦었다.

'선생님'은 빈약한 체격으로는 상상할 수 없는 힘으로 미사오를 꼼짝 못하게 잡았다. 사람의 자유를 빼앗는 요령을 터득하고 있는지도 모른다. '선생님'이 미사오를 내리누르는 사이에 간호사가 주사기를 앰풀에 찔러 넣어 투명한 액체를 빨아들이고 있다.

"선생님, 그럴 필요는 없습니다!"

사카키 의사는 '선생님'의 팔을 붙잡았다. 그러나 선생이 쏘아보니, 일순 기가 꺾였다.

"입 다물고 내가 말하는 대로 해. 실패하면 어떻게 되나."

'선생님'은 사카키 의사에게 그렇게 말했다. 순간 사카키 의사의 어깨가 풀썩 떨어지고 손이 내려갔다.

이번에는 간호사가 미사오를 누른다. '선생님'은 주사기를 손에 든다. 미사오는 소리를 지르며 울었지만 바늘은 가차 없이 오른팔을 찔렀다.

텅 빈 주사기를 쟁반에 놓고 '선생'은 말했다.

"일이 끝날 때까지 약으로 재우는 게 제일이다. 팬비탄은 썩어날 정도로 있으니까, 상관없어."

사카키 의사에게 눈짓을 하고는 덧붙인다.

"알려지지만 않으면 바람 피워도 돼. 미도리에게 이르지는 않을 테니까 걱정 마라."

그러고는 간호사를 거느리고 방을 나갔다.

"저거, 누구야?" 미사오는 떨면서 물었다.

"무라시타 선생님이야." 사카키 의사도 목이 쉬어 있었다. 미사오와 차이점은 그것이 분노 때문이라는 것—.

아니, 아니다. 선생님 역시 저 '선생님'을 두려워하고 있을지도 모른다.

"의사?"

"그래." 사카키 의사는 끄덕이고 손등으로 이마를 훔쳤다. "놀라게 해서 미안해. 더 이상 이런 일은 없을 테니까."

"저래도 의사야?"

"그런 거야."

"실패라니, 무슨 말이야?"

사카키는 대답하지 않는다.

"미도리는 누구야?"

사카키 의사는 미사오의 얼굴에서 시선을 돌렸다.

"우리 집사람이야. 그리고 무라시타 선생님은 내 장인이지."

그리고 문에 손을 걸쳤다. "잘 자. 정말로 아무 걱정 하지 않아도 돼."

미사오는 그렇게는 생각할 수 없었다. 눈을 휘둥그레 뜨고 사카키를 바라보고 있으니, 의사는 결심한 듯이 방향을 바꾸어 침대 옆으로 돌아와서 담요 위에 한 손을 올리고 빠른 말투로 속삭였다.

"믿어 줘. 너는 반드시 내가 지킬게. 조금만, 딱 며칠이라도 좋아, 참고 여기에 있어 줘."

미사오의 대답을 듣지 않고 의사는 나갔다.

어둠과 정적 속에서 미사오는 고개를 흔들기 시작했다.

아니, 아니, 아니. 여기에 있어서는 안 돼.

약이 효과가 나기 시작했는지 시야가 좁아지고 점점 멍해졌다. 안 돼, 잠들면 안 돼.

침대를 내려가 백을 들고 열쇠로 문을 열어 방을 나갔다. 어둠 속에 하얗게 가라앉아 있는 복도를 발소리를 죽이고 나아간다. 도중에 몇 번이나 비틀거려서 벽에 손을 짚었다.

엘리베이터로 아래층에 내려간다. 아무도 없다. 맨발에 리놀륨의 감촉이 차갑다. 하얀 벽이 빙글빙글 돈다.

건물의 구조를 모르니까 어쨌든 창이라는 창, 문이라는 문은 닥치는 대로 다 열어 보려고 했다. 그러나 전부 잠겨 있다. 밖에는 나갈 수 없는 것이다.

땀과 눈물로 볼을 적시면서 파자마의 옷깃을 잡고 주위를 둘러보았다. 어쩌지? 어떻게 하면 좋지?

현기증이 시작되어 서 있을 수 없게 되었다. 쪼그리고 바닥에 손을 짚었다.

전화다. 전화를 걸어 도움을 청하자. 내가 여기에 있다는 것을 알려야 한다.

진찰실 문은 잠겨 있었다. 사무실 쪽으로 기는 듯이 해서 나아간다. 여기는 잠기지 않았지만 조명 스위치를 찾을 수 없다.

물에 빠진 인간이 뭐라도 잡겠다는 것처럼 손을 휘두르다 책상 모서리에 부딪쳤다. 격렬한 아픔에 일순 의식이 또렷해졌다. 책상 위에 전화기가 있다.

도와 줘, 도와 줘. 그것밖에 생각나지 않는다. 누구에게? 누구에게?

거의 무의식적으로 신교지의 전화번호를 돌리고 있었다. 발신음이 울리기 시작했을 때, 천장이 빙글빙글 돌고 미사오는 바닥에 쓰러졌다.

에쓰코의 목소리가 들린다. 꿈인지 현실인지 알 수 없어지면서 미사오는 필사적으로 그녀를 불렀다. 신교지 씨―구해줘.

에쓰코가 부르고 있다. 그 목소리가 들린다. 그러나 더 이상 입이 열리지 않는다. 미사오가 마지막으로 기억하는 것은 방에 불이 켜진 것과, 간호사 신발을 신은 발이 다가와서 미사오의 손에서 수화기를 집어든 것. 그리고,

'끈질기네, 애는'이라는 목소리뿐……

지금 미사오는 완전히 방에 갇혀 있다. 열쇠도 빼앗겼다. 달아날 길은 없다. 미사오에게 열쇠를 건넨 것을 들켰는지 사카키 의사의 모습은 보이지 않았다. 어쩌면 그 선생도 '무리사타 선생님'에게 감금당했을지도 모른다―는 생각마저 들었다.

그 간호사가 와서 내마디 주사를 놓고 간다. 그녀 혼자만 온다. 그러나 약효가 떨어지기 전에 다음 분량을 맞아서, 미사오는 언제나 취한 듯한 상태였다. 제일 의식이 확실할 때도 화장실에 가는 게 고작이었다. 도저히 저항할 수 없다. 시간 감각도 이상하게 되어 버렸다.

어떻게든 일어나 현기증을 참으면서 창문에서 밖을 내다본 적도 있다. 그러나 힘이 들어가지 않는 손가락으로는 블라인드를 제대로 비집어 열기가 불가능했다. 셔터처럼 꽉 닫혀 있는 것이다.

아주 조금 열린 틈으로 아래를 보았을 때 누군가가 그곳에 있었던 것 같은 느낌도 들었다. 그러나 불러도 들리지 않을 것이고 금세 서 있기가 힘들어졌다.

지금도 이렇게 침대의 베개에 기대어 시계를 보고 하루가 지나가는 것을 확인하고—그뿐이다. 두 시간쯤 전에 맞은 주사의 효력이 남아 있다. 하루가 간다. 그러나 어느 하루지? 처음으로 주사를 맞고부터 며칠 지났지? 하루인가? 이틀인가?

졸린다. 졸리는 것 같다. 자 버리면 아무것도 생각하지 않아도 된다······.

그때 문에서 노크 소리가 들렸다.

조심스러운 낮은 소리다. 주먹이 아니라 손바닥으로 두드리는 것인지도 모른다. 그리고 그 소리가 그치고 문 아래로 회중전등의 빛이 휙 스쳤다.

미사오는 그것을 듣고 보고 있었지만 움직일 수가 없었다. 심장이 몹시 두근거리고 가슴이 답답할 정도지만 몸이 나른해서 조금 움직이는 것조차도 뜻대로 되지 않는다.

문 아래에서 뭔가 종이 같은 것이 들어왔다. 사각, 하는 소리가 난다.

다시 한번 회중전등 빛이 움직인다. 이곳에 있는 것을 봐 줘, 라는 신호 같다.

불이 꺼졌다. 주의를 집중시키고 있자 문 앞에서 가는 발소리가 들려왔다.

침대에서 내려가기까지 미사오는 몇 번이나 휘청거렸다. 마비된 왼손으로 무심코 체중을 떠받치는 바람에 베개 위에 엎어졌다. 처음 이 방에서 깨어났을 때보다도 마비가 심해진 것이다.

거의 기다시피 해서 문 옆까지 갔다. 바닥 위에 놓인 종이는 흔한 메모 용지로 끝 부분이 찢어져 있다.

거기에 갈겨쓴 듯 커다란 글씨가 늘어서 있다.

'네가 투여받는 약은 팬비탄이라는 강력한 진정제다. 몸에서 밖으로 배출되면 후유증이 남지는 않지만 많은 양을 투여받으면 심장에 부담이 된다. 너에게 쓰도록 확보된 앰풀을 생리식염수와 바꿔 두었다. 간호사는 모른다. 그러니까 내일부터는 주사를 맞으면, 팬비탄으로 멍해진 연기를 해야 한다. 잘만 하면 절대로 들키지 않는다. 이 메모는 읽은 뒤 잘게 찢어서 변기에 내려 버릴 것'

한 줄 띄우고 가필처럼 이렇게 되어 있었다.

'이런 일에 휘말리게 해서 정말 미안하다. 가까운 시일 내에 반드시 집에 돌려보내 줄게.'

메모를 다 읽고 미사오는 무의식적으로 문 쪽에 눈길을 주었다. 그녀를 현실로부터 가로막고 있는 듯한 그 문은 그저 편편하고 하얄 뿐.

메모의 지시를 따르기 위해 종이를 잘게 찢는 것은 힘든 작업이었다. 생각대로 움직이지 않는 왼손을 포기하고 결국에는 이빨로 물어뜯어 변기에 버렸다.

분명—사카키 선생의 메시지다. 그 선생도 그 '큰선생님'을 무서워하고 있다—하지만—나를 구하려 하고 있다…….

힘을 짜 내어 침대로 돌아가 누운 미사오는 눈을 감았다.

자자. 자면서 쉬는 거다. 약에서 해방되면 다시 생각할 수 있다. 생각할 수 있으면 행동할 수 있다. 그때를 위해 힘을 비축해 두어야 한다…….

레벨 7 (상)

초판 2쇄 발행 2008년 5월 23일

지은이 미야베 미유키
옮긴이 한희선

발행편집인 김홍민 · 최내현
편집장 임지호
편집자 조소영
표지디자인 씨오디
용지 화인페이퍼
출력 스크린출력
인쇄 현문
제본 현문
코팅 현문
독자교정 김선영, 김수진, 정지원

펴낸곳 도서출판 북스피어
출판등록 2005년 6월 18일 제105-90-91700호
주소 (121-130) 서울특별시 마포구 구수동 16-5 국제미디어밸리 4층
전화 02) 701-0427
팩스 02) 701-0428
홈페이지 www.booksfear.com
전자우편 editor@booksfear.com

ISBN 978-89-91931-33-6 (04830)
978-89-91931-11-4 (세트)

책값은 뒤표지에 있습니다.
파본은 구입하신 곳에서 교환해 드립니다.